徳間文庫

雑賀の女鉄砲撃ち

鋼《こう》輪《りん》の銃

佐藤恵秋

徳間書店

目次

序章　忍城水攻め

城塞が水に浮く。

女はこの光景を二度、目にしていた。

「阿呆《あほ》の一つ覚えか」

怒りを込めて罵《ののし》る。

天正《てんしょう》十八年六月、石田三成《いしだみつなり》率いる豊臣《とよとみ》軍二万が北条《ほうじょう》方の武州忍城《ぶしゅうおしじょう》を包囲し、水攻めに及ぶ。水に浮かんだ忍城の中に紀州雑賀宮郷《きしゅうさいかみやごう》の生き残り、二十五歳になった太田蛍《おおたほたる》の姿があった。

この年、秀吉《ひでよし》は天下制覇の仕上げとして関東に君臨する北条家の小田原城へ討伐軍を差し向ける。それを蛍は世を離れ、隠遁《いんとん》の旅の空で聞いた。

「禿鼠《はげねずみ》が天下を盗るか」

名状し難い嫌悪を覚えた。遣《や》り切れない。

二十代も半《なか》ばにして尚、愛らしさを残す玉顔《ぎょくがん》を引き締め、

「行こう」

何もできないかも知れないが、己が目で秀吉の野望の成り行きを見定めたかった。

相変わらず裾《すそ》を膝の上まで切った軽装で、小柄ながら鍛えられた四肢を躍動させ、仔馬《こうま》の尻尾《しっぽ》のように束ねた髪を振って東へ駆ける。


六月十日、蛍は関東に入った。

相模湾《さがみ》を望む塔ノ峰より小田原城を陸海より隙間なく囲む大軍勢を目《ま》の当たりにする。

「大袈裟《おおげさ》なことだ」

驚くより呆《あき》れた。

「天下諸侯が己れに靡《なび》いていることを見せびらかしたいか」

秀吉の思惑《おもわく》は見え透いている。

「さて、何とする」

百年関東に栄えた北条家の滅亡を見に来た訳ではない。が、ただ一人で北条家に助勢しても状況を変えることなどできもせず、その謂《い》われもなかった。

豊臣の軍勢に付かず離れず、相模の宿場や村落で情報を取る。

然《しか》して、六月十三日、

「水攻め？」

小田原城の支城、武蔵の忍城を石田三成が包囲し、築堤水没を画策していると耳にした。

蛍は五年前、実家の紀州太田城を豊臣秀吉に水攻めされ、一族を滅ぼされた。水攻めに遭《あ》う城方の辛さを知っている。居ても立ってもいられなかった。

「阻《はば》んでやる」

微力とわかっていても手を貸したい。

小田原から忍城へは三十里余り、馬は速いが、何刻《とき》も走り続けることは適わず、三里駆けては四半刻休み、これを繰り返して二日で駆け通した。

三成は忍城を水に浮かすため堤を築く。近隣の村人を集め、昼は米一升に永楽銭六十文、夜は米一升に永楽銭百文という報酬で釣り、作事を急がせていた。

全周七里にわたる予定の堤も五里まで築かれていたが、とにかく、

「間に合った」

蛍は城が水に浸《つ》かる前に辿《たど》り着く。

忍城の四方は沼また沼だった。

「これは真面《まとも》に仕掛けたら攻め倦《う》むが、豊家得意の水攻めには絶好の地の利だ」

蛍は眉《まゆ》を顰《ひそ》め、豊臣方の首尾を予測する。

蛍は夜間の作事に紛れ込み、闇を利して城南に及んだ。城中へ投げ文して待つこと四半刻、秘かに下忍口の脇戸が開かれ、蛍は入城を果たす。

番兵に鉄砲を預け、中へ導かれた。

既に投げ文で身分と来意は告げている。

城南下忍口守将の本庄泰展《ほんじょうやすのり》が立ったまま蛍を面接した。

蛍より首二つばかり背の高い泰展は柔和《にゅうわ》な眼差しで見下ろし、

「紀州太田の水攻めのことは存じている。苦労したことであろう」

今、同じ目に遭おうとしている身につまされる。

夜でも将兵の気が衰えていないことが感じられた。

城内は危難に際しても荒《すさ》んでいない。

(将《まさ》に人を得ている)

蛍は感心する。

ところで、泰展は、

「女子でも人手が増えるのは有り難い。城に入ってくれた村の女衆と共に兵を支えてくれ」

と、蛍の才を知らなかった。

蛍は不満げな視線を泰展に送る。

「私も水攻めに遭い、少しばかり智恵があります。一度は禿鼠の秀吉に肝《きも》を冷やさせました。不躾《ぶしつけ》ながらこれを凌《しの》ぐ手立てを申し上げたい」

と、気丈に進言した。

遜《へりくだ》って物申すところは成長しているようだ。

「ふむ」

泰展は不快に思わず、考える。

実のところ、

(手も足も出ぬ)

万策尽きていた。

堤を崩しに兵を出した。が、それこそ寄せ手の思う壺《つぼ》だった。待ち受けられ、討《う》ち取られてしまった。

こうなると、討ち出しにくい。

城方は堤が築かれていくのを見ているしかなく、仕上がって水を流し入れられたら如何《いか》にすべきか、思い及ばない。

城方は水攻めの対抗策を見出《みいだ》せずにいた。

(この女子は豊家の水攻めが如何なるか、身をもって知っている。聴くだけ聴いてみる

か）

切羽詰まっては藁《わら》にも縋《すが》る。

「如何なる手立てか」

泰展は聴き耳を立てた。

「水は此方《こちら》の敵にもなれば、味方にもなります」

蛍は目力を込めて解説する。

五年前の苦労を忘れたことはなかった。

蛍は泰展の持ち場に案内され、床几《しょうぎ》を与えられる。

泰展の腹心、脇本《わきもと》利助《りすけ》と坂本《さかもと》兵衛《ひょうえ》も同席した。

台座には忍城の縄張りと周辺の図面が広げられている。

忍城は北側に本丸を据え、二ノ丸、三ノ丸と南に連なっていた。

（南の備えが厚い）

蛍でなくとも直《す》ぐにわかる。

（北方が広く酷《ひど》い湿地帯で攻めるに難儀なため天然の要害を利すれば良いからか）

その通りだった。

三ノ丸のさらに南に御三階櫓《やぐら》が設《しつら》えられているのは他の城郭《じょうかく》には類がない。大手の備えは万全だった。

（良い城だ）

と、蛍は率直に思う。

その難攻不落の縄張りの外側に赤い墨《すみ》で堤《つつみ》が書き入れられている。あちこち墨が滲《にじ》み、手垢《てあか》の跡もあった。

（これほど備えの厚い城でも周りが湿地という利を逆手《さかて》に取られると弱みに変わる。思案を繰り返し、悩んだのだな）

蛍は城方の苦悩を察する。

「聴かせてもらおう」

泰展は真摯《しんし》に聴く姿勢だった。

蛍は、まず、

「堤を仕上げさせ、石田治部少輔《じぶしょうゆう》を良い気にさせ、侮《あなど》らせます」

と、言い置く。

「大鉄砲はありますか」

それが肝要だった。策戦の可否に関わる。

「二十挺《ちょう》ばかりある」

と、泰展は応えた。

五年前、太田家が揃えた三十六挺に比べれば、少ない。

が、あることが大事だった。なければ、策戦は成り立たない。

「それは良かった」

蛍は、大鉄砲があることを喜ぶ。

そして、紀州太田城で水攻めを破った次第《しだい》を説いた。

泰展は水攻め破りを聴き、

「う～む」

唸《うな》る。

「城南の堤が切れれば、丸墓山の周りに陣取る寄せ手は凄《すさ》まじい勢いで流れ出る水に飲まれ、大崩れするに相違ありません」

蛍は決壊させる箇所を定めていた。


蛍の水攻め破りは泰展から城主の成田長親《なりたながちか》に進言された。

長親は父泰季《やすすえ》が六月七日に急死して間もなく、突然に家督を継いで、いきなり大軍の城攻めを被り、堪ったものではない。

しかし、

（城主になったからには家臣、領民を守らねばならぬ）

覚悟するしかなかった。

泰展と同じく豊臣方の水攻めを如何に凌ぐか、思案を重ねていたところである。

長親は二ノ丸の書院で泰展から策を聴いた。

「水攻めを知る女子か」

長親は能面のような顔の目を丸くして呟《つぶや》いた。

「家老衆を広間へ集めてくれ」

と、泰展に指図する。

そして、

「その女子もだ」

蛍に説かせるつもりだった。


二ノ丸の広間に城方の主立った将が集まる。

泰展より水攻め破りの策を聴き、

「真《まこと》に、そのようなことができるのか」

宿老の酒巻靱負《さかまきゆきえ》が疑問を口にした。

泰展が隅に控《ひか》えていた蛍に目配せする。

蛍は立ち上がり、

「できます。私はその術《すべ》を知っている」

と、明言した。

「其方《そなた》は」

靫負が誰何《すいか》すると、

「紀州雑賀は太田の生き残りにて蛍と申します」

蛍は名乗る。

「雑賀の太田……確か五年前、此方と同じように水攻めされて滅ぼされた太田か」

「ええ」

「知っている、とはまるで、水攻め破りに其方も加わっていたようなことを言うな」

靫負は訝《いぶか》る。

「ええ、水攻め破りに私も加わっていた。鉄砲には心得がある」

蛍の申し出は場を騒がしくした。出し抜けに押し掛けて入城した見ず知らずの女の言葉を俄《にわ》かには信じ難い。

「其方、見たところ女子であろう。形《なり》も小さく、力もなさそうだ。水攻め破りに加わっていたとは真のこととは思われぬ」

靫負が一同の思いを代弁する。

すると、

「撃たせてみたら良いではないか」

長親が切り出した。

「えっ」

一同、声を上げる。

泰展は頷《うなず》き、

「殿の仰《おお》せの通り、百聞は一見に如《し》かずでござろう」

蛍の試技を促した。

当の蛍は眉を顰め、口を真一文字に結び、内心、多少の戸惑《とまど》いはあるが、

(妙なことになったものだが、取り敢えず撃てば良いのか)

鉄砲撃ちを拒んだことはない。


蛍は射場に移った。

長親と泰展や靫負家老衆が見分する中、射撃を始める。

驚きと感嘆の声が上がるまで寸刻も掛からなかった。

蛍は火縄に火を点け、竹筒に銃弾と火薬を入れた早合《はやごう》で弾薬を一度に仕込む。火皿に口薬を入れて火蓋《ひぶた》を閉じ、火縄を火挟《ひばさみ》に挟み、的を見定めて火蓋を切り、銃爪《ひきがね》を引いて撃った。

その手際の良さに家老衆が見惚れる中、的の中央が見事に撃ち抜かれる。

「おおっ」

喚声が上がった。

蛍は休まず、銃腔に槊杖《かるか》を通して煤《すす》を拭《ぬぐ》い、火穴に弄《せせ》りを通して清め、早合で弾薬を仕込んで撃つ。これを十二拍間隔で繰り返し、十発撃った。その全てが的の中央を捉《とら》えている。

あまりにも鮮やかな鉄砲捌《さば》きに家老衆は声も出なかった。

第一章　生き残りしものたち

一

それはまるで五年と二百里の時空を遡《さかのぼ》ったかのような光景だった。

武州忍城の周囲に堤が築かれていく。

(同じだ)

蛍は三ノ丸南の御三階櫓《やぐら》から城外を見渡し、太田城の水攻めを思い起こしていた。

(あの時と同じならば崩せる)

自信を深める。

忍城の水攻め破りは蛍の主導で進められた。

城方の諸将も見事過ぎる鉄砲試射を目の当たりにしてからは蛍に一目置き、進んで後押ししている。

広場に集まった将兵の前で、

「これは早合と言い、竹筒に銃弾《たま》と火薬を合わせています。別々に仕込むより二、三拍速く撃てます。然程《さほど》、拵《こしら》えるのに雑作はありません。寄せ手と対するまで、できるだけ多く拵えてください」

と、力説した。

また、戦力にならない村人衆には、

「十人乗れる大筏《おおいかだ》を四艘《そう》、造って欲しい」

と、指示する。

二十挺の大鉄砲を五挺ずつ四組に分け、それぞれ五人ずつが援護する段取りだった。

城方は来たる水攻めの時に備えて造作に余念がない。

そして、蛍は、

「もっと脇を締めて。そうすれば、腕が動かず、狙いが定まる」

「速いに越したことはないけど、火薬を漏らさないよう気を配って」

撃ち方を手解きし、

「鉄砲の中の煤《すす》はしっかり取らないと、使えなくなる」

手入れについても厳しく言い付ける。

蛍は忍城が外濠《そとぼり》のみならず郭《くるわ》と郭の間にも内濠を巡らせていることを利用して、

「水攻め破りを模して濠に筏を浮かべて撃ってみましょう」

実戦を想定した訓練にも及んだ。

仕上がった大筏に鉄砲衆が乗り、

「始めて」

蛍の指図で十間向こうの的へ連射する。

ほとんどが的に掠《かす》りもしなかった。

大鉄砲を扱う撃ち手は反動も大きく、より苦労する。

(やはり雑賀の鉄砲撃ちのようにはいかないか)

蛍にとって想定の内だった。

「見て」

自ら手本を見せる。

揺れる筏の上では蛍でも的の中心を撃ち抜き難いが、全て的を捉えていた。

「的は動かない。目を凝《こ》らし、的を確《しか》と見定めて撃てば、必ず当たる。とにかく、慣れて。慣れることよ」

鉄砲衆を励ます。

修練は三日間、日中に集中して続けられた。夜は、

「しっかり休んで」

休みにしっかりもないが、体力回復に努めさせる。

斯《か》くして、鉄砲衆は確実に上達し、全て的を捉えるまでには至らなかったが、半分は当てることが適《かな》うようになった。

「十分よ。的は動かぬ盛り土だからね」

蛍は鉄砲衆の進化を喜び、策戦の成功を確信する。


築堤が始まって五日目のことだった。豊臣方は金穀に物を言わせて村人を動かし、短期間で円周七里もの堤を築き上げる。

「河水を流せ」

三成は忍城の南流する荒川から河水を引かせた。

堤の内に河水が滔々《とうとう》と流れ入る。

三成は丸墓山の陣より忍城を見下ろし、

「備中高松は半月、紀伊の太田は二十四日だったか。さて、この城は何日保つか」

自らの策の成り行きを楽しんでいた。

ところが、自然は人間の思い通りにならない。

水は大地に吸収され、城郭を浸からせるまでには至らなかった。

「沈まぬか」

三成は冷静に現実を直視する。

それでも、

「まあ、良い。浮き城でも城方が身動き取れなければ、糧《かて》は費《つい》えていく」

一定の成果を認めた。


実は城方にとって、不完全な水攻めこそ最悪だった。

「これでは堤を切っても大した流水にはならない」

蛍が御三階櫓から水面を見下ろして嘆息するように、寄せ手の仕掛けが大きいほど逆手に取られた時の反動も大きく、小さければ、軽く往《い》なされてしまう。

水嵩《みずかさ》が高くも低くも城方が動けぬのは変わらず、三成の言うように兵糧は減り、消耗するばかりであった。

時は六月、

「雨は必ず降る」

蛍は天を仰ぎ、雲を待つ。

指を咥《くわ》えて待つつもりはなかった。

「来たる時に備えて、さらに体を慣らしましょう」

蛍は将兵を鼓舞し、水上での射撃精度を上げるため練磨《れんま》する。

果たして、

「来た」

鉄砲衆を指導する蛍は頬に水滴を感じた。

一滴、二滴、度重なり、やがて大雨となる。

雨は降り続き、滝の如く堤の内に水を満たしていった。

六月十八日、雨は一旦、止むが、忍城の本丸にまで水が及ぶ。

「今こそ」

蛍は泰展に時機到来を告げる。

「よし、行け」

泰展の差配にて蛍を含む鉄砲衆四十人が出撃した。

十人ずつ四艘の大筏に分かれ、脇本利助、坂本兵衛、大越彦次郎《おおこしひこじろう》に蛍が指揮する。四艘は夜陰に乗じて城南の堤に近付いて行った。

四艘の大筏は堤に二十間まで及ぶ。

堤の上には十間ごとに番兵が見張っていたが、

(城方は水に浸かり、手も足も出ない)

と、高を括《くく》っていた。然程に警戒もせず、大筏の接近に気付いていない。

「放て」

蛍の合図でまず二組一艘五人ずつ十人が立ち上がって鉄砲を撃ち、堤上の兵を威嚇《いかく》した。

「う、うわ」

番兵は不意を衝《つ》かれて驚動し、混乱する。

「大鉄砲」

蛍が頃合良く、大鉄砲の射撃を促した。

城方は十挺の大鉄砲によって堤を崩しに掛かる。揺れる筏の上で可能な限り一点に大弾を集中させ、穴を穿《うが》っていく。

さらに、十人が鉄砲を撃ち、豊臣方に反攻の隙を与えず、また十挺の大鉄砲の大弾を堤に撃ち込んだ。

それぞれ早合の木栓を取り、鉄砲の銃口へ火薬と弾を一気に注ぎ込み、槊杖《かるか》で薬室に突き込む。この間十八拍、雑賀の四人組撃ちには及ばないが、十挺ずつ交互に仕掛けることにより間断なく銃撃した。

大鉄砲の威力の反動で撃つごとに大筏は下がって行く。下がっても三十間の内であれば、射撃は可能なため、二十間まで近付いていたのだ。

豊臣方の番兵だけでは対応し切れず、本陣へ敵襲を告げに走っている。

大筏が堤から大きく離れ、豊臣方の将兵が慌てて集まる前に事は済んでいた。

堤は二箇所で崩れ出し、溜まった水が漏れ出す。小さな穴が大きくなっていき、ついに水は噴流し、堤は決壊した。

「うわあ」

大勢の悲鳴が上がる。

濁流は豊臣方の将兵を押し流し、忍城周辺は泥沼と化して馬の蹄《ひづめ》さえ立たなくなった。

城方の鉄砲衆も流れ出る。懸命に体勢を立て直して逃走に移った。

そこへ泥土を物ともせず巧みに馬を駆り、追い掛けて来る武者あり。

蛍は胴火を確かめた。茶の柄杓《ひしゃく》のような胴の容器に巻き火縄が仕込まれている。

「良し」

蛍は頷《うなず》いた。

雨天など水に晒《さら》されても火種は保たれ、此度《こたび》も火は残っている。猛然と迫る騎馬武者に対し銃撃して足止めに掛かった。

三十間の内に入れば、銃弾は甲冑《かっちゅう》をも貫通する。蛍は騎馬武者の太刀を手にする右腕を狙って撃った。

ところが、騎馬武者は避けもせず、太刀一閃《いっせん》、銃弾を払い落とす。

「何と」

蛍は一驚したが、焦らず、早合を使い、二発目を仕度した。早合により間隔は十二拍まで縮まっている。

馬を狙った。殺しはしない。

銃弾は馬首を抉《えぐ》った。

馬は慄《おのの》き、前脚を高々と上げる。

武者は振り落とされなかったが、遅れて城方との間が大きく開いた。

馬が立ち直り、武者は鋭い眼光で、決死隊を睨《にら》み据える。

武者に乱髪天衝脇立兜《らんぱつてんつきわきだてかぶと》の将が駆け寄った。

「左近《さこん》、大事ないか」

と、声を掛けたのは寄せ手の主将、石田三成である。

「大事ございません。が、逃しました」

その武者、島《しま》左近は悔《くや》しそうに応えた。

「してやられたわ。一から為直しだ」

三成は歯嚙《はが》みする。

鉄砲衆は城へ戻り行く。

蛍も一旦は帰城したが、直ぐに厩《うまや》へ駆け込み、

「馬、借ります」

と、言って飛び乗り、駆け出す。

「どこへ行く」

利助が声を掛けると、蛍は、

「秀吉を撃つ」

そう言って走り去った。

二

蛍は駆ける。関東の野を、南へ。

五年前、太田城が攻略された後、紀ノ川で秀吉を狙撃した。秀吉の一物を撃ち抜き、不能にし、好色の悦《たの》しみを奪ったと思ったが、淀ノ方《よどのかた》が秀吉の子を産んでいる。秀吉が男として健在であることを物語っていた。

（次は仕損じない）

小田原から忍へ来た道を返し、同じように馬を休ませつつ二日で到達した。

秀吉は小田原城を見下ろす笠懸山《かさがけやま》にいる。関東を睥睨《へいげい》し、北条勢をことごとく押さえ込む豊臣方二十万の豪勢に満足していた。

秀吉の癖は相変わらず、日々広大な関東平野に向けて放尿して悦《えつ》に入っている。過日は家康を誘って連れ小便に及んだと聞く。

(寄せ手は城を囲む輪の内へ目が向き、外への配慮が疎《おろそ》かになっている。軍勢でも来ない限り気付かない)

蛍は攻囲軍の傾向を読み切っていた。

その通り豊臣方は西からの背後へはほとんど意識していない。

蛍は北西から斜面を這《は》い登った。

(！)

気配がした。秀吉は暗躍する刺客を警戒して忍びや鉄砲撃ちを山中に散らばせて見張らせている。

(ちっ)

蛍は舌打ちした。

斜面に身を伏せ、息を殺して、気配を辿《たど》り、遣り過ごす。

すると、
(あれは)
見張りの一人、顔に見覚えがある。
思わず、はっ、と息を漏らしていた。
見張りが気付く。走り寄り、接近して来た。
(下手《へた》をした。仕方ない)
蛍は俄かに立ち上がる。目の前に迫った見張りに銃口を突き付けた。
同時に見張りの銃口も蛍へ向けられている。
正に一触即発の状態で対峙《たいじ》した。
すると、
「お、お前は」
見張りも蛍を知っていた。
「鈴木の善之《よしゆき》か」
蛍はその名を呼んだ。
鈴木一族、つまり雑賀十ヶ郷《じっかごう》の生き残りである。
宮郷と十ヶ郷は対立していたが、同じく雑賀衆として交流はあった。
孫一《まごいち》が目立ち過ぎて、善之は脇に回っていたが、中々《なかなか》の撃ち手である。宮郷は難敵と認識していた。

「おお、宮郷は太田の蛍か。生きていたとは」

鈴木善之は敵意なく、心から懐かしみ、鉄砲を下げる。

蛍も合わせて構えを解いた。

「相変わらず十ヶ郷の生き残りは秀吉の手先か」

蛍は言い腐す。

「ふん、何とでも言え。生き残るためだ」

「私はその秀吉を狙いに来た」

「大人になっても相変わらず命知らずだな」

「秀吉の手先なら私の敵だ。だが、手出しせぬ者を撃ちたくない。構えろ」

「同じく雑賀の者を撃ちたくはない。もうこの世に少なくなった」

善之の切ない思いに蛍も心の氷を解いた。

「孫一とは違うな」

好感を持つ。

「ここはまだ山裾故、人の目も少ないが、上へ行けば行くほど、殿下に近付くほど人数が出ている。如何にお前が早撃ちでも抜けまい。止《や》めておけ。出交《でく》わしたのが儂《わし》で良かったな。余の者の目に留まる前に去《い》ね」

善之は忠告もしてくれた。

それでも、

「秀吉を仕留めなければ、戦《いくさ》は終わらない」

と、蛍は聞かない。

「儂は今、加藤主計頭《かとうかずえのかみ》（清正《きよまさ》）様に仕えているが、家来衆は精強だ。中でも貴田孫兵衛《きだまごべえ》の率《ひき》いる鉄砲衆は儂が鍛《きた》えた。中々の撃ち手が揃っている。お前は上様に辿り着く前に蜂の巣だ。それでも行くと言うなら、まず儂を倒してから行け」

善之は尚も懇篤《こんとく》に説得する。

そうまで言われて、

「仕方ないな。私もお前を撃ちたくはない」

蛍は苦笑いし、

「此度はお前に免じて引こう」

と、言い残して立ち去った。

三

天正十八年七月、北条氏政《うじまさ》の降伏をもって小田原の陣は終わった。

諸家の軍勢が小田原から退去する。

蛍も今の棲家《すみか》、伊賀の柘植《つげ》に戻った。

柘植の北村は北から東へ油日岳《あぶらひだけ》、南に霊山、西から北へ雨乞山《あまごいやま》と山地で囲まれ、隔離されている。服部半蔵《はっとりはんぞう》の骨折りで摩仙名《ませんな》の子が隠れ棲み、蛍も同居して射撃術を仕込んでいた。

摩仙名も生きている。

が、母が傍《そば》にいると甘えが出る、と心を鬼にして子離れし、紀州で小雀《こがら》と共に太田家の菩提《ぼだい》を弔《とむら》っていた。

摩仙名の期待した通り、蛍は厳しい師匠だった。

その子が的の中心から大きく外すと、

「兵右衛門《へいえもん》、脇が甘い。だから揺れる」

などと容赦《ようしゃ》なく叱責する。

摩仙名の子は幼くして父親と同じ名を付けられたようだ。

修行中に、老爺《ろうや》が現れた。

「出羽《でわ》様」

蛍に名を呼ばれたのは服部《はっとり》一族の出羽守保章《でわのかみやすあき》である。

保章は兵右衛門の射撃に目を細め、

「半蔵《はんぞう》から幼児だった兵右衛門の傅《もり》を任されて九年、蛍に仕込まれ、十歳とは思えぬ鉄砲捌《さば》きじゃ」

と、感心して何度も頷く。

蛍は兵右衛門を褒《ほ》めたことがなかった。

兵右衛門は褒められて嬉《うれ》しい。

「有り難うございます」

顔を赤らめ、ぺこりと頭を下げる。

しかし、

「まだまだです」

蛍は甘い顔をしなかった。

「手厳しいのお」

保章は苦笑しつつ、

「客だ」

と、蛍に告げる。

そして、顔を見せたのは、

「半蔵様」

であった。

蛍の顔が綻《ほころ》ぶ。

「息災《そくさい》のようだな」

半蔵は破顔し、

「ほお、朝比奈《あさひな》の倅《せがれ》も大きくなったものだ」

兵右衛門に近寄り、頭を撫《な》でた。

「十歳になります」

「そうか」

半蔵は頷き、

「良く育ったものだ。出羽に預けて間違いなかった。国主となった筒井《つつい》の家中は内輪揉《も》めし、戦好きの殿下（関白秀吉）に従って九州や関東へ駆り出されて足許が定まっていない。伊賀の鄙《ひな》など気に掛ける間もあるまい」

自らの選択に満足していた。

「伊賀侍従《じじゅう》（筒井定次《さだつぐ》）は煽《おだ》ての巧い飛騨守《ひだのかみ》（中坊秀祐《なかのぼうひですけ》）を寵遇《ちょうぐう》している。飛騨守に唆《そそのか》されて家中随一の傑物、島左近を追い出してしまった。左近のいない筒井家など恐れるに足りぬ」

と、保章は説くが、決して大袈裟《おおげさ》ではない。

「その島左近は今、石田治部少の側近くにいる。石田家、延《ひ》いては豊家にとって幸い、我らにとっては厄介《やっかい》だ」

半蔵は閉口する。

(石田家中の傑物、島左近)

蛍は武州忍の戦いで左近と相見《あいまみ》えていた。

(あいつか)

それが市兵衛と半蔵も一目置く島左近と思い当たる。

「島左近とはそれほどの人物なのですか」

興味が湧き溢《あふ》れるばかりだった。

保章が応《こた》える。

「文武に秀でること当代屈指、筒井の先代、順慶《じゅんけい》が大和を堅持できたのも左近の智勇あってのことと申して良い。石田治部少は当時の知行四万石の半分二万石を割《さ》いてまで左近を説き、漸《ようや》く適《かな》った」

これに半蔵が、

「そのような驍将《ぎょうしょう》を敵に回さなければならなくなることもある」

言い足して蛍へ向き直った。

「頼みがあって来た」

と、告げる。

「頼み……ですか」

蛍の心が動いた。

半蔵の頼みなら徳川の兵事に違いない。蛍に頼む兵事なら鉄砲に関わることと確信して良かった。

保章が、

「立ち話で済むことでもなかろう。まあ、中へ」

半蔵を屋敷へ誘い、蛍を促す。

蛍は、

「兵右衛門は鉄砲の手入れをしなさい」

と、兵右衛門に言い付け、保章と半蔵に続いた。

半蔵は保章の案内で奥へ入り、書院で蛍と向き合った。

保章は脇に控える。

太田家の侍女だった下針《しもはり》が白湯《さゆ》を運んで来て半蔵に振舞った。蛍と兵右衛門の世話を焼いている。

「私に用とは如何《いか》に」

蛍が訊《き》く。

半蔵は白湯を一口飲み下し、

「江戸に来てくれぬか」

と、単刀直入に告げた。

出し抜けに言われて、蛍は目を丸くする。

「江戸って、どこですか」

「関東の武州だ」

「関東！　武州！」

蛍が秀吉の北条討伐を直視しに関東へ行ったのは前月のことだった。その時、江戸には立ち寄っていない。蛍も知らないように、この当時、江戸などという地名を知る者はほとんどいなかった。

「そんなところへどうして」

疑問を持つのは当たり前である。

「殿が移封されることになった」

「えっ」

これまた驚かざるを得ない。

「殿下（秀吉）のご意向だ」

秀吉の呼び名が出て、蛍は眉間《みけん》にしわを寄せ、嫌悪感を露《あら》わにした。

「殿は駿遠三《すんえんさん》（駿河《するが》、遠江《とおとうみ》、三河《みかわ》）と甲信（甲斐《かい》、信濃《しなの》）の代わりに関八州（武蔵《むさし》、相模《さがみ》、安房《あわ》、上総《かずさ》、下総《しもうさ》、常陸《ひたち》、上野《こうずけ》、下野《しもつけ》）を賜《たまわ》った。百万石の加増だそうな」

「百万石の加増とは凄いではないですか」

「凄いものか。魂胆《こんたん》があからさまだ」

「どういうことですか」

「徳川家が根付いた駿遠三から切り離し、上方から遠ざける狙いだ。しかも北条と結ぶ恐れありと思い、小田原を首府にすることも認めぬ」

「左京大夫《さきょうのだいぶ》（北条氏直）に督姫《とくひめ》様が嫁《とつ》がれているからな」

保章が言い添える。督姫は徳川家康の次女だった。

「断ることはできないのですか」

蛍は問う。

「いや、殿はお受けになった。北条の色が根強い小田原より未だ切り拓《ひら》かれていない江戸を撫育《ぶいく》し掌握する御心のようだ」

「辛抱強い家康様らしい。どのような町ができるか、楽しみだわ」

「そこでだ」

半蔵は本題に入る。

「儂は城の一門の番を任されることとなった」

「それは大事なお役目」

「そうだ。百人の鉄砲足軽《あしがる》を預かる」

半蔵は目力を溜《た》めて蛍を見詰め、

「その百人組に蛍が鉄砲撃ちを指南して欲しい」

申し入れた。

「えっ、私が」

蛍は驚くばかりである。

「儂が知る中で、お主ほどの鉄砲撃ちはいない。殿下も上方から百三十里も離れた江戸の細かいところまでは目が届かぬ」

と、半蔵は説くが、余りに唐突で直ぐには蛍の思考回路が繋《つな》がらなかった。

そこで、半蔵はにやりと笑い、

「此度、殿のお許らいで江州国友《ごうしゅうくにとも》に新しい鉄砲を造らせた」

と、告げる。

新しい鉄砲とは蛍にとって殺し文句だった。

案の定、

「えっ」

蛍の食指は動く。

半蔵は間髪入れず、

「近頃の堺《さかい》の作はどうも派手な飾り金具や象嵌《ぞうがん》を施《ほどこ》した見た目だけの鉄砲ばかりになったが、国友の鉄砲は撃ちやすさを重んじた秀作が多い」

と、蛍の好奇心を突いた。

こうなると、もう、

「行く」

蛍は目を輝かせて快諾《かいだく》する。

「有り難い」

半蔵は嬉しそうに頷いた。蛍の性向を深慮した半蔵の勝ちである。

問題は、

「鉄砲衆の指南となれば、長くなるだろう。これまでの気紛れな鉄砲働きとは訳が違う。兵右衛門はどうする。儂は忍びの術を教えられても鉄砲は蛍の域に程遠い。下針も雑賀の生き残りで、撃ち方もまずまずだが、蛍のような厳しさがない」

保章が憂慮した。

「考えがあります」

蛍は即答する。いずれ遣り甲斐のある仕事が舞い込み、長く伊賀を離れることになる時に備えて前々から考えていた。

「そうか。で、どうするつもりだ」

「まあ、楽しみにしていて下さい。兵右衛門にとっては嬉しくもあり、いや、最も恐ろしいかも知れない」

蛍は一人、悦に入る。

「蛍に任せよう。鉄砲のことで悪いようにはせぬであろう」

半蔵は心配もしなかった。

「ところで」

と、畏《かしこ》まる。

「名を変えてもらえないか。いや、一時の方便で良い。上方からでは江戸のことなどわからぬと申したが、さすがに太田蛍という指南を迎えたとなると、気づかれる恐れがある」

半蔵は済まなそうな顔で説いた。

蛍は半蔵の立場もわかる。

「わかりました。考えます」

と、応諾《おうだく》した。

半蔵は全て思い通りとなり、肩の荷を下ろす。

「では、江戸で待っている」

そう言って、もう腰を上げていた。

「お忙《いそが》しいことで」

蛍は半蔵の忙《せわ》しなさに驚く。

「殿は殿下に言い掛かりを付けられぬよう早々と八月には江戸入りされるお積りなのだ。我らも遅れぬよう仕度《したく》を急がねばならぬ」

半蔵は眉間に皺《しわ》を寄せて本分を口に出した。

「気を遣うことですな」

蛍は武門の駆け引きの柵《しがらみ》を感じ、気の毒そうに言う。

半蔵は、

「とにかく、江戸で待っている」

それだけ言い置いて立ち去った。

四

半蔵が伊賀を立ち去ってから七日、蛍も武州江戸へ旅立つ。

保章も懸念《けねん》した幼い兵右衛門の指導はどうするのか。

出立《しゅったつ》の前日夕刻、蛍と兵右衛門の住まいを訪《おとな》う白頭巾の女人あり。

「叔母上」

　蛍が迎え入れたのは摩仙名であった。

　母親が傍にいると甘えが出る。と、心を鬼にして突き放したが、我が子に会いたくない母親はいない。

　蛍も兵右衛門の成長した姿を実の母の摩仙名に見せたかった。

　江戸に出るから仕方ないという口実を与えてやれば、

「それは止むを得ませんね。太田家の菩提守りは小雀もいる……」

　摩仙名は不承不承の体《てい》を取りながら伊賀へ来た。

　十年前、先代兵右衛門と暮らしたのは僅《わず》かに二年足らずだが、

「懐かしい」

　その思いが込み上げる。

「母上」

　兵右衛門が駆けて来た。

　その笑みは屈託なく、母親を慕《した》う子供の顔だった。

　先代の面影があり、摩仙名をはっとさせる。しかし、

（ここは厳しく）

　己れを律し、

「私は鉄砲に通じていないけど、見届けはできる。蛍姉様がいなくても手抜きはできませ

んよ」

と、気丈に告げた。

兵右衛門は笑みを消し、口を真一文字に結んで頷く。

蛍は内心苦笑しつつ、

(母上とは大違いだ。本当に姉妹なのかしら)

限りなく優しかった亡き母を思い出していた。

さらに、父左近、姉の鶴《つる》と梟《きょう》の顔も次々と脳裏に浮かぶ。

(皆、見守ってくれている)

そう確信し、

(私には雑賀の鉄砲を後の世まで伝える役目がある。江戸へ出て、しっかり指南して来ます)

決意も新たに江戸へ旅立った。


八月一日、家康は江戸に入る。

服部半蔵を含む家来衆も移住し、それに遅れること三日、蛍も来着した。

「来てくれたか」

半蔵は大いに喜び、蛍の両手を取って握り締める。

蛍は仰々《ぎょうぎょう》しい歓待にたじろぎながら、

「お役に立てるよう励みます」

と、応えた。

伊賀組の指南役としての日々が始まる。

その前に、

「で、名は考えてくれたか」

半蔵は前もって出していた課題の応えを訊いた。

蛍は頷いて懐《ふところ》から料紙を取り出し、半蔵へ手渡す。

半蔵は二つに折られた料紙を広げ、書かれた文字を見た。

蛍は平然と言う。

「沙伊可《さいか》ではどうですか。紀伊の伊も入っている」

「さ、さいか」

半蔵は渋い顔をする。

全く能がない。

「そのままではないか」

半蔵は難色を示すも、蛍の私案を突っ撥《ば》ねはせず、考えた。

「さいか、では殿下に悪《あ》しき因縁を思い起こさせる。そうだな」

矢立を取り出して料紙に筆を走らせる。その字を蛍に見せて、

「お前の思いも汲《く》んで、沙也可《さやか》ではどうか。女性の名としても通じる」

と、返答した。

「さやか」

蛍は名を口にし、

「まあ、良いか」

と、あっさり承知した。

素《もと》より適当に考えた名である。拘《こだわ》らない。

名乗りの一件も落着し、半蔵は、

「長の旅、疲れたであろう。住居《すまい》へ案内しよう。今日のところはゆるりと休むが良い」

と、言って腰を上げ、蛍を促した。


蛍は半蔵に付き従いながら絶句する。

(これが二百五十万石の太守の城か)

と、愕然《がくぜん》とするほど江戸城は見窄《みすぼ》らしかった。

街道が整備されていないため金杉で西北へ折れ、麻布、国府路《こうじ》(麴《こうじ》)町《まち》を経て西から江戸入りしたため城の縄張りはほとんど見ていない。今、城の内へ内へと進むにつれ、余り

の粗末さに気が滅入《めい》るばかりだった。

城郭は荒れ果て、茅葺《かやぶき》の家が点在している。

「驚いたであろう」

半蔵は蛍の心中を察した。

「は、はい。浜松や岡崎の御城とは酷く違いますね」

蛍は本音を言う。

「儂も驚いた。西側などまだまだ、東側は土地が低く、海の水が差し込む茅原、南はすぐ入り江になっている」

「家康様がお労《いたわ》しい」

「全くだ。しかし、殿は、整った城には手を入れ難い、朽ちているからこそ手を入れなければならず、本丸と二ノ丸しかない郭を増やし、濠を改め、海を埋め立て、徳川の城として蘇《よみがえ》らせることができる、と仰せだ」

「辛抱強い家康様らしい」

「人は城、人は石垣、人は濠、とは殿の尊崇される武田信玄《たけだしんげん》公の教えだ。如何に堅固な城であろうとも人が惰弱であれば、脆《もろ》い。反して、柵にも等しい砦《とりで》でも有為が守れば、落とし難い。城を守る我らが強くなければならぬ。そのために来てもらったのだ」

半蔵が力説する内、蛍の住まいに着いた。

　玄関に入ると、板間に三十路半ば頃《みそじなか》の女性が畏まっている。

「出羽の娘で伏屋《ふしや》と言う。蛍の身の回りの世話をする」

　と、半蔵は紹介した。

「伏屋と申します」

　名乗って顔を上げる。細面で切れ長の美しい顔立ちだが、少し翳《かげ》りがあった。

　蛍はたじろぎ、

「で、出羽様の娘様でございますか」

　驚くばかりである。

「蛍が暮らす前に伊賀を出た。殿が気の利く小姓をお探しだった故、儂が倅の弥平兵衛《やへいべえ》を推挙した。弥平兵衛が小姓として殿の側近く仕えることとなり、伏屋も付き添った」

　半蔵が経緯を説いた。

　蛍は目を丸くし、

「出羽様の娘様に私のお世話など勿体《もったい》ないことです」

　恐れ縮み込む。

「遠慮することはない。其方は大事な指南役だ。指南に専心するためにも世話役は要《い》る。弥平兵衛は殿の小姓である故、ほとんど家にいない。伏屋も日々手空《てす》きでは気が引けると言う。其方の世話でもすれば、気晴らしになる。伏屋のためでもあるのだ」

半蔵が懇《ねんご》ろに推《お》せば、

「よろしくお願い致します」

伏屋も心していた。

蛍は戸惑《とまど》いつつも、

「こ、こちらこそよろしくお願いします」

と、応え、ぺこりと頭を下げる。

斯くして、蛍の江戸での暮らしが始まった。


翌朝、射場に伊賀組百人が集まる。

百人は整然と十人ずつ十列に並ぶ。

半蔵が蛍を引き連れて来た。

蛍は裾の詰まった紺袴《こんばかま》を脚絆《きゃはん》で留めている。伊賀組の忍び装束《しょうぞく》に似《に》ていた。徳川家の警護を託された伊賀組の鉄砲指南役ともなれば、裾を膝上まで切った装束は憚《はばか》られることを弁《わきま》えていたが、相変わらず男と同じ身形《みなり》である。後ろ髪を仔馬の尻尾のように束《たば》ねるのは男でも見掛けた。

組頭の半蔵が現れ、百人一同、右片膝を地に着き、頭《こうべ》を垂れる。

半蔵は列の半ばで立ち止まって向き直り、左から右へと見渡した。一糸乱れぬ纏《まと》まりに

満足して頷き、

「面を上げよ」

と、指図する。

百人が顔を上げると、二百の目に蛍の小柄な姿が映った。

「此方《こちら》は沙也可。皆の鉄砲指南だ」

半蔵が蛍を紹介する。

十列の左から六列目先頭、つまり与力の一人が親しみに満ちた視線を向けていた。

「百右衛門《ひゃくえもん》さん」

蛍も笑みを浮かべる。百々《とど》百右衛門は本能寺の変後、家康《いえやす》の伊賀越えを援《たす》けた伊賀者の一人で今は半蔵の配下に入っていた。共に苦難を乗り越えた仲間であり、心が通じている。

好意を持つ者がいれば、嫌悪《けんお》する者もいた。

「女にどれほどの技量がある」

五列目先頭の与力が吐き捨てるように言う。

それを半蔵が耳にして、

「女とて侮れぬぞ、源左衛門《げんざえもん》」

と、言い返した。

この小頭、服部源左衛門正就《まさなり》は半蔵の嫡男《ちゃくなん》で蛍の一つ年上の二十六歳である。伊賀越えの時は浜松にいたため蛍と接していなかった。

「ほた……あ、いや、沙也可は当代随一の鉄砲撃ちと言っても言い過ぎでない」

半蔵は言い直して蛍を褒めちぎる。半蔵は百右衛門ら蛍を知る者の他には正体を明かさないよう言い付けていた。

源左衛門は蛍を知らず、よって、技量もわからない。

「ほお、父上がそこまで仰せとは」

あくまで斜《しゃ》に構えていた。

「父ではない。組頭だ」

半蔵は源左衛門の無神経を窘《たしな》める。そして、

「源左衛門、お主も腕に覚えがあるようだが、一発撃ってから次を何拍で撃てる」

と、訊いた。

源左衛門はしたり顔で、

「十五拍」

と、応える。

これまで源左衛門の周囲には十五拍どころか二十拍を切る撃ち手はいなかった。

「早合を使ってか」

半蔵がさらに問う。

源左衛門は、ふん、と鼻を鳴らし、

「申すまでもござらぬ。早合という利器を使わぬは愚《おろ》かでしょう」

と、返した。

「然様《さよう》か」

半蔵は合点し、

「ならば、沙也可と競ってみよ」

と、言い渡す。

源左衛門はにやりと笑い、

「面白い」

乗ってきた。

半蔵に促され、蛍は無言でこくりと頷く。

「良いか」

半蔵、蛍、源左衛門に引き寄せられるように伊賀組は鉄砲射場に移った。

蛍と源左衛門が射手の位置に並び立つ。的は三十間先に設えられていた。その的を撃ち抜く早さを競う。

半蔵には思惑があった。

（近頃、源左衛門の増長は甚《はなは》だしい。ここらで鼻っ柱を折っておいた方が良い）

厳しい親心から蛍と源左衛門の勝負を望む。

それだけではない。

（伊賀組の者共も蛍の撃ち方を見ておいた方が良い。伊賀組にとっても一流の技量を見ることは学びとなり、また、蛍の実力を思い知れば、従順に指南を受けるに相違ない）

この競い合いを余すことなく利用しようとしていた。

蛍と源左衛門は鉄砲に弾薬を込め、火縄を点じる。

「十連射だ」

半蔵の指示で勝負は始まった。

蛍と源左衛門が撃つ。

一発目は弾薬仕込み済みであり、同時に的の中心を撃ち抜いた。

要は二発目である。

源左衛門は早合で銃口へ火薬と弾丸を一気に注ぎ込み、槊杖で突く。

蛍は火薬に続いて弾丸を早合を使わず装塡《そうてん》した。

互いに火縄に点じ、火挟みに付けて銃爪を引く。

銃声は一つ、つまり、銃撃は同時だった。

三発目――

蛍が今度は早合を使い、撃つ。
それより三拍遅れて源左衛門の鉄砲から銃声が上がった。
蛍と源左衛門は続けて十発撃つ。
伊賀組が見守る中、両者、正確に的の中心を撃ち抜いていく。
が、撃つ度に差は開き、蛍が十発撃ち終えた時、源左衛門は三発残していた。
「何っ」
源左衛門は目を剝《む》く。焦《あせ》り、三発共的の中心を外した。
「わかったか。お主の負けだ」
半蔵は冷徹に現実を言い渡す。
源左衛門は歯噛みした。負けて面白くない。跪《ひざまず》き、俯《うつむ》き、眉間に深く皺を寄せていた。
(恐ろしい女だ。今に見ろ。必ず勝ってやる)
蛍の実力は認めるものの意趣を持つ。
その穏やかならぬ形相に蛍は肩をすくめるが、
「気にされるな」
服部市郎《いちろう》右衛門《えもん》が宥《なだ》めてくれた。
源左衛門とは従兄弟ながら性質は穏やかで、心より蛍の技量を認めている。

五

蛍は市郎右衛門や百右衛門に支持されて伊賀組の鉄砲指南として撃ち方を仕込んでいった。

十人ずつ分かれた伊賀衆を一組ずつ見る。一度に十人が丁寧《ていねい》に指南する程好さだった。

この日は各組、如何に早く二発目、三発目を撃てるか、連射の修練で、

「もう少し左脇を締めると揺れない」

とか、

「早合を見ずに注ぎ込み、的だけ見て撃てば、命中の度合が上がる」

とか、気づいたら直ぐに手取り足取り教授する。

蛍に反発した源左衛門も健気《けなげ》に撃ち続けていた。

（勝つ、必ず勝つ）

腕を上げ、蛍に勝ちたい一心で蛍の指南にも文句を言わず、励んでいる。

蛍も源左衛門の技量は認めていた。

（教えるところはない。一人でも上達していける）

と、考え、

「左肩に顎《あご》を載《の》せると腕が固まる」

など微調整の助言に止め、源左衛門も返事はしないものの素直に聴く。

蛍は指南に余念なく、射場の外から何人《なんびと》に見られていても気づかなかった。

昵懇《じっこん》の半蔵ですら姿を見せても蛍の目に入らない。

その半蔵が案内してきたのは家康だった。

「精が出るな」

半蔵が蛍に声を掛けて漸《ようや》く、

「ん」

蛍は気づき、振り向く。

「半蔵様」

厳しかった顔を綻ばせた。そして、後ろの人物に目が移り、

（家康様）

満面の笑みとなる。

非公式《しのび》での伺察であった。

家康は豊臣家に対する手前、沙也可が蛍と同一人物で伊賀百人組指南を知らないことになっている。豊臣家に知られた時は半蔵の一存で雇《やと》ったと白を切るつもりだった。

家康は、

「そこまで儂の胆は小さくない」

と、閉口するが、

「殿は家臣二万の頂《いただき》でございます。殿が窮《きゅう》すれば、家臣二万の暮らしに関わります。些《さ》細《さい》なことでも上方は言い掛かりを付けます。隙を見せてはなりません」

半蔵は慎重の上にも慎重に頑として譲らない。

家康はやむなく公の引見を諦めたが、久々に蛍の顔だけでも見たかった。江戸城内伺察の名目で半蔵始め十人を引き連れ、西門にも立ち寄る。

蛍は鉄砲に関しては厳格だった。家康が来場しても指南中なので、ただ会釈《えしゃく》して、続ける。

伊賀百人組の鉄砲修練を家康は目を細めて見守った。

鉄砲は撃ち続けると熱を帯び、手で扱い難くなる。十二発が限度だった。鉄砲を大事に考えれば、十発までとして休ませるべきである。

十組が十連射したところで、

「鉄砲を休ませましょう。手入れを忘れずに」

と、伊賀衆に告げた。

伊賀衆はそれぞれその場に座り、汗を拭《ぬぐ》ったり、竹筒の水で喉《のど》を潤《うるお》すなど休みながらも鉄砲の手入れを始める。

蛍は大樹に背凭《せもた》れて伊賀衆が鉄砲の手入れをしている様子を眺めていた。

家康が近づいて来る。蛍の右横に並び、

「熱の籠《こ》もった良い修練じゃ。伊賀衆に、休みましょう、ではなく、鉄砲を休ませましょう、か。其方らしい」

と、微笑《ほほえ》み、称《たた》えた。

蛍は振り向かず、

「私に関わられぬが良いかと存じます」

と、諫言《かんげん》した。

「儂は我が城の門を護る伊賀組を強うしてくれる鉄砲指南の沙也可に声を掛けている。何の憚りがあろうか」

家康は意に介さない。

蛍は苦笑し、家康の突き出た腹を見て、

「また少しお太りになられましたか」

歯に衣着《きぬき》せず苦言を呈した。

「話に応じてくれたかと思うたら、言いにくいことを言うのお」

家康は不愉快そうに返すが、顔は心地好さそうに笑っている。そして、

「何かと忙しく、近頃は鷹野《たかの》もできぬ。体が鈍《なま》り、腹の肉も柔らかくなった」

と、零《こぼ》し、

「早く其方を連れて鷹野に出たいものじゃ。其方の銃弾と儂の矢と、何れが多く獲物を仕留めるか、競いたいものだ」

心から望んだ。

「負けませんよ」

蛍も本気で応える。

家康と蛍の軽妙なやり取りを半蔵はほのぼのと眺めていたが、

「お主」

家康の背後に控えている十代半ばの小姓が目を瞋《いか》らして蛍を疾呼《しっこ》した。

「えっ」

蛍は小姓に目を向ける。

「先ほどから謙《へりくだ》らぬ物言い、殿に対し無礼であろう」

小姓は蛍を強く窘めた。

蛍は目を丸くして、

「おお、怖《こわ》」

首を窄《すぼ》める。

「弥平兵衛《やへいべえ》、そう構えるな。少し肩の力を抜け」

家康に宥められて小姓、弥平兵衛は鳴り止む。そして、

「ここは西の守りの要《かなめ》じゃ。鉄砲指南、頼んだぞ」

と、蛍に言い置き、射場を後にした。

半蔵は暫し残り、蛍と話をする。

「済まぬの。喜多村弥平兵衛は常に尖《とが》っているが、根は悪くないのだ。特に殿への不穏、不遜《ふそん》はどうにも見過ごせぬようだ」

と、弁解した。

「気にしていないですよ。家康様に忠実なのは良いことです」

蛍は寛闊《かんかつ》に思い遣ると、ふと、首を捻《ひね》り、

「弥平兵衛という名は聞いたことがありますね。それも半蔵様から」

記憶を辿る。

半蔵は、

「ああ、儂が殿に推挙したと申した」

と、率直に応えた。

「そうでした。伏屋さんの御子でしたね」

「然様」

「えっ、でも喜多村って。服部ではないのですか」

「訳ありでな」

半蔵は顔を曇《くも》らせる。

蛍は察し、

（人にはそれぞれ事情がある）

弁えて、強《し》いて訊くつもりはなかったが、

「伏屋が其方の世話をする。心ない者の口から其方の耳に入るより、儂から伝えておいた方が良いだろう。其方なら何を知ろうと変わるまい」

と、言って、半蔵は余人が近くにいないことを確かめ、話し始めた。

「弥平兵衛の父親は明智《あけち》日向守《ひゅうがのかみ》なのだ」

「えっ」

「驚いたであろう」

「明智日向守って、八年前、本能寺で信長《のぶなが》様を討《う》った」

「そうだ。伏屋は日向守の側室だった。日向守が山崎の戦いで殿下に敗れた後、伏屋は子と共に父親の出羽を頼ったのだが、伊賀の乱の意趣から出羽が日向守を唆して信長公を討たせたなどという噂《うわさ》が立ち、出羽は窮して柘植でも奥地の北村へ隠れ棲み、姓も喜多村に改めた。この先長い生涯を斯様な鄙で日の目を見ぬは不憫《ふびん》と思い、殿へ推挙した。殿は委《い》細《さい》ご承知の上で弥平兵衛を召し抱えられた」

半蔵に打ち明けられ、蛍は己が過去を重ね、身につまされる。肩肘張った態度も境遇に負けまいとする意気の表れと理解した。

「私と同じような身の上ですね」

親近感を覚える。


蛍と同じ身の上はまだいた。

初老の鉄砲撃ちが伊賀組の修練場を訪ね来る。

「五年振りか。懐かしい」

根来《ねごろ》の生き残り大膳《たいぜん》であった。

蛍は伊賀組の撃ち方から目を離さず、

「お久しうございます」

と、返す。

大膳は怒らず待った。

休憩となる。

「ご無礼仕りました」

蛍は直ぐ大膳の相手をしなかったことを謝った。

「指南の最中に来た儂が悪い」

大膳は寛容である。

根来衆はいつまでも蛍に優しかった。

「儂ら根来は成瀬《なるせ》小吉《こきち》様の許、四谷で西に備えることとなった。こことは目と鼻の先故、よしなに頼む」

大膳は旧交を温める。

「こちらこそ」

蛍にしても心強い。

六

蛍が江戸入りして十日余り過ぎた。

日常の鉄砲指南の最中、城外が騒がしい。夥《おびただ》しい人馬の足音が大きくなっていく。

「何事」

蛍が訝《いぶか》ると、

「見て来ましょう」

百々百右衛門が確かめに行った。

程なく戻り、
「殿下の御成《おな》りです。奥州を仕置かれた帰路、立ち寄られたようです」
と、告げる。
（秀吉）
蛍は嫌悪感を覚えた。
秀吉に一族を殺された悲しさ、悔しさが蘇る。
秀吉は家康と重臣達に見送られながら伊賀組の持ち場を通過する。
（討つか）
その好機だった。
果たして、討てば、豊臣の兵のみならず徳川勢に寄って集《たか》って攻め殺されるだろう。
自らの命は惜しくない。が、
（私を雇った半蔵様が罰せられる。家康様にも類が及ぶ）
それはあってはならない。
（やり過ごそう）
と、蛍は諦めた。
だが、
（天下を盗んだ大泥棒の顔を目に焼き付ける）

蛍は伊賀組百人の中に紛れて秀吉に射るような視線を送っていた。

すると、ふと秀吉が振り向いた。蛍と目が合う。

秀吉は蛍の顔を見知っている。蛍の容姿を気に入っていた。一物を撃った憎き相手でもあり記憶に残っていると十分考えられる。

(気付かれたか)

蛍は身構えた。秀吉を見送るに当たって皆、鉄砲を地に寝かせている。いざとなれば、手に取り、秀吉を撃つ。

秀吉は進みながらまじまじと蛍を見ている。が、見咎《みとが》めることなく、そのまま過ぎ去ってしまった。

(この顔を忘れたか)

蛍は首を捻る。

ともあれ、事を起こすことなく、緊張を解いた。

秀吉一行が見えなくなるのを待って、半蔵が蛍に走り寄り、

「肝が冷えたぞ。良く殿下に気付かれなかったものだ」

小言を言う。

確かに、運が良かったとしか言いようがなかった。

蛍は小言を聞いているのだか、いないのだか、秀吉が帰る西方から目を離さない。

「確かに目が合ったのです」

と、覚悟を逸《そ》らされ、気抜けしたように呟《つぶや》いた。

「其方を見忘れたということか」

半蔵が問う。

「そう言えば、いつからだ？」

蛍は首を捻った。

「何が？」

「出羽様が時折、京大坂へ出られて私への追捕《ついぶ》の様子を探ってくれました。奉行の長束大《なつかおお》蔵《くらのたいふ》大輔が甲賀者を使って私を捜させていたようですが、それがいつからか止みました」

「どういうことだ」

「あの好色漢の禿鼠が一物を撃った私を赦《ゆる》すでしょうか。去年、妾《めかけ》に子を産ませたといいますが、致すことができれば、良いのでしょうか」

「そうかも知れぬ。紀州攻めの後、四国、九州と平らげ、ついこの前、小田原の北条を討ち滅ぼしたばかりだ。敵を知るため甲賀者も数多《あまた》に使わなければならず、其方を捜すために割く愚を覚《さと》ったのかも知れない。いずれにせよ、追捕が止んで良かったではないか」

「は、はい」

蛍は気のない返事をする。
裏に何かあると思えてならなかった。

第二章　鋼輪の銃

一

月日は銃弾の如く忽《たちま》ち過ぎていく。

鉄砲漬けの日々は蛍に時の流れを忘れさせた。

（もう二度、年を越したか）

蛍の江戸での鉄砲指南は一年半にも及んでいる。

春は立ったが、まだ寒い一月でも伊賀組は修練に余念がなかった。

蛍は伊賀組の一人一人に目を掛け、

「よし、十八拍、先月より二拍縮まった」

と、褒め、

「真ん中に集まっている。いいよ」

上達を喜ぶ。

「組撃ち」

蛍の指図で三人ずつ組む。早合の考案で四人は要らなくなった。

一年も経てば、個々の性質もわかる。協調性のある三十人を選び、十組仕立てた。

三角に位置取り、後ろ右の伊賀者が鉄砲に早合で弾と火薬を込める。後ろ左の伊賀者が火縄を火挟みに挟む。前の撃ち手が銃爪を引く。

これを繰り返す。

組撃ちは進み出て動く攻めには向かないが、止まって守るには最適だった。西門の警護には打って付けである。

蛍は手を叩いて拍子を取った。

「七拍」

と、その速さを数える。

伊賀組の進化の手応えを感じていた。

半蔵始め伊賀組諸士も鉄砲の腕を磨かせてくれた蛍に感謝して止まない。ここでも直向《ひたむき》に鉄砲の真髄《しんずい》を極めんと求道《ぐどう》する蛍の姿勢は人の心を惹《ひ》き付けた。

斜に構え、人付き合いの悪い源左衛門が組撃ちに入れるはずもない。蛍は源左衛門に教えることなく、自得に任せていた。

一人、黙々と撃ち続け、独修するが、時々、蛍に、

「見てくれ」

撃ち方の見立てを求める。

蛍はただ率直に、

「良いと思う。脇の締まりも申し分ない」

と、愛想でなく、評し、

「肩に力が入り過ぎていないか？　柔らかく」

などと修正を促した。

源左衛門は黙って聞き容《い》れる。

(此奴《こやつ》の助言は役に立つ)

自らの進歩に必要と思うようになっていた。

蛍は伊賀百人組の鉄砲指南として成果を上げ、充実した日々を送っている。

そのはずだった。


三月に入り春雨が続き、火縄を使えず鉄砲修練は休みとなる。

伊賀衆は屯所で鉄砲の手入れをしていた。鉄砲を解体して各部を拭浄《しょくじょう》するのは面倒だが、長く使い、精度を保つには欠かせない作業である。皆、嫌がらず、黙々と手を動かし

ていた。

その中に蛍もいる。が、今は手が止まり、じっと鉄砲を見詰めていた。

蛍の隣に座って手入れする百々百右衛門が気づき、

「どうかしましたか」

と、案じる。

「百右衛門さん」

「浮かぬ顔をして、何かお悩みですか」

「悩みではないのですが、歯痒《はがゆ》くて」

「どういうことでしょう」

「この国に鉄砲が渡って五十年にもなるのに、ほとんど向上していない」

蛍は鉄砲を握る両手を伸ばして正視した。

「国友の鉄砲ですか。前に比べて銃爪を引いてから火薬に火が点じられる間が短くなり、撃ちやすくなったと思うし、命中の度合も上がった」

百右衛門は満足している。

「確かに、それは認める。この子たちは良い鉄砲です。これまでも扱った鉄砲はどれも素晴らしく、愛しく、古くなり、使わなくなっても手入れして朽ちぬようにしています」

と、蛍の普遍の鉄砲愛は変わらねど、

「でも、まだ物足りない」

要求は高かった。

百右衛門は蛍の飽くなき求道心に呆《あき》れつつも温かい目で、

「蛍殿はどのような鉄砲を望まれる」

と、訊《き》く。

蛍は真剣な眼差しで百右衛門を睨《にら》むように見詰め、

「相変わらず雨の日は使えない。胴火で火種は保てても、鉄砲に移す時、濡れてしまう。火に頼らずとも撃てる鉄砲が欲しい。火縄に点じる間が省《はぶ》ければ、今より早く撃てる」

と、応えた。

「えっ」

百右衛門は頓狂《とんきょう》な声を上げる。

(鉄砲は火の力に依《よ》る武具なれば、雨の日に使えないのは当たり前ではないか。火の要らない鉄砲など思いも付かない)

唖然《あぜん》とする望みだった。

最早、百右衛門は二の句が継げない。

蛍は日々考えていた。

（雨の日も撃てる鉄砲）

が、思い及ばない。

気晴らしに鉄砲を手に取り、自ら撃つ仕度をした。

火縄に火を点けるため石を打つ。火花が散った。

「ん」

蛍の脳裏で思案が弾ける。

（鉄砲そのものが火を起こす）

発想が飛躍した。

この時から蛍は新しい鉄砲の仕組みを考え出す。

まず鉄砲を分解してみた。

「鉄と鉄が打ち合うか、擦《す》れ合えば、火花が出る。どこで火花を出させるか」

それを探るが、良い思案が浮かばない。

虚《むな》しく日時が過ぎていった。

蛍の良いところは一つ事に捉われ、思い込んでいても、本分を尽くさなければならない時に切り替えられることである。

（鉄砲指南は疎かにできない）

鉄砲に関わることは全てにおいて真摯《しんし》だった。

伊賀組の修練中は新たな鉄砲を忘れ、指南に徹する。今日も修練は緩みなく、充実していた。

午前の修練が終わり、昼の休みとなる。

蛍がまた昼飯も取らず、木陰に座って考え込んでいると、

「おい」

不意に声を掛けたのは半蔵だった。

蛍はびくりとして顔を上げ、

「は、半蔵様！　もう、驚かせないで下さい」

口を尖《とが》らす。

半蔵は蛍の右に腰を下ろし、

「百右衛門から聞いたぞ。新たな鉄砲を追い求めて思い詰めていると」

と、直截《ちょくせつ》に訊いた。

「そうなのです。どうにも良い思案が出ないのです」

蛍は鉄砲を見詰めてまた考え込む。

その横顔を半蔵は睇視《ていし》し、

（この娘は鉄砲に生涯を費やすつもりなのか。今年、二十五歳になったと思うが、娘盛りを鉄砲と共に過ごし、この先も女子としての幸せは望まぬのか。雑賀の生き残り故、それ

が宿命として忍受《にんじゅ》しているのなら不憫《ふびん》だが……)

哀れにも思うが、一途《いちず》に賭ける畢生《ひっせい》の志業を堅持していることは天晴《あっぱ》れだった。

蛍は迷うことなく、鉄砲の研鑽《けんさん》に生涯を賭けている。

(この娘の生き様を見届けてやろう)

半蔵は心から蛍の成功を願う。

「ほれ」

考え込む蛍の目の前に握り飯を差し出した。

蛍はきょとんと首を振り上げ、半蔵の顔を見る。

半蔵は慈父の如く微笑んでいた。

「昼時なのに何も食わず考え込むのは体に良くない。食え」

と、命じるように勧《すす》めた。

途端《とたん》、ぐう、と蛍の腹が鳴る。

蛍は素直に握り飯を受け取り、噛《かじ》り付いた。

握り飯に焼き味噌《みそ》が塗《ぬ》られている。

「美味《おい》しい」

蛍は目を輝かせた。

「やはり、三河の豆味噌は美味《うま》い。取り寄せた甲斐があった」

と、半蔵は満足している。

「三河の豆味噌？」

蛍が初めて口にし、耳にする味噌だった。

「ああ、豆味噌は三河に限る」

とまで半蔵は言い切る。

「あ」

蛍は目を大きく見開いて立ち上がった。

急な変化に、

「ど、どうした」

半蔵は戸惑う。

蛍は半蔵を見下ろし、

「豆味噌が三河なら、鉄砲は堺」

と、言い表した。

そして、顔を上げ、続けて、

「そうだ、堺へ行こう。ない智恵を搾《しぼ》るより鉄砲の仕組みは鉄砲鍛冶《かじ》に訊くのが尤《もっと》も。芝《しば》辻《つじ》の清《せい》右衛《えも》門《ん》さんに訊いてみよう」

と、一人で納得し、思いは既に堺へ馳《は》せている。

半蔵は呆気《あっけ》に取られ、声も出ないが、

（どうやら儂の一言が蛍に手掛かりを与えたらしい）

そのことはわかった。

（餅搗《もちつ》きから三人組撃ちを編み出したり、壁の金箔《きんぱく》から鉄甲船を考案したり、相変わらず何と言う発想の豊かさか）

半蔵は感心するやら苦笑するやら。

蛍は握り飯を急いで平らげ、半蔵の前に屈《かが》んだ。

然して、いきなり、

「お暇《ひま》を下さい」

と、切り出す。

「な、何と」

半蔵は申し出が余りに出し抜けで面喰《めんくら》った。

「お願いします。新しい鉄砲を求めて堺へ行きたいのです」

蛍は地面に両膝を突き、手を突き、深々と頭を下げる。

「新しい鉄砲？　そのようなものが堺にあるのか」

半蔵は訊いた。

「わからない。でも、堺でなら何かが摑《つか》めるような気がする。この国は南蛮《なんばん》の産み出した鉄砲を真似《まね》して造っているだけ。鉄砲を産み出した南蛮はさらに新しい火器を創っているのではないかと思うのです。私が江戸に来て一年余り、百右衛門さんなど、もう私が見るまでもなく、他の方々の指南もできます」

蛍は勝手に後任も選んでいる。

「う〜む」

半蔵は眉間に皺を寄せ、腕組みして唸《うな》った。

蛍の申し出はいつも唐突《とうとつ》過ぎる。本来、根回しがあって然《しか》るべきだった。

しかし、半蔵は考える。

（一年余り、伊賀組は底上げされた。が、ここでは蛍の才を高めることはできぬ。蛍は新たな鉄砲を求め、道を拓こうとしている。ここに留めて天下の才を埋没させて良いものか）

好意的に考えるが、伊賀組の一切は半蔵次第とはいえ指南役の人事を容易に決められるものではなかった。

「暫し時をくれ」

と、決を留保する。

蛍も年を重ね、分別できるようになった。相変わらず無手勝なところはあるが、若気の至りで立場を弁《わきま》えず勝手に江戸を発《た》つようなことはしない。

「よろしくお願いします」

神妙《しんみょう》に頭を下げた。


蛍が半蔵に暇乞《いとまご》いしてから三日過ぎる。

夜明け前、蛍の住まいに弥平兵衛が訪ねて来た。

「何ですか。このように早く」

蛍は寝惚眼《ねぼけまなこ》で応対する。

「身支度して下さい。案内します」

と、弥平兵衛は蛍の都合など構うことなく一方的に告げた。

（敵《かな》わないな）

蛍は不本意だが、融通《ゆうずう》の利かない弥平兵衛に抵抗しても無駄と諦め、急いで身繕いする。

弥平兵衛は無言で城域を南へ歩を進めた。蛍は重い空気に閉口しつつも黙々と従《つ》いて行く。

四半刻ほど歩くと小高い丘が現れた。その丘を登る。後に神社が建てられ愛宕山《あたごやま》と呼ばれるようになるが、今は桜田山という丘だった。

登り行く先の稜線《りょうせん》が赤みを帯びている。夜明けが近い。

頂上に辿《たど》り着くと恰幅《かっぷく》の良い広い背中が見えた。蛍と弥平兵衛の気配に気付き、振り返る。

「家康様」

蛍は顔を綻ばせ、その名を呼んだ。

家康も笑みを浮かべて、待ち受ける。

蛍は家康に近寄り、片膝突いて会釈した。弥平兵衛は間を置いて控える。

「立って見てみなさい」

家康は蛍を促し、東を指差した。

「うわあ」

蛍は感嘆の声を上げる。

眼下に大海原が広がり、遠く房総まで見渡せた。

丁度、陽が昇るところで、海も陸も輝いている。

蛍は一年余りも江戸で暮らしながら初めて見る絶景だった。

「この昇る陽の如く其方《そなた》は常に上を向いているのだな」

家康は鉄砲の進化を追求する蛍をそう評す。半蔵から蛍の暇乞いを聞いたのだ。

「鉄砲が好きなだけです」

蛍は謙遜《けんそん》するが、本当のところでもあった。

家康は徐々に昇る陽を目で追いながら、

「常に高みを目指そうとする其方を引き止められまい」

と、結論から言う。

蛍は陽を浴びて赤らむ顔をさらに紅潮させ、

「あ、有り難うございます」

勢い良く低頭して礼を述べた。

ところが、

「時に、一つ頼みがある」

と、家康は付け加える。

「お頼み……ですか」

「警護をしてくれぬか」

「家康様の警護なら喜んで。して、どのような」

「近く太閤殿下は朝鮮へ兵を出される。その戦に当家も兵を出すよう命が下った。儂は早晩、肥前《ひぜん》へ発つ。西国《さいごく》へ同道してもらいたい」

家康が打ち明けると、蛍は露骨《ろこつ》に嫌な顔をした。

家康は蛍の心中が手に取るようにわかる。

「わかっている。殿下のために働きたくないのであろう。堺へ行くと聞いた。上方まで同道してくれるだけで心強い」

という細《ささ》やかな願いを伝えれば、蛍は強張《こわば》った顔を崩し、

「承知しました」

と、笑みを浮かべて応えた。

二

天正二十年三月、家康は一万五千の軍勢を率いて江戸を出た。肥前名護屋《なごや》までは三百里(約千二百粁《キロ》)を優に超えるが、まずは京に集結する。

家康の警護役として蛍も加わっていた。

側近くには弥平兵衛ら小姓衆に永井直勝《ながいなおかつ》、阿部正次《あべまさつぐ》、内藤元忠《ないとうもとただ》といった若手の精鋭があり、旗本を固めている。

家康は少し汗ばむ陽気の中、馬に揺られつつ、

「直勝、伝八郎《でんぱちろう》はいくつになった」

気さくに話し掛けた。

直勝は家康が我が子を気に掛けてくれていることに感じ入り、

「六歳になります」

と、嬉《うれ》しそうに応える。

「そうか。早いものだのお。元服したら秀忠《ひでただ》の小姓にどうか」

家康が予約すると、

「有り難き幸せ」

直勝の喜びはこの上もなかった。

次に家康は、

「正次のところはまだか」

と、振る。

「はい、励んではいるのですが、まだ授かりません」

正次は恐縮仕切りだった。

「義兄の直勝は昨年、二人目を授かっている。骨《こつ》を教われ」

家康は正次の姉が嫁ぐ直勝を引合いに出し、言い付ける。

そして、続いて、

「正次には嫁がいるからまだ良い。元忠は未《いま》だに独《ひと》り身だ。早う嫁を貰《もろ》うて子を作れ。内藤の家のためじゃ」

家康は叱《しか》るように諭《さと》した。元忠は家康の又甥《またおい》に当たり、何かと目を掛けている。

元忠は大いに慌てるも、

「兄がいます故、家のことは大事なく、先月、嫡男も生まれ、安泰にございます。某《それがし》は後顧の憂えなく殿を護り奉《たてまつ》ることに専心したく存じます」

と、真面目くさって言い訳した。

家康は顔を顰《しか》め、

「内藤の家の子はまだ一人ではないか。家長も心許ないことであろう。其方《そのほう》が身を固め、子を成し、父の家長と兄の政長を安堵《あんど》させよ」

と、説教する。

「は、はあ」

元忠が気のない返事をすると、家康は眉を顰《ひそ》めた。が、

(そうだ)

直ぐに何やら思い付き、にやりと笑う。

「ほ……」

家康は蛍と言い掛けて留まり、改めて、

「沙也可はどうだ」

と、切り出す。

「えっ」

蛍と元忠は同時に驚きの声を上げた。

「歳も近い。沙也可は男のような形をしているが、中々の器量良しであるぞ。元忠も男振

りが良い故、似合いじゃ」
家康はもうその気になっている。
蛍と元忠は呆気に取られ、返す言葉も出なかった。
「よし、よし、この戦が終わったら、話を進めよう」
家康は独り悦に入り、上機嫌で馬を進める。
蛍と元忠はいきなり連れ合いになれと言われ、動揺していた。
元忠はどういう態度を取ったら良いかわからず、顔を強張らせて手綱《たづな》を取る。
蛍は伴侶《はんりょ》を持つことなど想像できず、
「道中の無聊《ぶりょうなぐさ》慰めの戯言《ざれごと》ですよ」
と、聞き流そうとした。
「そ、そうだな」
元忠もそう思うことにする。
だが、互いに意識して気まずくなった。蛍と元忠は押し黙る。
蛍はちらりと元忠を見た。
家康の言うように、すらりと背が高く、容貌はきりっと引き締まり、男振りが良い。
(脈が速い)
蛍の心にこれまでなかった情思が少しばかり芽生えていた。

徳川勢は滞《とどこお》りなく東海道を西進し、神奈川、玉縄、小田原に宿営する。

家康は玉縄に本多正信《ほんだまさのぶ》、小田原に大久保忠世《おおくぼただよ》と重鎮を領主として据え、まだ北条家の余臭の残る相模を統治させていた。

蛍は今の小田原城を見て、

「小さくなったな」

率直な感想を口にする。

小田原城の縮小は秀吉の命だった。

関東に大坂城を凌《しの》ぐ広大な総構《そうがまえ》の巨城が存在することに対する危機感もあるが、

(己れの城が天下一でなければ気が済まぬのだ)

蛍は秀吉の負けず嫌いが手に取るようにわかる。

徳川勢も二年前の小田原征伐に加わった。多くの将兵が小田原の盛衰を感じながら箱根越えに向かう。

湯本から尾根伝いに山越えする湯坂路《ゆさかじ》に入る。

四半刻ほど急な坂を登ると、城が現れた。湯坂城である。これも北条家の没落と共に廃城となり、朽ち果てていた。

湯坂城からは多少楽になる。二千五百尺（七百五十米《メートル》強）の浅間山《せんげんやま》山頂を目指す。

徳川勢は山道を二列縦隊で越えて行った。

一刻余りすると先頭は浅間山の稜線の向こうに紺碧《こんぺき》の空を見る。山頂は近かった。越えれば後はほぼ下りとなる。先頭の将兵は思わず、笑みを浮かべ、気を抜いた。

刹那《せつな》、

「う、うわっ」

「な、何だ」

驚愕《きょうがく》と恐怖の声が一斉に上がる。

突如、上方からいくつもの岩石が転がり落ちて来た。

「逃げろー」

先頭からの叫び声を聞き、徳川勢は次々と岩に押し潰されないよう慌てて山林へ逸れる。

徳川勢は咄嗟《とっさ》に落石を回避し、負傷者は少なかったが、行列は甚だしく乱れた。家康の周囲も騒然としている。

果たして、左右から草賊《そうぞく》が湧き起こった。側面から家康の本隊を直撃する。

徳川勢一万五千は隘路《あいろ》で縦に延び切り、一所の人数になると多くなかった。前備《まえぞなえ》は落石を凌いだ後、後方の騒ぎに気付くが、多勢で渋滞する山道を返すことが適わない。後《あと》備《ぞなえ》も前が詰まって進めない。前も後ろも本隊の危難を知っても救援し難かった。

草賊は次から次へと湧き出て五十、百にも及び、無秩序に攻めて来る。故に仕掛けが多様で読めず、不意を衝かれた徳川勢は討ち取られ、滑落《かつらく》する兵が続出した。

「殿に近づけるな」

永井直勝が気を吐く。

阿部正次、内藤元忠らも奮闘して草賊を討ち払っていった。

家康は馬上、両手の爪を嚙みつつ黙然《もくねん》と成り行きを凝視している。

その前に小姓衆が身を挺《てい》して構えていたが、緊張し切っていた。弥平兵衛など目を引き攣《つ》らせ、硬さが有々と見て取れる。

家康の警護には伊賀鉄砲組も十人が加わっていた。

「今こそ修練の成果を見せる時よ」

蛍は伊賀衆を鼓舞する。

三人組撃ちは腰を据えて迎撃する時に効果がある。山中での襲撃に対する抗戦には向かなかった。個々の技量に頼るしかない。

伊賀衆は修練と早合の利用により押し並《な》べて十六拍の間合で撃つことができた。だが、十人が一斉に撃ってしまったら次に撃つまで十六拍空く。

「頃合を考えて撃つのよ」

蛍は十人が間を置いて順繰りに撃つよう指図した。その裁量は伊賀衆個々に任せ、

（必ずできる）

く。

蛍は信じている。

伊賀衆は蛍の信頼に応え、阿吽《あうん》の呼吸で巧《たく》みに交互して撃ち、次々と草賊を仕留めていく。

蛍も、

「負けられないね」

伊賀衆の躍動を頼もしく思い、自らも十二拍間隔で草賊の動きを封じた。

徳川勢は徐々に体勢を立て直し、健闘している。が、草賊は箱根の山を庭の如く駆け、畳《たた》み掛けるように攻め立て、限《きり》がなかった。

草賊は七尺（二米超）を超える筋骨荒々しい鬼の如き異相の大男を中心に動いている。大男の大刀が風切り唸りを上げるごとに徳川勢が地に崩れ落ちていった。勢いは止まることを知らず、家康に向かって迫り行く。

「あの風貌、相模の草賊、聞いたことがある」

直勝が思い当たった。

正次が寄り来て、

「何者でござるか」

と、訊く。

「風魔《ふうま》だ」

と、直勝は応えた。

「風魔とは北条家の乱破《らっぱ》でしたな」

「然様、あの異形は小太郎《こたろう》に相違なし。北条が滅び、関東を離れて散ったと聞いたが、一年余で頭目の小太郎の許へ寄り集まったか」

「小太郎を倒せば、草賊は崩れる」

直勝は言い及ぶ。

しかし、徳川勢は縦横無尽に襲い掛かって来る草賊に対し防戦一方で攻めに転じる余裕などなかった。さすがに家康の周囲は固く守られ、草賊の攻めを打ち払い、撃退しているが、直勝の近くでは見渡したところ余力のありそうなのは正次と元忠だけだった。

「斯《か》くなれば、我らで小太郎を討ちましょう」

正次が気を吐けば、同じことを考えていた元忠も駆け寄り、

「三人一体となって掛かれば、見込みがあります」

と、応じる。

これを少し離れたところで蛍が見ていた。

（攻めるつもりだ）

と、勘付き、

（このままでは埒《らち》が明かない。私も）

望むところである。

硬さの取れぬまま身構えている弥平兵衛に近付き、

「確と、家康様を護り奉るのですよ」

と、言い置き、草賊の群れに突っ込んで行く。

蛍は伊賀で身に着けた遁法《とんぽう》をもって草賊を躱《かわ》して抜け出し、

「援護します」

直勝、正次、元忠の前に進み出た。

「其方は殿を護り奉られよ」

元忠は本分を諭す。

「私がいなくても伊賀組は賊を寄せ付けない。あの怪物を倒して、賊が退けば、家康様を守れる。攻めるは時に守るを兼ねる」

蛍の言うことにも一理あった。

「確かに沙也可殿の援護があれば、心強い」

直勝は蛍に期待する。年長の直勝が認めれば、正次と元忠も否とは言えなかった。

「よろしくな」

正次は割り切っているが、元忠はまだ仏頂面している。

(危《あや》ういこと、この上ないのだ)

蛍の身を案じてのことだった。

直勝、正次、元忠、そして、沙也可こと蛍が仕掛ける。足場の悪い隘路で馬上にあれば、動きにくく草賊に狙われやすい。馬を下り、駆け入った。

蛍が撃って草賊を倒す。十二拍間隔で撃ち捲《まく》り、草賊の勢いを挫《くじ》いたところで、直勝、正次、元忠が突っ込み、槍《やり》を操る。何人もの草賊を突けば、鏃《ぞく》も刃毀《はこぼ》れして切れ味が失くなっているが、払い除けることはできた。

蛍と直勝、正次、元忠は見事に連繋《れんけい》し、小太郎へ急迫して行く。

小太郎の巨体がはっきり見えた。十間（約十八米）まで詰め、蛍が撃ち、直勝と正次は槍を捨て、太刀を抜き、草賊に斬り込む。

直勝と正次は余力を出し切る。その斬撃《ざんげき》は凄《すさ》まじく、草賊を圧倒した。

草賊の群れに穴が開き、小太郎への道が拓く。

「元忠殿、沙也可殿、行けぃ」

直勝に促され、元忠と蛍は頷《うなず》いて草賊の穴に突き入った。

「身の程知らずめ」

小太郎は不敵に笑い、両手をだらりと下げ、身構えることなく待ち受ける。

蛍が撃つ。

咄嗟に草賊の一人が飛び込み、身代わりとなって銃弾を受けた。

小太郎は傷一つ負っていない。蛍の放つ銃弾で小太郎の体勢を崩し、元忠が斬り込むという攻め手が綻《ほころ》んだ。

「いけない」

蛍は制したが、勢いの付いた元忠は止まらない。

元忠は太刀を右腰に構え、走ると共に小太郎の腹へ向けて突き出した。その突きの速さは尋常でなく、二段、三段と伸びる。

元忠の突きが小太郎に及ぶ寸前であった。またしても草賊の一人が飛び込み、身を挺して受け止める。

小太郎は身代わりとなった草賊を払い飛ばし、右脚を強烈に振り上げた。凄まじい蹴《け》りが元忠を襲う。

元忠は草賊と共に飛ばされた太刀を諦め、紙一重で蹴りを躱して跳び下がった。

透かさず小太郎が太刀を振り上げ、元忠に斬り付ける。

元忠は得物なく、躱すだけで精一杯だった。

直勝と正次は他の草賊を引き受け、動きが取れない。

「元忠様、伏せて」

蛍が叫んだ。既に次の射撃体勢に入っている。

元忠は反射的に身を伏せた。

小太郎が蛍の声に反応して矛先を変え、襲い掛かる。

天地が鳴動するほどの脅威にも蛍は恐れず、逃げず、落ち着いて狙い澄ます。

「去ね」

蛍は銃爪を引いた。

銃弾は正確に小太郎の左目を捉えている。

小太郎は長軀《ちょうく》故に草賊が身を挺して跳んでも顔まで届かなかった。

銃弾が小太郎の左目を射る。

「うぎゃ」

強靭《きょうじん》な小太郎でも目を射抜かれては堪らない。血の噴き出る左目を手で押さえて天を仰ぎ、激痛に喘《あえ》いだ。

そこへ、

「これまでだ」

元忠が斃《たお》れた草賊の太刀を拾い上げ、仁王立ちする小太郎の腹に突き入れる。

「うぐっ」

小太郎は死にこそしなかったが、戦える状態ではない。

「お頭」

草賊が四人掛かりで小太郎を支えて誘導し、山林の中へ逃げ入った。

「退《ひ》け～」

小太郎を支える草賊の一人が声を上げる。

草賊の逃げ足は速かった。一斉に山林の中へ駆け込み、瞬く間に消え去った。

徳川勢の旗本衆も激闘で疲れ果て、追う余力がない。それでも、

「殿は、殿はご無事か」

直勝が安否を案じ、上がった息を整える間も惜しんで家康の許へ走った。これに正次、元忠と蛍も続く。

家康は無事だった。

弥平兵衛ら小姓衆はまだ緊張して構えを解かずにいる。

直勝は傷一つ負っていない家康を見て安堵し、

「ご無事で何より。もう安心です。賊は逃げ去りました」

と、告げた。

それを聞いて小姓衆は漸《ようや》く肩の力を抜き、構えを解く。弥平兵衛などはその場でへたり込み呆然《ぼうぜん》としていた。

家康は草賊の襲撃を凌いだ近臣達に、

「皆、大儀であった」

笑みと労《ねぎら》いの言葉を掛ける。

徳川勢は箱根の山の嶮《けん》を乗り切り、西進を再開した。

東海道は箱根の山を越えると暫《しばら》くは平坦な道となる。

右手に富士の高嶺《たかね》を望む。他に類を見ない美麗な山容に、蛍は見惚《みと》れた。

「いつ見ても美しい」

「真に」

元忠も同調する。

「富士のように気高くありたい」

「如何《いか》にも」

蛍と元忠は浅間山で助け合って死地を切り抜けてから急速に心を通わせていた。馬を並べて睦《むつ》まじく家康の警護に当たっている。

その二つの後姿を直勝と正次はにやにやと見ていた。

さらに後ろでは家康が、

（儂の見込んだ通りぞ）

北叟笑《ほくそえ》んでいる。

家康や直勝、正次に観察されているなどと気付かず、蛍と元忠は楽しそうに会話を続けた。

「沙也可殿の鉄砲捌《さば》きは流れるようで実に美しい」

「あ、有り難う」

「相当な修練を積んだのであろう」

「五歳の時からだから二十年余りになります」

「某も五歳から武術を仕込まれた。鉄砲も使うが、指南を受けたことがない。一朝一夕で上達するとは思わぬが、巧く撃つ骨があれば、教えて欲しい」

鉄砲の話題となれば、蛍は目を輝かせて活《い》き活きと語る。

「手《て》ぶ《ぶ》れをなくすことです。格段に命中の度合が上がります」

「手揺れか。如何にすれば、なくせる」

「両脇を絞るのです」

「絞る？　締める、ではないのか」

「締めるでは弱い感じがします。ぐっと絞る」

「ふむ。わかるようで、今一つ要領が見えぬ」

蛍は手綱を放し、背に括った鉄砲を引き抜き、

「こうです」

馬上、構えた。正しく両腕が乳房を絞っているように見える。

「確かに」

元忠は得心すると共に、蛍の晒《さらし》で巻いて尚、豊乳に目を奪われた。その煩悩《ぼんのう》を読まれぬよう直ぐに目を逸《そ》らし、

「こ、心得は如何に」

と、さらに訊く。

蛍は元忠の心など気付くはずもなく、

「鉄砲を大事にすることです」

天真爛漫《てんしんらんまん》に応えた。

「大事にする……それだけか」

「そう、それだけです。心を籠《こ》めて大事に手入れし、大事に扱う。そうすれば、鉄砲は存分に働き、撃ち手の思いに応えてくれます」

「確かに、沙也可殿の鉄砲には心が籠もっているように思える」

「有り難う」

「御師匠の教えにござるか」

「はい」

「沙也可殿の御師匠なら嘸《さぞ》や出来た方であろう。して、何処《どこ》の何方《どなた》に手解《てほど》きを受けられ

た」

「すぎ……」

とまで言って、蛍は口を噤《つぐ》む。

杉《すぎ》ノ《の》坊《ぼう》津《つ》田《だ》照《しょう》算《ざん》は秀吉に歯向かった難敵だった。妄《みだ》りに口外して広まれば、承知で受け入れてくれた家康や半蔵に迷惑を掛ける恐れがある。

「父です」

と、言い換えた。初めての手解きは父親の左近であるからして嘘ではない。

「御父上か。沙也可殿の御父上は息災《そくさい》か」

「い、いいえ、亡くなりました」

「おお、それは悪いことを訊いた。申し訳ない」

元忠は心から詫《わ》びた。

蛍にすれば、楽しかった会話から身の上のことを訊かれるようになり、心穏やかではない。父親がやはり秀吉に逆らった太田左近《さこん》であることも言えず、話題を切り替えたかった。

「元忠様の御父上はご健在ですか」

と、逆に訊く。

「ああ、弓などは未だ某も敵わぬ」

元忠が誇らしげに応えると、蛍は微笑みながらも寂しげな表情で、

「それは良うございますね」

沁々《しみじみ》言う。

（あ、拙《まず》い）

元忠は父親のいない蛍に対して決まり悪くなり、それから会話は途絶《とだ》えた。

東海道中は箱根以西にも狭隘《きょうあい》な薩埵峠《さったとうげ》や大井川の川止めなど難所がある。しかし、遠江《とおとうみ》から三河はつい二年前まで徳川家の領内であった。徳川勢にすれば、勝手知ったる道中であり、支障なく、通り過ぎる。

三河からは東海道を逸れて美濃路《みのじ》を取り、近江へ抜けて京に入った。

「私が江戸へ行く前にはなかった」

蛍は京を囲う長大な防壁に目を見張る。

「去年、殿下が京を守るため巡らせた御土居《おどい》だ。東は鴨川《かもがわ》、北は鷹ケ峯《たかがみね》、西は紙屋川《かみやがわ》、南は九条、五里を超える長さだ」

と、家康は説いた。

「京を守るって、日の本に戦はなくなったのではないですか。それなのに何故、このような防塁《ぼうるい》が要るのですか」

蛍は疑問を遠慮なく口に出す。

「そんなに己れの権勢を示したいか。どれだけの費《つい》えか。銭も人も、禿鼠の恣《ほしいまま》ではない」

怒りさえ覚えた。

家康は薄く笑い、

「其方の申すこともわからないではない。しかし、この土居によって鴨川が荒れ狂っても京の町を守ることができる。無用とは言えまい」

と、蛍を諭す。

蛍は憮然《ぶぜん》とするが、それより言い募《つの》らなかった。利もあるということを素直に認める。京は信長が上洛するまで荒廃していた。信長が復興し、秀吉によって栄える。

(秀吉の栄華を見せ付けられているようだ)

蛍は不快だった。

「家康様、では、これにて」

御土居の外で家康に別れを告げる。

(豊家の膝元から少しでも早く立ち去りたいのだな)

家康は蛍の心がわかった。引き止めることはなかったが、

「唐入りが終わり、我らが江戸に帰ったら、其方も戻って参れ。元忠とのこと儂は本気ぞ」

と、再会を望む。

「考えておきます」

蛍はそう言い残し、もう南へ馬を進めていた。

そこへ、

「また会えるか」

元忠が声を掛ける。

蛍は微笑み、

「縁があれば」

と、それだけ応え、元忠の横を通り過ぎて行く。その心には最早《もはや》、新たな鉄砲のことしかなかった。

三

蛍は摂津《せっつ》から河内《かわち》、和泉《いずみ》へ抜ける。

(もう八年も前のことか)

小牧長久手《こまきながくて》の戦いで秀吉の膝元を脅かし、足止めしたことが思い起こされた。感慨深く思い巡らせている内に堺へ至る。

かつて堺は周囲に濠《ほり》を巡らせ、橋に続いて門が設けられていた。それが、

「濠がない」

蛍は愕然《がくぜん》とする。

門はあった。

門番に、秀吉に睨まれている太田蛍と大っぴらに名乗る訳にはいかない。

「沙也可と申す。芝辻清右衛門様を訪ねたい」

と、申し入れる。

書状を清右衛門に送り、来意を告げてあった。門番は、

「清右衛門殿から聞いている。通られよ」

障《さわ》りなく中に入れてくれた。

蛍は町中を歩みつつ、

「えっ」

変化に気付き、寂しさを感じた。

「あんなに軒《のき》を連ねていたのに」

商家がかなり減っているのだ。

蛍は心穏やかならぬまま芝辻家を訪ねた。中へ通され、清右衛門の作業場へ案内される。

清右衛門は蛍を見て、

「相変わらず身軽な形《なり》をしているのだな」

と、貶《けな》すようだが、懐かしそうに言った。根来随一の鉄砲撃ちだった津田照算《つだしょうざん》に蛍が連れて来られた時より清右衛門も真っ直《す》ぐな蛍を可愛がっている。

「私の勝手です」

蛍は頬を膨《ふく》らましながらも、

（元気そうだが、老《ふ》けられた。もう七十歳を越えたか）

と、感じた。

それを清右衛門は察し、

「老い耄《ぼ》れになったと思うか」

言い当てる。

「い、いえ」

「隠さんでも良い。其方と最後に会《お》うたのは……」

清右衛門の記憶も怪《あや》しく、

「七年前です。秀吉に太田の城が囲まれる前に鉄砲と銃弾を仕入れに来ました」

と、蛍が助けた。

「そうであったな。水攻めされて良く生き延びたものだ」

「一族も根来も救えませんでした」

「其方が生きていることで、左近も照算も浮かばれるさ」

「そうであれば良いですが……」

「あの世に逝《い》ったら蛍は真っ直ぐ育ったと、左近と照算に申してやる。二人共喜ぶぞ」

「あの世に逝くなど縁起でもない。まだまだお若いです」

「近頃は足腰が弱くなり、歩くのも漸くだ。鉄砲の鍛冶も儘《まま》ならず、此奴に継がせている」

清右衛門は鍛冶に励む若衆を指す。蛍と同じくらいの年頃だった。

「理右衛門《りえもん》、挨拶《あいさつ》せい」

と、振られて、理右衛門という若衆は振り向き、こくりと無愛想に辞儀《じぎ》する。

「全く愛想ないのお。済まぬな。孫の理右衛門だ」

「よしなに」

蛍は理右衛門に挨拶した。そして、

「時に」

再び清右衛門と向き合う。

「濠がなくなったのですね。間口を閉ざしている商家が多いような」

と、訊《たず》ねる。

「太田が殿下に攻め滅ぼされた翌年だったかな。殿下が濠を埋めた。堺を意のままにして湊《みなと》を潰《つぶ》し、船は皆、大坂に着くようにした。商人もほとんどが殿下に呼ばれて大坂へ行ってしまった。そりゃ天下人には逆らえぬ」

「全く何でも恣《ほしいまま》ですね。芝辻家は大坂へ移らないのですか」

「移らん」

清右衛門はきっぱり言った。

「もう老い先短い。居を移すのは面倒だ。儂が死んでからどうしようと此奴の勝手だがな」

「安堵しました。大坂だと頼みに行きづらい」

「其方は殿下に睨まれているからな」

清右衛門の歯に衣着せぬ言い様に蛍は苦笑する。

「で、儂に頼みとはどのようなことだ」

蛍は真顔になり、

「自《みずか》ら火を起こす鉄砲が欲しいのです」

と、直截《ちょくせつ》に告げた。

「ほお」

「鉄と鉄が打ち合うか、擦れ合えば、火花が出ます。そうすれば火縄に火を点じる間が縮まります。しかし、どのような仕組みにすれば良いかわかりません。清右衛門様ほどの鉄砲鍛冶ならわかるかと思い、押し掛けました」

「其方は十五拍の間合いで続けて撃てるのであろう」

「早合を使ってからは十二拍です」

「それは凄いな。それでもまだ、速さを求めるのか」

「はい」

「全く鉄砲撃ちの権化《ごんげ》だな」

「何と言われようと構いません。そのような鉄砲、造れますか」

蛍は清右衛門に詰め寄る。

すると、

「もうある」

理右衛門が応えた。

「えっ」

蛍が振り向く。

清右衛門がにやりと片頬を歪《ゆが》める中、理右衛門は立ち上がり、蔵に入って一挺《ちょう》の鉄砲を持って来た。

蛍に手渡す。

「こ、これは」

「南蛮より渡来《とらい》した鉄砲を基に理右衛門が造った」

と、清右衛門が説き明かした。

「さすがは堺」

としか蛍は言いようがない。

「射場に出よう」

理右衛門は蛍を促した。

理右衛門がその鉄砲を操《あやつ》る。

「小さな鋼《はがね》の輪が埋め込まれている。鋼輪《こうりん》とは渦巻きの鉄の歯車だ。これを鍵で巻く」

後の世で言う時計などに使われる薇《ぜんまい》仕掛《か》けである。

「次に弾薬を詰める」

早合で装塡《そうてん》した。

銃撃に及ぶまでの構造を解説しながら操作する。

「中頃の握りの下に燧石《ひうちいし》も取り付けられている。握りを上げて火を伝えるための火薬を入れ、握りを下げる。そして、銃爪を引く」

銃弾が発せられた。

的を大きく外れる。理右衛門の腕前によるところだが、それだけではなかった。

理右衛門は普段の無愛想が嘘のように鉄砲のことになると饒舌《じょうぜつ》である。さらに、どのような次第で発砲されたか説く。

「鋼輪が回り、歯車の鑢《やすり》が回って擦れ合い、火花を発して火皿の火薬に着火する。火は火門を通って火薬に点じ、銃弾を放つという仕組みだ」

蛍は目を見張り、固唾《かたず》を呑んで傾聴《けいちょう》した。

「これまでの鉄砲より早く撃てる上、火種を使わないため、雨にも強い。また、鉄砲撃ちが密に集まると隣の鉄砲に引火する恐れがあったが、それもない」

良いところばかりのようだが、

「しかし、難も多い」

と、理右衛門は言い足す。

「火種ではなく火花に頼るため不発となることもある。火花を出すために強く鉄が擦れる故、手許が揺れ、狙ったところへ命中させるのが難しい。そして、何発も撃てば、燧石と当たり金が嚙《か》み合わなくなり、不発しやすくなる」

これらの欠点を解消し、火皿の中に火花を閉じ込めるという仕組みで不発しなくなる燧《すい》発銃《はつじゅう》の発明はこれより十八年も後のことだった。

それでも蛍はこれまでの火縄銃より進化した鉄砲を目の当たりにして興奮している。

「撃ってみるか」

と、理右衛門に言われ、力強く頷いた。

理右衛門の操作は一度で記憶している。鋼輪の銃を受け取り、一連の操作を果たして撃つ。

腕が揺れた。蛍をして的の中心を外す。

続けて二発、その間隔は十拍だった。今までの鉄砲による射撃から二拍しか縮まっていない。

だが、蛍は目を輝かせていた。最高水準の域に達すると一拍でも縮めるのも至難である。

「腕の揺れが強い。でも、確かに早い。慣れれば、役に立つ」

と、評価した。

「これを数多《あまた》に造って鉄砲衆に授ければ、強くなる。伊賀組にも伝えたい」

蛍は言い及ぶ。

しかし、

「量は造れまい」

と、理右衛門は否定した。

「一挺造るのに、これまでの鉄砲が十挺できる。造っても売れぬ」

ということだった。複雑な構造ゆえに製造費が嵩《かさ》むのだ。

「それに撃ってみてわかったであろう。手がかなり揺れる。相当な撃ち手でなければ、的の心を撃ち抜けぬ」

実用に向かないことは明らかだった。

「だが、お前なら有為に扱えるだろう。本物を基に二挺造った。一挺やる」

理右衛門から贈られ、蛍は顔を綻《ほころ》ばせる。

「大事にする」

固く約束した。


蛍は堺を後にして南へ向かう。その先々は勝手知ったる土地だった。

紀ノ川の畔《ほとり》に立つ。

「変わったな」

実感した。

もう十ヶ郷も雑賀荘もない。

川を渡れば、かつての宮郷だが、果てしなく荒野が広がり、僅かに建物の瓦礫《がれき》が残るばかりだった。

宮郷の根本である日前宮《ひのくまぐう》も秀吉に取り壊されている。

言うまでもなく、太田城は跡形もなかった。

庵《いおり》が結ばれている。

軒先を清楚《せいそ》な黒衣の女性が掃《は》いていた。

「姉様」

蛍が声を掛ける。太田家の三女、小雀であった。

「蛍」

小雀は満面の笑みを浮かべ、箒《ほうき》を取り落とす。

蛍と小雀は歩み寄り、手に手を取り合った。

「変わらないわね」

小雀が言えば、

「姉様も」

と、蛍が返す。

「まずはお清めね」

小雀は蛍に言い付ける。

蛍は長旅で煤《すす》けていた。小雀に導かれて風呂で沐浴《もくよく》する。

もはや三月も末となれば、水は然程冷たくはなかった。

「背を流しましょう」

小雀が襷《たすき》を掛けて蛍の背を拭《ぬぐ》う。

「これも変わらず大きいのね」

蛍の乳房の大きさに目を細める。

「動きづらくて困る。縮まらないものか」

蛍が本気で言えば、

「そんなこと言って。全くあなたはいくつになっても女らしくないわね」

小雀は口をとがらす。

久々に姉妹は気を置かずに会話を楽しむ。

蛍が身を清めた後、

「父上と母上が待っているわ」

小雀は父左近と母砂の墓へ案内した。

辺りには左近と砂のみならず、次姉の梟、祖父の源三《げんぞう》始め一族故人が眠っている。

蛍は墓前で掌を合わせて拝《おが》み、

「七年も参れず、申し訳ございません」

と、詫びた。

少し離れて嫁いだ長姉、鶴《つる》の墓がある。

「姉様、久しゅうございます」

蛍は挨拶し、冥福《めいふく》を祈った。

陽はもう西の彼方に沈み掛けている。

「戻りましょう」

小雀に促され、蛍は庵へと従いて行く。

蛍と小雀は向き合って夕餉《ゆうげ》を取りながら話に花を咲かせる。と言っても話すのは蛍ばかりだった。

「兵右衛門は随分大きくなったのよ。十二歳でもう五尺七寸（百七十糎《センチ》強）よりあるわ。鉄砲も上達している。私の十二歳の時には及ばないけどね」

兵右衛門の成長を自慢し、

「半蔵様に請われて江戸で一年余り伊賀組に鉄砲を指南した」

と、近況を語る。

「江戸？」

小雀は初耳だった。遠国《おんごく》の異郷など知る由もない。

「東国は武蔵の湊町で二年前に家康様が入府されてから日に日に栄えているわ」

と、蛍は話し聞かせた。

忍城の戦いには触れない。小雀が太田城の水攻めを思い起こして悲しくなるからだ。

「堺で芝辻の方々から凄い鉄砲を頂いたの。後で見せるわね」

それが何よりしたかった。

食後、蛍は小雀に鋼輪の銃を見せる。

小雀は手に取り、

「変わった形をした鉄砲ね」

と、率直な感想を述べる。

「中に鋼の輪が埋め込まれているの。この鍵で巻いて撃つと鋼の輪が回って鉄と鉄が擦れて火花を起こすのよ。火を点けなくても良くて、撃つ早さが二拍も縮まった」

蛍は興奮気味に話し、

「明日、撃って見せるわ」

と、言ったが、

「いいわ」

小雀は首を横に振った。

「もう戦いに関わるものは何も見たくない」

そう言って、口を噤《つぐ》む。

蛍は決まり悪くなり、恐縮した。

話が続かなくなり、

「も、もう休むね。長旅で疲れた」

蛍が望むと、

「そうね」

小雀が先立ち、寝所へ導く。

後は二人共無言のまま、寝床ができ、並んで眠りに就いた。


翌朝早々、蛍は太田の庵を発つ。

小雀は、

「気を悪くした」

昨夜の蟠《わだかま》りを気にしていた。

「いいえ」

蛍は応え、

「姉様は穏やかに暮らして欲しい」

本心から願う。

「いつでも好きな時に帰って来なさい。ここは貴女の生まれ育った郷なのだから」

小雀に優しく諭《さと》され、蛍はまた旅立つ。

蛍は何度も振り返って手を振り、その姿が見えなくなるまで小雀は見送っていた。

第三章　盗賊石川五右衛門

一

蛍は伊賀に戻った。

兵右衛門の修練を見てくれていた摩仙名に、

「小雀姉様に会って来た」

と、告げる。

「そう、姉妹水入らずで話せた？」

摩仙名は笑みを湛《たた》えて訊《き》いた。

「私ばかり話して、鉄砲のことになって姉様の気に障《さわ》ってしまった。戦に関わることは聞きたくないって」

蛍はまだ気にしている。

「小雀は感じやすいからね。少し気が滅入っただけよ。蛍のことを嫌いになったりしないわ」

と、摩仙名は慰《なぐさ》め、

「父上、母上とは話したの」

話を変えた。

「ええ、七年も参らなかったことを詫《わ》びました」

「父上も母上も許してくれるわ」

「叔母上は真に優しい」

「そうね。兵右衛門には優しくしないつもりでも、そうはならなかった。やはり蛍でないと仕込めないわ。蛍が帰って来たことだし、私は太田へ戻るわ。小雀も寂しがっているでしょうからね」

摩仙名は兵右衛門の傍から離れることを決意していた。蛍が江戸へ出てから一年半、我が子と過ごした日々は楽しく、断ち切り難い思いを気丈に断ち切ろうとしている。

それを、

「紀州へ帰るのはまだ先にしてもらえませんか」

蛍は猶予《ゆうよ》を願った。

「兵右衛門はもう私を頼らず自ら修練を積み、技量を高める段に及んでいる。それに乳呑《ちのみ》児《こ》の頃から叔母上と離れて暮らして十年余り、甘えた心などない」

と、自立を促す。そして、

「私は江戸へ行って来た。信長様に従いて甲斐にも出向いた。家康様の御陣に加わり尾張で戦ったこともある。でも、西国を全く知らない。備前の長船《おさふね》で良い鉄砲を造っていると聞く。どのような鉄砲か見てみたい」

と、望みを明かした。

それは本音だが、裏に、

(母子一緒にいさせようとしているのだ)

真心があることを摩仙名は勘付いている。

しかしながら、

「備前は太閤の御猶子《ごゆうし》備前宰相（宇喜多秀家《うきたひでいえ》）の御膝元でしょう。太閤に目を付けられている蛍には危うい地ではないですか」

それが案じられる。が、

「皆、禿鼠に従って肥前へ行ってしまっている。私のことなど眼中にないわ」

蛍の言うことはもっともだった。

「言い出したら聞かないからね」

摩仙名は呆《あき》れるが、まだ兵右衛門と一緒にいられることは嬉《うれ》しい。

蛍は生涯初めての西国へ旅立った。

天正二十年五月、天下諸家の軍勢二十万余が肥前名護屋に集結して順次朝鮮へ渡海する中、蛍は備前長船の鉄砲鍛冶を訪ねる。

だが、国友鉄砲と同じような水準で、目新しさはなかった。

「この際、鉄砲伝来の地まで足を延ばすか」

伊賀組の鉄砲指南で存分な報酬があり、路銀には事欠かない。

蛍は種子島《たねがしま》に渡り、鉄砲造りの盛んな薩摩《さつま》でも見聞きした。しかし、鋼輪の銃を超える鉄砲には巡り会えなかった。

しかし、姫路や岡山、広島、鹿児島など大大名の城下を探訪し、

（諸国の様子を見知ることは決して無駄ではない）

それなりに意義はあったと思う。

薩摩の領民は痛快だった。島津《しまづ》家を尊崇し、秀吉の権勢など歯牙《しが》にも掛けていない。

（秀吉の天下は決して磐石《ばんじゃく》でない）

そのことを知っただけでも収穫だった。

上方に戻った時は秋も深まり、年の瀬も間近になっていた。

（文禄《ぶんろく》？）

蛍は元号が改まったことを知る。

（元号さえ意のままに変えられることを世に誇示するか）

蛍は嫌悪しながら秀吉の牙城、大坂も見て回った。

（八年振りか）

蛍は小牧長久手《こまきながくて》の戦いの折、家康を援護するため大坂に駆け入ったことを思い出す。その時はまだ建造途上だったが、

（派手な町だ）

今では呆れるほど大坂は殷賑《いんしん》を極めている。

（咽《のど》が渇いた）

蛍は茶屋で一休みすることにした。

先にいた客が、

「洛外《らくがい》の百姓に米が配られたらしいぜ」

と、噂話をし始める。

「どこかの御大尽《おだいじん》の酔狂《すいきょう》かね」

相方が受け応えした。

「御武家や大店《おおだな》に盗みがあったという話はないからな」

二人の話に蛍はそそられる。傍に寄り、
「どれほど米が配られているのですか」
と、訊いた。
「京の洛外や難波、河内の貧しい村にだな。もう三度、いや四度になるかな」
「大きな声では言えないが、京大坂の村人は喜んでいる。年が越せるってな」
二人の応えに、
（へえ）
蛍は興味が湧いた。
（もし、盗賊がいて、大名から奪った銭を配っているなら会ってみたいものだ）
その気になる。
（しかし、全く当てがない）
挫《くじ》けそうになったところで、
（そうだ。世の裏に通じている人がいる）
思い付く。
翌日、蛍は伊賀にいた。
保章に相談する。

「伊賀の柘植家は家康様のため諸国の様子を探る人数を出していますよね」

「大きな声で言うな」

「上方のことも通じていますよね」

「だからどうした」

「近頃、貧しい村の家々に種籾《たねもみ》が撒《ま》かれていることはご存知ですか」

「あ、ああ」

「どこぞの御大尽の酔狂とも言われているが、私はそう思わない」

「では、どう思う」

「今、禿鼠の自儘《じまま》でほとんどの大名が肥前へ出払っている。上方の大名屋敷は手薄で、盗賊にとって格好の狙い目だ。盗賊が大名の屋敷から金品を奪い、種籾に換えて配っているのではないかと思うのです」

「そのような話は京大坂で出ていないぞ」

「大名は誇り高い。盗みに入られたなどという恥は表に出さないのでは」

「相変わらず勘が良いな。良いところを衝いていると思う」

「盗賊は何者でしょうか」

「わからぬ。わからぬが、人目に付かず、人知れず事を成す手並みからして偸盗《ちゅうとう》の術《すべ》に長《た》けた忍び上がりと推察できる」

蛇の道は蛇、保章は己れと同類の臭いを嗅《か》いだ。

ならば、蛍は、

「出羽様ならどこを狙う」

それが訊きたい。

「難しいことを訊くものだ」

「出羽様の見立てで結構です」

蛍に請われて保章は忍びとして考える。

「京都所司代の前田玄以《まえだげんい》が腰を入れて盗賊改めを行うらしい。ならば、暫《しば》し京から離れる」

「ということは大坂」

「そうだ。豊家の膝元が侵されれば、太閤の面目が失われる。さらに、盗賊に入られるだけでも恥で表に出せないが、太閤から下された御宝を盗まれたなどとは口が裂けても言えまい」

「えっ」

「太閤の肝煎《きもい》りで拵《こしら》えた金の大判を知っているか」

「小耳には」

「その大判一枚は金十枚に当たり、米なら四十石《こく》にもなる」

「四十石なら一軒十升（約十五瓩《キロ》）ずつ配っても四百軒にもなりますね」

「そうだ。密に金が鋳込まれているため重さは四十四匁《もんめ》（約百六十五瓦《グラム》）と手頃だ。四十石では金百枚の半分にもならないが、四百匁を運ぶより割が良い。事は人数少なく済み、然《しか》ればこそ見付かりにくい」

保章の説諭はわかりやすかった。因《ちな》みに、この時まだ千両箱は存在していない。

蛍は合点し、

「肝煎りの大判が盗まれ、溶かされ、鋳直して売られたら、禿鼠は然《さ》ぞや悔しがるでしょう」

それが気に入っている。

「いや、盗まれた大名は口が裂けても言えまい。面目を失うだけでは済まず、太閤の怒りを買うからな」

「時に、禿鼠はどの大名に下したのですか」

「五人の大名に下したらしいが、皆はわからぬ。大名は嫉《ねた》まれぬよう隠すものだが、一人、奥州《おうしゅう》の大崎侍従《じじゅう》（伊達政宗《だてまさむね》）だけは諸侯の前で見せびらかしたと聞く。上杉家の直江山城《なおえやましろ》に触れるは汚らわしいと言われて面目を失ったそうだ」

「賊は次に狙うは今宮の伊達屋敷か」

「儂はそう見る」

保章の予測に蛍は確《しか》と頷《うなず》いた。

二

大坂城の南南西、今宮に伊達家は屋敷を構えている。

蛍が調べたところ、

（賊は二、三ヶ月に一度の割で大名屋敷に押し入っている。存分に屋敷の内を調べ、蔵の在《あ》り処《か》を突き止めた上で忍び込み、手際良く事を成すためだ）

となると、

（こちらも伊達屋敷を調べてみよう）

そうすれば、盗賊の動きを摑《つか》めると踏んだ。

年明けて文禄二年、蛍は大坂に入り、伊達屋敷の様子を探る。

伊賀で化け方を学び、伊達屋敷の家人に気取られぬよう、時に修験者《しゅげんじゃ》、時に旅の商人、時に女芸人と男女交えて装い、宿も五日毎に変えた。

屋敷は、

（軍勢は派手な戦装束だったと聞くが、存外、質素な造りだな）

という感想である。

（大崎侍従は小田原の陣に遅参し、禿鼠の覚えは決して良くない。これより目を付けられぬよう屋敷の縄張りは控えたか。向こうでも甲斐甲斐しく働いているようだ）

と、調べに基づき推測した。

だが、

（中に入らなければ、大判の在り処は摑めない。賊はどうするつもりなのか）

そのことが不明である。

（私が忍び込んでみるか）

これも伊賀組での修練で多少の自信はあった。

（伊達には黒脛巾《くろはばき》という忍びがあり、相当な手練《てだれ》と聞くが、大崎侍従に従い、肥前へ供し、大坂を離れている）

そのことも好都合だが、

（万が一にも私が失敗《しくじ》れば、護りを固められ、賊の入る隙などなくなる）

慎重を期さなければならない。

（機を待つしかないのか）

そう分別したのだが、ただ外から屋敷の様子を見ているだけで早くも一ヶ月余りが過ぎ、二月も半ばとなった。

（そろそろ動くか）

そう思ったところ、通用門が開き、女中が遣《つか》いに出る。その顔を見て、

（あ、あれは）

蛍は思わず声を上げそうになった。

頭巾を被り、長い黒髪は見えないが、

（無二《むに》）

に相違ない。

（何故、伊達屋敷にいる）

怪しいことこの上もなかった。

（問い詰めるか）

とも思ったが、

（いや、泳がせて成り行きを見よう。もし、無二が賊と関わりがあるなら手懸《てがか》りになる）

そう判断する。

蛍は無二が現れたことに盗賊の動向の鍵があると感じた。様子を見ることにする。

だが、二月が過ぎ、三月になっても動きがない。それでも蛍は根気良く待ち、

（もう前の盗みから三ヶ月経つ。そろそろか。明日は朔《さく》だ。賊は闇夜に躍る）

と、予想した。

大立木に登り、葉の中に潜む。

盗賊は現れなかった。

(見込み違いだったか)

蛍は少し気弱になる。が、

(いや、揺れてはならない)

気持ちを強く持ち、尚も堪えて待つ。

伊達家の他に盗賊が入ったという噂はなかった。一ヶ月余もの間、毎夜、伊達屋敷の外で張り込む根気は尋常でないが、蛍には苦にならなかった。

(労を惜しんでは事を成せない)

それが信条である。

そして、蛍の根気は実を結ぶ。

春雨の時季も終わり、晴れた満月の夜、何者かが伊達屋敷を窺《うかが》う気配あり。

(来た)

蛍は昂奮を抑え、気を読むことに集中した。

(満月の夜とは大胆な。いや、闇夜こそ屋敷の家人は用心する。満月は身を照らす故、賊は避けると思いがちだ)

裏を掻《か》く手口を覚《さと》る。

果たして、伊達屋敷の通用門が開いた。顔を見せたのは無二である。日中の女中姿ではなく、軽装だった。このまま仕事が済めば、消えるつもりだ。

（三人か）

盗賊の人数は少ない。

（大判一枚を盗めば良い。人数が少ない方が目立たないし、割の良い仕事だ）

蛍は感心しつつ事の次第を注視する。

呆気《あっけ》なかった。三ヶ月もの時を掛けて周到に用意すれば、後は事を忠実に運ぶだけで良い。

四半刻もせず賊は出て来た。通用門を閉じ、素早く逃げる。伊達屋敷から三十間（五十五米弱）ほど離れた寺の陰に五人あり、合わさって走った。

（二人が失敗った時の備えも万全か）

蛍は追う。

盗賊は東へ駆けた。生駒《いこま》の山裾に及ぶ。

陽が稜線《りょうせん》に頭を出した。それに合わせたかのように盗賊は止まる。

振り返った。薄明の迷彩で蛍からは影しか見えない。

「何故、我らを付ける」

野太い声が問い質《ただ》す。影から見て身の丈七尺（二米超）に近い大男だとわかる。

「おや、あんた、宮郷の女鉄砲撃ちかい？」

その声は無二だった。耳だけでなく目も良い。見覚えた顔は決して忘れない。

「知っているのか」

「ええ、寒い日はこの女に抉《えぐ》られた耳が疼《うず》く」

「お前の敵か」

「と言うほどでもないけど、昔、訳ありでね」

「そうかい。何にせよ、俺達の仕事を見られた。殺すか」

「好きにしなよ。けど、この女、手強いよ。私の知る中で一番の鉄砲撃ちだよ」

「ふ〜ん、面白い」

大男が仕掛けようとした時、

「秀吉に諂《へつら》う大名の屋敷ばかりを何故、狙う」

蛍は問い掛けた。

それに大男は反応し、一旦、構えを解く。そして、

「大名の屋敷ばかりと言うが、大名の屋敷から金品が盗まれたという話は噂でも聞かぬ」

と、逆に訊いた。

「彼方此方《あちこち》の村に種籾が配られている。その元種は知れない。大名が屋敷から金品を盗まれたなどという恥を公にできず、隠したと考えれば、筋が通る。その盗人こそお前達だ」

蛍は推理を投げ掛ける。

「それを訊いて、どうする」

大男は訳を聞き返した。

「秀吉に楯突《たてつ》いていることが気に入った」

「ほお、お前も秀吉に意趣があるのか」

「祖父、父、母、姉、他にも大勢の身内を殺された」

「そうか。そいつは気の毒だな」

大男の心が傾きつつあるところで、

「仲間に入れてくれ」

蛍は唐突に願い出る。

「何だと」

「私も禿鼠が嫌いだ。泡を吹かせたい」

大男は、ふん、と鼻を鳴らし、品定めするように蛍を見詰めた。

「役に立つか」

無二に訊く。

「先ほども言ったが、この女より巧《うま》い鉄砲撃ちはいないよ。秀吉嫌いってのも確かよ。この女の言う通り秀吉に一族を殺されたからね」

と、無二は応える。

「良いだろう。付いて来な」

大男は蛍を促し、同道を許した。

再び駆け出すと、無二を始め一味も追走する。蛍も続いた。

盗賊一味は京に入り、東山で鴨川東岸に及ぶ。河原の抜け穴から通路を伝って渋谷の隠れ家に辿《たど》り着いた。表向きは餅屋を営んでいる。

一味は奥の間で車座になり、蛍を囲んだ。

無二は大男にしな垂れ掛かっている。その肩を大男は抱いていた。

(今はこの男の情婦《おんな》か)

蛍は無二の境遇を知る。

「名は」

と、大男が訊く。

「蛍。今は沙也可と呼ばれている。あんたは」

蛍が問い返すと、大男は彫りの深い顔を強張らせ、ぎろりと睨《にら》み据えて、

「五右衛門《ごえもん》。石川《いしかわ》の五右衛門だ」

と、応えた。

「五右衛門か。強そうだな」

「強そうではなく、強いんだ」

五右衛門は分厚い胸を張る。

「どうして一族を殺された」

「紀州太田の水攻めのことは知っているか」

「何だ、それは。いつのことだ」

「天正十三年、七年前だ」

「なら、知らねえ」

「私は紀州雑賀宮郷の乙名《おとな》だった太田左近の娘だ。父は雑賀や根来を思いのままにしようとした禿鼠に従わなかった。根来が滅ぼされても屈せず、城に籠もったが、多勢に無勢では敵《かな》わずついには降伏した」

「そうかい。それは大層な意趣だな」

「あんたは何故、禿鼠に歯向かう」

蛍は訊き返す。

五右衛門は顎を上げて下目遣い、

「色々あってな。俺のことは良い」

自身の話を強引に打ち切り、

「何故、俺達が伊達の屋敷に押し入ると読んだ」

此度の経緯に話を移した。

「伊賀に伝手《つて》があってね。伊賀者ならどう動くか訊いた。それがその通りになるとはね」

「俺達は二ヶ月も三ヶ月も掛けて仕度する。それを待ち続けたのか」

「他にしようがない。私は頼った伊賀の予見を信じて待つしかない。待つ内に、無二が伊達の屋敷に出入りしているのを見掛けた。だからと言って盗みに結び付く訳でもないが、何かあると思い、読みは確かだと信じた」

「性根が据わっているな。気に入った」

「私から訊いても良いか」

「何だ」

「周到に仕度をしていたとはいえ、押し入って四半刻もせず事を済ませた。大した手際だ。手口を聴かせてくれぬか。何よりどうやって無二は伊達家に取り入った」

「それは私から」

無二が代わって話す。

「伊達家と懇意《こんい》の坊主を唆《そそのか》した。一度、抱かせてやったら喜んで口を利いてくれた。入り込めば、こちらのものさ。女中風情に大判の在り処など話しはしないが、私の耳の良さは知っているだろう。十間離れたところの小声でも聴こえる。奉公している間、要職の話を捉え、漸《ようや》く大判の在り処を盗み聞きできた。当日今夜は夜の宿直《とのい》を香で眠らせ、門の閂《かんぬき》を外して与助《よすけ》と庄八《しょうはち》を中に引き入れる。在り処はわかっているから、盗むに雑作はない」

「抜かりのないことだ」

蛍は感心するばかりだ。実行したのが、与助と庄八という名であることもわかった。

「で、あんたはどうして、五右衛門さんに付いた」

無二は眉間に皺《しわ》を寄せ、不快感を露わにする。

「猿に殺され掛かったところを助けてもらったのさ」

無二は秀吉を猿と呼ぶ。込み入った事情があった。

「そう言えば、的中《てきちゅう》はどうした」

「猿に殺されたよ」

「えっ」

「四年も前のことさ」

無二は経緯を語る。

三

四年前天正十七年——

秀吉の愛妾、茶々が身籠《みごも》った。

秀吉は子種がなくなったという噂もあったが、覆《くつがえ》る。

茶々が秀吉の側室となったのは前年天正十六年のことだった。

（真か）

無二は首を傾《かし》げる。無二も側室とは認められていなかったが、閨《ねや》に呼ばれることが度々あった。それが四年前から沙汰がない。

（ただ飽きられただけか）

と、思わぬでもないが、今さら茶々の懐妊《かいにん》は俄かに信じ難かった。

そう疑っていると、

大仏の　くどくもあれや　やりかたな　くぎかすがいは　子たからめぐむ

という落首が聚楽第《じゅらくだい》南外門の白壁に大書される。

秀吉の断行した刀狩りは兵農分離する政策と方広寺大仏の材料を確保する狙いがあった。それを揶揄《やゆ》し、子の成せなかった秀吉に子ができた疑惑を呈している。

秀吉は激怒した。

「聚楽第番衆の懈怠《けたい》赦《ゆる》すまじ。鼻を削《そ》ぎ、耳を切り落として磔《はりつけ》にせよ」

厳しい処断を下し、

「不届き者を必ず探し出せ」

と、石田三成と増田長盛に命じる。

そして、浮かび上がったのが、尾藤次郎右衛門《びとうじろうえもん》という浪人だった。

悪戯《いたずら》に過ぎなかったが、豊臣家は洒落《しゃれ》で済まさない。

次郎右衛門は天満の長屋に棲《す》む。そこへ捕り方が及ぶと、本願寺に連なる願得寺《がんとくじ》へ駆け込んだ。次郎右衛門は一時、願得寺で得度《とくど》を受け、道休《どうきゅう》という僧となっていたことがあり、住持の顕悟《けんご》とは懇意だった。

三成の命を受け、島左近が本願寺に引き渡しを迫る。

天満本願寺は秀吉の勘気を蒙《こうむ》った牢人を多数寺内に匿《かくま》っていた。次郎右衛門も天満本願寺に潜む。

本願寺顕如《けんにょ》は次郎右衛門と匿った顕悟を自害させ、その首を左近に差し出す。

下手人《げしゅにん》は上がり、処断されたが、これで終わりではなかった。

秀吉は、

「尾藤次郎右衛門を匿った天満の者共を引っ捕らえろ」

と、言い出す。

「この時、猿に追い払われた私と的中も天満本願寺の門前にいた」

無二は打ち明けた。

「猿は次郎右衛門を匿ったとして天満本願寺の門前に棲む町人まで捕らえて六条河原で磔にした。その数は六十三人にも上る。そして、その中の一人が的中だった」

悲惨な無二の回想を蛍は真摯《しんし》に聴き止める。

「的中は私を逃がして自ら捕らえられた。私は的中を救おうとしたのだけど、島左近が立ちはだかった。私も捕らえられそうになったところを助けてくれたのが、この男さ。左近の前に駆け入り、私を抱き上げて、疾風《はやて》の如く逃げた」

無二は五右衛門を見遣った。

「豊家に睨まれている奴らの俺は味方だ」

五右衛門は照れ臭そうに外方《そっぽ》を向く。

蛍は五右衛門に目を向け、

「禿鼠に諂う大名から金を盗み、禿鼠に睨まれた者達を助ける。私は鉄砲を撃つことしか取得がないけど、力になりたい」

と、確言した。

五右衛門は振り向き、

「男のような形《なり》をしているが、良く見れば、結構良い女ではないか。どうだ、お前も俺の女にならねえか」

蛍を口説く。

無二に大腿を抓《つね》られ、

「い、痛え」

悲鳴を上げた。

一味の面々が爆笑する。

四

蛍は五右衛門の一味に加わった。

手始めは伊達屋敷より盗んだ大判を元にして貧民へ施《ほどこ》しすることである。

大判をそのまま使えば、足が付く。大判を一度溶かして金に鋳直す。四分の一を実入りにして他を種籾に換え、貧民に配った。貧しい民には銭より糧が嬉しい。

案の定、伊達屋敷から大判が盗まれたという風説は出なかった。少人数で素早く事を終えたため伊達家は今のところ盗まれたことにも気付いていないようだ。

いずれ失くなっていることを知った時、大騒ぎになるだろうが、体面を保つため公にはしない。時も経てば、盗賊を追う術も失われる。

五右衛門の両腕は長田《ながた》与助と小田《おだ》庄八であった。どこにでもいそうな男達で、存在感が薄い。だからどのような状況にも溶け込める。

これに耳となる無二がいれば、大名屋敷を侵すのは雑作もない。

無二が屋敷に潜り込んで宝の在り処を聴き出し、夜更に与助と庄八を引き込んで盗みを遂げる。伊達家の他に大判を所有している大名は不明だった。が、

「小判でも百枚ありゃあ、大層なものだ。四年前に秀吉が三十六万両も金配りして、諂う大名は金持ちだ」

与助の言うように五右衛門一味は獲物に事欠かない。

「大名の家老とか奉行とか言ったって所詮《しょせん》は男、少し色の欲を擽《くすぐ》ってやれば、直《す》ぐに食い付く。浅ましいものさ」

無二は嘲笑《あざわら》う。

「それにしても、どいつもこいつも無二の色香に迷いやがって、仕事はやりやすいが、張り合いがないねえ。無二も女中やら白拍子《しらびょうし》やら良く化けるものだ」

庄八が鼻白《はなじら》む。

蛍は笑わなかった。

「あまり侮らない方が良い。中には恐ろしく使える剛の者もいる」

蛍は釘を刺す。

（特に、あの大太刀遣い）

島左近の技量が脳裡《のうり》に焼き付いていた。

「何、万が一、仕事中に露見した時の逃げ手にお前を加えた。だが、これまで見付かったことは一度もないではないか」

与助は尚も甘いが、事実ではある。

「いや」

五右衛門が神妙な顔で口を挿《はさ》んだ。

「蛍の言う通り気の緩みは足を掬《すく》われる。如何に容易《たやす》くとも気を抜くな」

と、引き締めるが、

「だが、まあ、ほとんどの大名は唐入りに腕の立つ強者を連れて行ってしまっている。今が稼ぎ時だ。軍勢が戻って来るまで精々稼がせてもらおうじゃないか」

強《したた》かに笑う。


三月、世は田植えの時期を迎える。

洛外の農村も活気付いていた。

何人が施してくれたか。例年より植える種籾は二倍も三倍もあった。

五右衛門、無二と蛍は船岡山から農夫の田植えに励む姿を見下ろす。

「白米にしてやれば、直ぐに食べられるのに」

蛍は率直に言った。

「種籾だって籾摺《もみす》りすれば、食べられる」

無二が言い返す。

「いずれにしろ食べたら終わってしまう」

五右衛門の言うことは当たり前のことだった。

「この男は村人を試しているのさ。愚かか、見込みがあるか」

無二は蛍に言い聞かせる。

「刹那《せつな》に腹を満たすことだけを望むか、先々のことを考えて堪えられるか、ということよ」

「そうか」

蛍は合点した。

「種籾は白米にして食べてしまえば、失《な》くなるけれど、植えて育てれば、また種籾が穫《と》れる。土地を墾《は》り、田を広げ、一度に食べず、増やすことを考える。安易に白米を施さず、米を増やす手立てを与える」

「そういうこと。この男は一家に一度しか種籾を施さない。食べてしまって後々窮《きゅう》しても、それは身から出た銹《さび》というものよ。堪えて増やす者こそ生き延びられる」

蛍と無二の遣り取りを締め括《くく》るように、

「春の眺めは値千両とは小さい譬《たと》え。この五右衛門の目からは値万両」

と、五右衛門は喚《よば》わった。

五

果たして、連敗していた日本軍は漸く碧蹄館《へきていかん》の戦いで勝利して勢いに乗ろうとしたところで文禄二年三月、龍山の兵糧蔵が焼き討ちされ、窮地に立たされた。日本軍にとって戦況は芳《かんば》しくなく、明との講和を望む。

斯くして、小西行長《こにしゆきなが》と加藤清正《かとうきよまさ》が明の沈惟敬《しんいけい》と交渉し、四月に合意した。日本軍は撤退し、八月、諸隊が順繰りに帰国する。

石田三成と島左近も上方へ戻った。

諸大名は帰国したが、戦後の疲弊《ひへい》を回復させることに忙しく、上方は慌しく落ち着かない。

石川五右衛門一味は、停戦後も倭城《わじょう》に在番する鍋島直茂《なべしまなおしげ》の大坂屋敷を侵《おか》すなど暗躍を続け、年明けて文禄三年を迎えた。

朝鮮の陣は収まったかに思われたが、一月、

「福島左衛門大夫が朝鮮へ渡ったわ」

無二が情報を摑む。

ならば、

「次の狙いは福島家だな」

と、五右衛門は餅屋の地下で一味に告げた。

「左京太夫（正則）は朝鮮に戻され、松真浦や場門浦の城に備えの人数を配しています。大坂は手薄です」

与助が状況を説明した。

「福島家は豊家の恩顧《おんこ》中の恩顧、盗みに入られたと知っても、他の大名にも増して決して口外できない」

無二は弟の的中を殺した豊臣家の恩顧への意趣返しとあらば、気も入る。

一味が段取りを打ち合わせる間、蛍は無言でただ鉄砲を磨《みが》いていた。


いつの時代も世に男とは好い女に弱い。幾度、同じ手を使ったことか。無二は福島家出入りの御用商人を誑《たら》し込み、城南、上町の屋敷に女中として雇われた。

秀吉に殺された弟の一字を取り、的《まと》、と名乗っている。

無二が福島家に潜入して半月、蛍は妹として福島家を訪ねて来た。

蛍は鉄砲撃ちの装束こそしていないが、柿色の着物で全く化粧気がない。

無二は既に蔵奉行の中堅と懇《ねんご》ろになっていた。

「妹の発《はっ》です」

無二は蛍を紹介する。これも無二の死んだ弟の名から取った。

無二は蔵奉行を誑し込んで妹との面会を目溢《めこぼ》ししてもらったのである。

蔵奉行は地味で全く色気のない蛍を見て、

(ううむ)

当てが外れ、落胆した。

無二は鼻白み、

(やはり見た目だけが全てか。節穴だね。蛍は綺麗《きれい》な娘なのに)

その薄っぺらさを蔑《さげす》む。

「久々に姉妹で話しなさい」

蔵奉行はそう言って離れていった。

庭先で二人きりになると、

「見限られたわね」

無二は苦笑する。

「何を？」

蛍にはそういう意味がわからない。

「そうね。あんたはわからなくて良いわ。汚れるのは私だけで良い」

弟二人を殺された無二と姉二人を亡くした蛍は境遇が似ている。年上の無二は年下の蛍を妹の如く思うようになっていた。

「この頃、無二さん、優しいね」

と、蛍は素直に言う。

「そ、そう」

「うん。取っ付きにくいけど、温かい。梟姉様みたい」

「梟って、太田の家を捨てて男を追い掛け、駆け落ちした女かい」

「最後は帰って来たよ。死んじゃったけどね」

「帰る家があるだけ私より良いか」

「無二さんには五右衛門がいるじゃない」

「男を追い掛けるというのは私もあんたの姉さんと同じだね」

「やっぱり無二さんは私の姉様みたいだ」

「そんな。私なんて……あんたが妹なんて、危なっかしくて、ご免だよ」

無二は照れ隠しに悪く言うが、蛍に姉のようと言われて嬉しかった。

弟の的中と発中が生きていた頃に感じた身内の温かみを久々に覚える。

「今は無事よ」

蛍は喜んだ。

無二の無事のみならず潜入が巧くいっていることを。

無二は耳を澄ませ、僅《わず》かな息吹さえ聴き漏らさず、周囲に人のいないことを確認し、さっ、と蛍に紙包みを差し出した。

蛍は素早く受け取り、懐に仕舞う。そして、

「姉さん、立派な御屋敷に雇われて良かったね」

白々しくも会話を始めた。

「ええ、凄いでしょう。皆様、良くして下さるわ」

無二は応じ、束の間、他愛もなく話す。

鉄砲の他、不器用だった蛍が数多《あまた》の試練を経て芝居も巧くなったものだった。

「さて、そろそろ」

無二は蛍へ退出を促す。

「あ、そう、そうね」

蛍は漸く気付いた素振りで、

「また会えるよね」

姉を慕《した》う妹を演じ切り、

「ええ、必ず。だから、さあ、早く」

無二に急《せ》かされて門へ向かった。

蔵奉行が見ている。

蛍は辞儀して門を出た。

それを、

「あれは」

見ていた異能がいる。


蛍は京の方広寺門前の餅屋に戻った。

地下で五右衛門、庄八、与助が寄り合う。

蛍は五右衛門に無二から受け取った紙包みを手渡した。

五右衛門が紙包みを開く。粘土であった。鍵の型が取られている。

「相変わらず抜かりない」

大いに満足した。

粘土の型は紛《まぎ》れもなく福島屋敷の金蔵の鍵である。無二が勘定方に、見せて、と強請《ねだ》り、瞬時に後ろ手へ回して型を盗み取った。無二にすれば慣れた手順だが、神妙な業であった。

包んだ紙に数字が書かれている。

二一五二一
難しくはなかった。単に日時の羅列《られつ》である。
「二月十五日丑ノ上刻（午前二時）か」
五右衛門が暗号を読み解いた。

満ちた月が朧《おぼろ》に霞《かす》む夜、影が動く。

無二は黒装束で夜に同化して裏門へ忍び寄り、門番の周囲に香を漂わせて眠らした。門を外して五右衛門一味五人を引き入れる。

外の見張りは決まって蛍だった。鋼輪銃をいつでも撃てるよう仕度に抜かりはない。

無二は五右衛門一味を金蔵へ導いた。

忍び足に阿吽《あうん》の呼吸で事を運ぶ。

庄八が無二の取った粘土の型から拵えた鍵を取り出し、錠に差し入れた。右手首を捻《ひね》ると、鍵は滞《とどこお》りなく回る。五右衛門へ振り向き、頷いた。

五右衛門は頷き返す。

庄八と与助が金蔵の扉を開いた。

一味五人が金蔵に入る。

壺《つぼ》が並んでいた。一つを開ける。小判が詰まっていた。千両はある。

千両など一人で抱えて身軽に素早く動けるものではない。二、三人で運ぶのも呼吸を合わせるのが難しい。

一人百両ずつ五人で金五百枚を稼いだ。

今日も蛍の出る幕はなかった。

いつものように手際良く仕事を熟し、無二を加えて退散する。

一味は城域を抜け、東に流れる平野川の河岸へ出た。そこで五右衛門は立ち止まる。続く六人も倣《なら》い、振り向いた。

「何故、付いて来る」

五右衛門が闇に向かって声を掛ける。

闇から影が浮き出て人形《ひとがた》を成した。

蛍が鋼輪銃を構える。

「待て」

人影は慌てて、

「お前に狙われたら幾つ命があっても足りぬ」

と、恐れ入った。

蛍は目を凝《こ》らす。

「お、お前」

驚いたことに、その男は、

「善之か」

であった。

「顔見知りか」

五右衛門が尋ねる。

「同じく雑賀の出で、鈴木善之と言う」

蛍は応えた。そして、善之に向かって、

「お前、加藤主計頭の家来になったと言っていたな。改めに来たか」

問い詰める。

善之は首を横に振り、

「いや、最早、主計頭の家来でもなければ、豊家とは関わりない。それどころか、今は敵だ」

と、訴えた。

「どういうことだ」

蛍は訝《いぶか》る。

「お前らの敵ではないということだ」

「敵ではない？」

「そうだ。貧しい村に米を施している者がいると聞いた。お前らか？」

「…………」

「皆、無言か。そうであるということだな」

「…………」

「施す元は恐らく大名の屋敷から盗んだのであろう」

そこまで推察されて、

「証がない」

蛍が言い返した。

「大名は誇り高い。盗人に入られたなどと口外できぬ」

善之や服部保章のように裏の世に通じている者なら容易に推察できる。

「何にしても、此奴は我らの仕事を見ていたようだ。放っては置けぬな」

五右衛門は凄みを利かせ、威圧した。

蛍は鋼輪銃を下ろしていない。

(仕事を見られたからには有無を言わさぬか)

善之は危うさを感じ、身構えた。

ところが、

「付いて来い」
五右衛門は善之を促し、歩き出す。
蛍も構えを解き、一味共々五右衛門に従った。
善之は、
ほっ
胸を撫で下ろす。五右衛門一味に続く。

六

善之は三条河原で目隠しされ、京の方広寺門前の餅屋の地下に連れ込まれた。

無二が目隠しを取る。

五右衛門一味が車座になり、善之を囲んでいた。

「聴こう」

五右衛門が口を切る。

いきなり振られて、

「えっ」

善之が戸惑っていると、

「何故、私たちを付けたのか。何用か。私たちの敵でないとはどういうことか、ってことさ」

　無二が補足した。

「豊家の膝元、京大坂で盗みを重ねる一味に興が湧いた」

と、善之は応える。

「豊家筋は敵だと聞こえたが……」

五右衛門は思ったままを言った。

続けて、

「加藤主計頭の家来になっていたお前が何故、禿鼠に逆らおうとする」

と、蛍が問う。

「先程も申したが、最早、加藤主計頭の家来でもなければ、豊家とは袂《たもと》を分かっている。確かに加藤主計殿の先鋒として釜山へ渡った。兵八千、二番手の将となった主計頭に従い、南大門から漢城に入り、北へ向かって臨津江、海汀倉での戦いに勝ち、明との国境を越えて女真《じょしん》を侵した。が、女真は激しく抗い、明への進路としても逸《そ》れていることから主計頭は兵を朝鮮へ退き、我らは殿軍《しんがり》となって戦った。そして、漸く朝鮮に返した時、義民が起こり、我らに襲い掛かって来た」

　善之は淡々と身の上を語った。

五右衛門一味は固唾《かたず》を呑んで聴く。

善之は続けた。

「謂《い》われなく土地を侵されながら朝鮮の民は国を守るため、武威を振るう日本軍に対し命懸けで仕掛けて来た。勝ち目が薄くとも戦う朝鮮の民を前にして儂は何のためにこの戦いをしなければならぬのかわからなくなった」

その顔は苦渋に満ちている。

「苦しめられているのは朝鮮の民だけではない。主計頭は兵八千の武備や兵糧を賄《まかな》わなければならず、九州の大名故に肥前名護屋の築城も負わされた。その付けは領民に回され、重い年貢《ねんぐ》が課せられている」

この戦いは朝鮮のみならず日本の民にとっても全く利なく、害しかない。

「己が思うままに他国へ攻め込む秀吉は許し難い。この戦に大義なしとの思いから彼方へ身を投じた。今は金忠善《きんちゅうぜん》と名乗り、向こうの者ということになった」

それが善之の出した応えだった。

一通り経緯を聴いた上で、五右衛門は、

「その朝鮮の義士が日本に戻り、我らに興を覚えて何を企《たくら》む」

と、質す。

善之は、

「和議が結ばれ、戦が治まったにもかかわらず、福島左衛門大夫がまた朝鮮に戻って来た。再び戦が起こるのか。それを確かめに海を渡り、左衛門大夫の屋敷を張っていたところ、此奴が出て来るのを見掛けた」

と、言って、蛍を指した。

「其方らは豊家に臣従する大名の屋敷へ盗み入る。それに際して、相当な調べを付けていると見た。再び戦となれば、大名は慌しくなる。その仔細《しさい》が知りたい」

それが善之の望みである。

無二は鼻で笑い、

「今時、珍しく正義に一途な男だね。正義で不利な方を選ぶのは良いけど、何の得にもならない。私らを騙《だま》して信じ込ませ、手口を豊家の役人に通じようとしているとも考えられる」

冷ややかに言った。

対して、

「儂は真に豊家のために戦うのが嫌になったのだ」

善之は憤り、本心を訴える。

すると、

「良がろう」

五右衛門が収めに入った。

「我らの仕事を手伝え。巧く運べば、無二の聞き出したことを伝えてやろう」

その裁きに、

「望むところだ」

善之は確と応じた。

斯くなれば、早速、

「どうだろう。秀吉は伏見に移るつもりで普請《ふしん》を急がせ、既に屋敷は出来上がっている。まだまだ普請は続き、常住せず大坂と伏見を行き来しているが、多少の金も移していよう。大坂の城の金蔵を侵すのは難しいが、普請中の伏見であれば、飯を炊《た》く女も少なからず要る。その中に無二さんを入り込ませてはどうか」

と、提言する。

五右衛門は逸る善之を、ぎろり、と睨むが、直ぐに膝を打ち、

「面白い。ついに秀吉の金蔵を開くか。大名は面目を気にして隠しているが、噂にはなっている。ここで大本から金を奪えば、秀吉の威《い》は墜《お》ちる」

乗ってきた。

そうなると、

「私も無二と共に入り込む」

蛍が言い出す。

「普請場に入るには厳しい取調べがあり、得意の鉄砲は持ち込めぬぞ」

五右衛門に指摘されると、

「わかっている。この目で秀吉の築く新たな城の縄張りを見て置きたい」

それが狙いだった。

「よかろう。だが、秀吉は普請場も見回るらしい。無二も蛍も秀吉に顔を知られている。気を付けろ」

「江戸で秀吉に見られた。然《さ》れど、見過ごされた」

「どういうことだ」

「秀吉は心を病んでいるのではないか。七年前、北野で大茶会を催《もよお》した時、十日行うと公言しながら一日で終わらせてしまった。この頃から心を病み出し、それが露見することを石田治部少らが恐れ、終わらせたのではないかという噂もある」

そのような噂は五右衛門も聞いたことがある。

「だが、噂の域を出ない。現に秀吉は天下人として政を執り、戦にも出馬している。秀吉が普請場を見回る日は月のものとか言って避けろ」

と、言い付けた。

七

蛍と無二は飯を炊く女として伏見の普請場に入り込んだ。

然して、甲斐甲斐しく働く内、無二は秀吉の心の病、つまり痴呆《ちほう》の裏付けを聞く。

秀吉の小姓、真田信繁《さなだのぶしげ》と兄の信幸《のぶゆき》がひそひそと話していた。

「昨日、殿下が小便を漏らしたと耳にしたが、真か」

信幸が訊くと、信繁は大いに焦り、周囲を見回して、

「しっ。厳秘です。もう口にされますな」

釘を刺している。

それを無二が蛍に話せば、

「やはり秀吉は呆《ぼ》けたか」

疑惑は確信に近付いた。

四月十五日のことである。

秀吉の座所となる伏見の普請場は武家、商人、時には公卿《くぎょう》まで様々な人が集まり、情報の宝庫だった。

無二の耳は多くを聴き取る。

果たして、

「殿下は薩摩侍従（島津義弘《よしひろ》）と鍋島飛騨守（直茂）に大明の返答次第では再び唐入りの軍勢を仕立てると通達されたそうだ」

という情報を摑んだ。

これを人足に扮《ふん》した善之へ伝えれば、

「やはり終わっていなかったか」

悲嘆と憤怒が入り混じる。情勢は予断を許さず、秀吉の動向から目が離せない。

伏見屋敷の縄張りも概《おおむ》ねわかった。金蔵の位置も知れる。

蛍は普請場を抜け、方広寺門前の餅屋に戻り、五右衛門に報告した。

五右衛門は、

「よし、やるか。秀吉が伏見の屋敷にいる日が良いな。恥を搔かせてやる」

実行に踏み切る。

秀吉は有馬《ありま》へ湯治や大坂での政務があり、伏見に来たのは六月三日のことだった。

此度、内からの引き込みはないが、普請途上であれば、忍び込むのは難しくない。

一味は万一失敗った時、面が割れないよう周到に目の下、鼻と口を布で覆《おお》った。

与助が楽々と塀を越えて侵入し、門の閂を抜き、庄八、無二を引き入れた。五右衛門と蛍、善之は外で待つ。

無二の先導で金蔵に及んだ。

鍵は錠前の穴から粘土で型を取り、模造している。その鍵で与助が金蔵の錠前を外す。

無二が見張り、与助と庄八が背嚢《はいのう》に入れられるだけ小判を入れて出た。

与助と庄八が目配せして無二を促す。

後は遁走《とんそう》するばかりだったが、突如、武者衆が湧き出て三人を囲んだ。

外にいる五右衛門達にはわからない。

門が開いた。

すると、無二が這《ほ》う這《ほ》うの体《てい》で逃げ出る。

その後ろから二つの骸《むくろ》が放り出された。与助と庄八である。

「何だとっ」

五右衛門は目を剝《む》き、容易ならざる事態を痛感した。

武者衆が躍り出る。

五右衛門は逃げを打つ。

「うわ～」

冷淡な無二が目の前で与助と庄八を殺された衝撃に動じている。

五右衛門は無二の頰を叩いて黙らせ、抱き抱えて走った。

「与助さんと庄八さんが」

蛍は助けに行こうとしたが、

「もう死んでいる」

善之に強く手を引かれ、已《や》むなく駆け出した。

追っ手が迫る。

「善之、鉄砲で足止めしよう」

蛍は提言した。

「よし」

善之も応じる。

余裕はなかった。振り向いたら即、銃撃となる。

蛍と善之は走りながら早合で弾薬を込めた。

蛍は鋼輪を巻き、善之は火縄に点じる。

蛍が二拍早かった。振り向き、撃つ。その不安定な体勢ながら先頭を駆ける武者の身体を捉えていた。蛍は手振れする鋼輪銃の癖を摑み、自在に撃てるようになっている。

（よし）

蛍は命中を確信する。ところが、

「えっ」

目を剝いた。

武者は蛍の放った銃弾を太刀で打ち払っていた。

（武州忍で追い掛けて来た武者だ）

蛍は武者の脅威を思い出し、震撼する。

善之が銃撃体勢に入る。撃った。

これも武者に叩き落される。足止めにはならなかったが、二発の銃撃を凌《しの》ぐのに駆け足が遅れた。

次の銃撃は適わない。

最早、ひたすら逃げるしかなかった。

前方に杜《やしろ》が見える。

その神社に五右衛門は駆け込み、無二、蛍と善之も続いた。

武者達が神社に踏み込む。戦国の世となり不入《ふにゅう》の権は守られなくなっていたが、京の寺社は所司代が支配している。

武者は筋を通して、

「頼もう。此は藤森宮であるや。我は石田治部少輔が家人、島左近である」

と、喚わった。

藤森宮司が出て来て応対する。

「如何なる御用にございましょうか」

と、訊けば、

「ここに賊が逃げ込んだ。探させてもらいたい」

左近は願った。

藤森宮司は、

「所司代の前田玄以様はご存知でしょうか」

と、返す。

「いや、急のこと故、手続きを省きたい」

「それでは前田様のお立場がありません」

「そこを押して頼む」

「困りましたな」

宮司は賊に加担しようとしている訳でなく、武家が秩序を弁《わきま》えず、強引に立ち入ろうとするのが許せなかった。だが、それだけのことで、少し左近を困らせたところで、

「わかりました。大人数で荒らされては困りますが、三、四人で参詣《さんけい》という体であれば、よろしいでしょう」

と、折れる。

「忝《かたじけな》い」

左近は磯野平三郎、渡辺勘平、塩野清助を伴って宮内に入ったが、五右衛門達は既に北側から逃げ果《おお》せていた。


五右衛門、蛍、善之、無二は方広寺門前の餅屋に生き延びる。

「あれは石田治部少の股肱《ここう》、島左近だな。天下屈指の遣い手だ。与助と庄八も中々の遣い手だが、いとも容易く討ち殺してくれたものだ。相手が悪い」

五右衛門は歯嚙みした。

「凄かった。与助と庄八は私を逃がすため武者衆に突っ掛かって行ったんだけど、突如、現れた武者が太刀二閃、瞬く間に与助と庄八は斬り殺された」

無二が震えながら様子を語る。

(島、左近と言うのか)

蛍は忍城で出交《でく》わしている。二度も殺され掛けたが、恐れるどころか、

(左近……父上と同じ名か)

忘れ得ぬ名であった。

それから十日後、藤森神社の門前に笠石《かさいし》が置き残される。

石川五右衛門寄進
と、札が掛けられていた。

宮司は、

「これは良い。手水鉢《ちょうずばち》の受け台の石にしよう」

と、喜ぶ。

その頃、宇治塔の島では石造十三重塔を見た管理人が、

「こ、これは」

三番目の笠石が失くなっているのに気付き、腰を抜かしていた。

第四章　伏見築城

一

大名は盗みに入られても恥を秘匿《ひとく》したが、豊臣家は自慢の武者衆が打ち払ったことで面目を施し、事実を公開した。

そして、

「太閤殿下の御殿を侵《おか》した不届き者を必ず探し出し、引っ捕らえよ」

石田三成の下知《げち》により盗賊一味の追捕は本格化する。

島左近を組長として京大坂で怪しい建物はことごとく改められ、捕縛された盗賊は三百にも及んだ。これらは京都所司代の前田玄以に引き渡され、

「伏見の御殿に押し入ったのは汝《うぬ》らか」

厳しく取り調べられたが、小物ばかりで要領を得ない。

五右衛門は息を潜めていた。

「灯台下暗《もと》しと言う。秀吉が大仏を建立《こんりゅう》した方広寺の門前に店を構えているとは思うまい。顔を布で覆っていた故、面は割れていない。案ずることはない」

豪胆ではあるが、付いて回りそうな過信や強行は五右衛門に当て嵌《は》まらない。機悪しと見れば堪えて待つことができた。

石田勢の追捕は厳重だったが、五右衛門達は鶉《うずら》が蹲《うずくま》るように鳴りを潜め、足取りを掴ませなかった。

その間も五右衛門一味は天下の情報収集を怠らない。

「堺にはこの国だけでなく、海の向こうの事情も集まる。私には伝手がある」

と、請け合う蛍の情報源は芝辻理右衛門だった。

さらに、

「国の内のこともわかる」

その人脈に五右衛門さえ舌を巻く。

蛍の耳目は服部半蔵の伊賀組と、それに連なる伊賀柘植の服部保章であった。旅商人に成り済ました伊賀者が方広寺門前の餅屋に密書を届ける。

蛍は受け取り、五右衛門、善之、無二に告げた。

「六月二十八日、禿鼠は明からの和議申し入れを受け容れるよう、漢城《かんじょう》に留まっている増田右衛門尉《ますだうえもんのじょう》（長盛《ながもり》）に通達したようだ。さらには釜山海《ぶさんかい》、金海《きんかい》、熊川《こもがい》の諸城には備えの兵を残して帰るよう指図したらしい」

その和平に向けた動きを聴き、善之は、

「良かった」

胸を撫《な》で下ろす。

ところが、それから十日余り後、七月十日、状況は怪しくなった。

「秀吉は吉川侍従《きっかわ》（広家《ひろいえ》）に渡海を命じ、油断なきよう言い含めたようだ」

蛍の受けた情報に、

「どういうことだ。もう少し詳《くわ》しくわからぬか」

善之は不安を抱く。

「わかった。私が堺へ赴《おもむ》き、聴いて来よう」

蛍は己が耳で確認しようとした。

「京大坂は島左近の捕り方が蔓延《はびこ》っている。危うくはないか」

冷然としている五右衛門が気に懸ける。

「然れど、禿鼠の動きがわからなければ、この先、我らは立ち行かぬ。五右衛門さんは頭《かしら》だ。万が一にも捕まってはならない。善之は堺に慣れていない。私は堺に伝手もあり、行くしかあるまい」

そう蛍に言われて五右衛門は渋々認め、

「人目に付かぬ夜こそ動くと狙っている。日中、賑やかな通りを行け。人の群れに紛れられる。捕り方も町人に刃を向けられまい」

と、助言した。


直ちに蛍と無二は堺へ赴き、芝辻家を訪う。

理右衛門は相変わらず無愛想だが、

「儂より朝鮮に通じている奴に訊け」

と、言って紹介してくれたのは華美な装束に身を包んだ大柄な商人だった。

「納屋助左衛門《なやすけざえもん》と言って呂宋《ルソン》から只同然で仕入れた器や壺を珍器と称して太閤に売り付けた商人《あきんど》だ。呂宋って国が余程気に入ったらしく、呂宋の物ばかり扱うから呂宋助左衛門なんて呼ばれるようになった。この七月二十日に呂宋から戻ったばかりだ。向こうの湊の方が此方より朝鮮のことがわかる」

「言ってくれるな。物は悪くない。良い物をそれなりの値で売る。千宗易《せんのそうえき》（利休《りきゅう》）様の目利きだ。誰も文句を付けられまい」

「その宗易様は余りにも気儘《きまま》に振舞ったため太閤から切腹を仰せつかったではないか。お主もほどほどにせよ」

「ふん、宗易様がいなければ、目利きなど適わぬ。宗易様を死なせたことを悔いるが良い。お主も難癖付けるなら取り引きせぬぞ」

（助左衛門は遣る瀬ない心根を吐き出す。

物を見る目を認めてくれた宗易様を殺され、憤懣《ふんまん》遣る方ないのであろう）

と、蛍は理解した。崇敬する師匠の津田照算を秀吉の紀州攻めで殺された無念に重なる。

そして、

（理右衛門は助左衛門の儲《もう》けの絡繰《からく》りを見過ごし、助左衛門は理右衛門に安くて質の良い素材を齎《もたら》す。持ちつ持たれつということか。無愛想な理右衛門がこれほど口を利くなんて、余程気の置けない仲なのだろうな）

それもわかった。

理右衛門は、

「助左衛門は海を股に掛けて商《あきな》いしている。知り合いには明や朝鮮の重鎮に通じる力のある商人も多い」

人物の確かさを保証する。

「明とは今、どのような駆け引きをしているのか。実のところをお聞かせ下さい」

蛍は助左衛門に請う。

「話してやってくれ」

理右衛門にも頼まれ、助左衛門は、ふう、と息を吐き、

「事は容易でない。これを町中で話せば、立ちどころに始末されるだろう。それほどに危ういことなれば、扱いに気を付けろ」

厳しく戒《いまし》めた上で話し始めた。

「昨年（文禄二年）三月、漢城の兵糧蔵が焼き討ちされ、日本軍はその後の策が立ち行かなくなり、和議へと傾いた。明も国許が乱れ、戦を続けるのは本意でなく、乗り気だった。日本は小西摂津守（行長）と加藤主計頭（清正）が扱い、四月に合意して釜山まで退いた。明も開城《かいじょう》まで退き、日本に使節を遣すことを約した。ここまでは良かった」

和議の順調を覆す言葉に蛍と無二は固唾を呑む。

「ところが、明は宋応昌《そうおうしょう》と沈惟敬が謀り、配下の謝用梓と徐一貫を皇帝からの勅使《ちょくし》と偽って日本へ遣わすことにした」

秀吉を騙すという大胆さに蛍と無二は目を丸くした。

「五月、小西摂津守と石田治部少輔《しょうゆう》（三成）、増田右衛門少尉（長盛）、大谷刑部少輔《おおたにぎょうぶのしょうゆう》（吉継《よしつぐ》）は偽りの勅使を連れて肥前名護屋で太閤に引き合わせた。この時、太閤が出した条件は七つ、明の皇女を帝の妃《きさき》として差し出すこと、交易を復すこと、朝鮮八道のうち南の四道を日本に割譲《かつじょう》し他四道および漢城を朝鮮に返すこと、朝鮮の王子及び重臣を日本へ人質として差し出すこと、朝鮮は此の後日本に逆らわないこと、これらを約す誓紙を取

り交わせば、日本が留置している朝鮮の王子二人を返す、というものだ」

「日本の都合ばかりで、明や朝鮮が受けるとは思えない」

蛍は率直に思ったままを言う。

「その通りだ。この条件を明の本国へ出しても激怒され、撥《は》ね付けられるだろう。故に、宋応昌と沈惟敬は小西摂津守と石田治部少輔に己が存分に任せて欲しいと訴願した」

「偽りばかりだな。それで済むとは思えぬ」

蛍の懸念する通りだった。

「そうだ。明は日本軍を打ち払ったと思っている。軍務《ぐんむ》計略《けいりゃく》の宋応昌は太閤の恭順《きょうじゅん》を示す書状を求めた。小西摂津守は関白降表なる書状を偽作して内藤如安《ないとうじょあん》に託し北京に向かわせている」

「最前の将が互いの主君を騙していると言うのか」

「そういうことになる。豊家の大名は誰一人として唐入りを望んでいないのだ」

「禿鼠の我儘ということか」

蛍は相変わらず秀吉を禿鼠と呼ぶ。

助左衛門は禿鼠が信長の付けた秀吉の異名であることを知っていた。苦笑し、

「天下人を禿鼠呼ばわりするか。気に入った」

と、愉快がり、話を続ける。

「太閤は心を病んでいる。我が強く、己が意のままにならぬと気が済まぬ。己が認めたくないことは頑として受け付けず、信じない。逆に認めたくないことについては、偽りを仕立てて太閤の成せるところとすれば、疑いなく信じてしまうようだ。弥九郎《やくろう》が嘆いていた」

「弥九郎？」

「ああ、小西摂津守のことだ。彼奴も堺の商家の出だ。付き合いは浅くない」

「小西摂津守と言えば、禿鼠の小姓に取り立てられ、大名にまでなった出世人ではないか。それほど禿鼠に近しい仁の言葉は軽くない」

蛍が言えば、

「ついこの前、秀吉は小便まで漏らしたという話を聞いた。最早、心身共に自らを制することもできないのではないか」

と、無二は伏見の普請場で耳にした話から類推した。

「太閤は突如怒り出すようだ。明との和議のこと謀られたと知れば、もう収まらぬだろうな」

助左衛門は嘆息する。

「早晩、もう一度、唐入りはあるということか。止めなければ」

蛍は居ても立ってもいられなかった。

二

蛍と無二は京の隠れ家に戻り、五右衛門と善之に堺で聴いたことを伝える。

善之はわなわなと膝に置いた両手を震わせていた。

「秀吉が再びの唐入りを命じる前に息の根を止める」

と、言い出す。

「金蔵を狙うのとは訳が違う。秀吉を護ると言うより妙なことをしないように見張っている近習《きんじゅ》共が常に傍近くいる」

五右衛門は難度を言い聞かせた。

「眠り薬を嗅がせれば良い」

無二の得意である。

「伏見の屋敷はもうほぼ仕上がっているようだが、周囲はまだ普請が続いている。どうやら石垣を積み、曲輪《くるわ》を構え、濠《ほり》を廻《めぐ》らせるようだ。秀吉は伏見に居を移したが、大坂と行ったり来たりしている。金蔵破りと同じく、人足や飯炊きを装って普請場に入り、秀吉と警護の者がいない時に屋敷の床下に潜り込んで待つ。無二殿の耳なら秀吉の到来を聴き取れる」

善之はもう逸《はや》る気を抑えられずにいた。

「金蔵を破られて備えは固くなっているぞ」

五右衛門は尚も慎重だが、

「だからこそ良いのだ。金蔵に人数を割《さ》き、屋敷の内は手薄だ」

善之は言い募る。

蛍は、

(何としても唐入りを止めたいのだ)

善之の切なる思いが痛いほどわかった。侵略は国を不幸にする。

「やろう」

と、同意した。

五右衛門は目を瞑《つむ》り、腕組みして考える。

(庄八と与助を瞬く間に斬り殺した奴に勝てるか)

島左近の存在は脅威だった。

「あの武者が気になるのか」

蛍が勘付いて訊く。

五右衛門は本意を隠すことなく、軽く顎を引き、頷いた。

「あの武者とは石田治部少輔の股肱、島左近のことか」

善之も思い当たる。

朝鮮の武官として日本軍の強者は全て記憶していた。中でも左近は最重要人物として上位にいる。何より伏見屋敷で左近の猛威を目の当たりにしていた。

五右衛門と善之は考え込むが、

「仕合いたい」

蛍は強敵であればあるほど、戦ってみたかった。

「彼《か》の武者は私の銃弾を事もなげに太刀で打ち払った。口惜しい。太刀で打ち払えないほどの射撃がしたい」

鉄砲撃ちの血が騒ぐ。

それを、

「阿呆《あほ》を言うな」

無二が窘《たしな》めた。

「側近衆を眠らせても、鉄砲を撃てば、離れて控えている武者共も銃声を聞き付けて出合う。そうなれば、我らは囲まれ、搦《から》め捕られるか、殺される。隠密の討ち入りに鉄砲は使えぬ。使うとしたら逃げを打つ時だ」

と、道理を説く。

「石田治部少輔は既に肥前名護屋から上方へ戻っている。在京していれば、島左近もいる。

討ち入るからには万全を期さねばならぬ。島左近のような難物は願い下げだ」

五右衛門をして左近の存在は弱気にさせた。

善之も第一義は秀吉の動向を探って朝鮮へ正確に伝えることであり、客死は本分に悖《もと》る。危うい仕掛けの強行は思い止まるべきだった。

五右衛門と善之が伏見屋敷への討ち入りを諦めようとしていた時、

「あの武者がいなければ良いのか」

蛍が核心を衝く。左近と戦えないのは不服だが、討ち入りの見込みを考えた。

「まあ、そういうことだ」

五右衛門は余りに当たり前過ぎて即答する。

「ならば、そうすれば良い。石田治部少輔を探ろう」

蛍は思い立ったら直ぐ動く。

五右衛門一味は覆面により顔を知られていなかった。とはいえ、一度失敗《しくじ》り、殺されそうになった。ほとんどが秀吉の伏見屋敷に近付くことすら躊躇《ためら》う。

にもかかわらず、

「敵中に入らなければ、敵の動きはわからない」

と、蛍は放胆ながら要言した。

「確かに、虎穴に入らずんば、虎子を得ず、と後漢書にもある」

善之も後漢の名将、班超《はんちょう》の箴言《しんげん》を出して同調する。

「総じて、一度失敗った賊がまた入り込むとは思わないよ」

蛍の言うことは一々尤《もっと》もであり、

「わかった」

五右衛門は折れるしかなかった。

「が、無理をするな。怪しまれそうになったら直ぐ普請場から離れろ」

と、言い付ける。

「心得た」

蛍は再び伏見の普請場に潜り込むこととなった。

三

石田三成は九月に薩摩へ赴き、検地を行う。

八月の半ばには上方を離れなければならず、少なくとも三ヶ月は不在となる。

その前に大坂城へ出向いた。

秀頼《ひでより》と淀ノ方に目通りを願う。

三成と淀ノ方は豊臣家の政権護持に同調しているが、決して互いの思考を認め合っては

いなかった。此度、三成は、

「太閤殿下は既に伏見へ御移徙《おわたまし》なされました。於拾様《おひろい》、御袋様も早々に御移徙のお仕度をなされませ」

それを暗に指示するため大坂へ登ったのだが、

「京都所司代の前田玄以によれば、伏見は大坂の艮《うしとら》に当たり、鬼門故に於拾様の御移徙を延ばすべきと申しています」

と、淀ノ方は拒む。

実際のところ淀ノ方は自らと我が子を守るため天下無双の金城湯池《きんじょうとうち》、大坂城が気に入っていた。京でも洛外の伏見へ移ることに難色を示している。

(困ったものだ)

三成は嘆息した。

「鬼門は時が過ぎても変わらぬでしょう」

呆《あき》れて言えば、

「於拾様は今二歳、鶴松《つるまつ》様が亡くなられた齢です。せめて今年は控えるべきでしょう」

淀ノ方は言い返す。

その身勝手を許してはならなかった。

(太閤殿下の口を封じるだけで手を焼いている。このまま、この女狐《めぎつね》が大坂に居据わって

いると、癇癪《かんしゃく》を起こして、そこらにあらぬことを口走りかねない。伏見に纏《まと》めて抑え込んで置かなければならぬ）

癇癪持ちの淀ノ方は情緒が不安定なため情報保護に向かない。

「祐筆《ゆうひつ》の木下大膳大夫《きのしただいぜんのだいぶ》（吉隆《よしたか》）が語るには、この文禄三年は甲午《こうご》にて歳徳神様《としとくじん》の御座《おわ》す恵方《えほう》は東北東、正に伏見は大坂の恵方に当たります。これが年を越すと、乙未《いつび》となり西南西に移ってしまいますので、今年の内に伏見へ移るべきと存じます。これを太閤殿下は大いに喜ばれ、我ら奉行衆に於拾様と御袋様を伏見へお移し致すようお指図を頂きました」

三成は理詰めに告げた。

淀ノ方は理屈で遣り込められて面白くない。外方《そっぽ》を向いて、

「考えて置く」

そう言って、話を打ち切った。

（太閤殿下の御下命だぞ。考えて置くもないものだ。こうも自儘を通されては、やがて、この女狐のために豊家は滅びるかも知れぬ）

三成は先行きに不安を覚える。

暫く淀ノ方は拾と共に大坂から動くつもりがなかった。

四

蛍と無二は飯炊き女として伏見の普請場に舞い戻っている。

最早《もはや》、慣れたもので、人足に顔見知りも大勢いた。

「おお、暫く見掛けなかったが、どうしていた」

人足の一人が突っ込んでも、

「月のものが酷くてね」

無二は平然と応える。

大掛かりな普請には多様な職種に大人数を要し、日用取《ひようとり》（日雇）も少なからずいたので、数日いなくても変ではなかった。

無二は飯炊き女の務めを果たしながら聴き耳を立て、奉行衆の小声さえ逃さない。

蛍が支えていた。無二が如何に気丈でも、独りでは心許《こころもと》ない。普請場に鉄砲は持ち込めないが、蛍の度胸と明朗は無二の心を安んじていた。

秀吉の居城建造に伴い、大名の屋敷も順次設えられる。

浅野長政《あさのながまさ》、前田玄以、増田長盛、山中長俊《やまなかながとし》といった豊臣政権の執務に関わる近臣が先んじて屋敷を建てていた。

そして、併《あわ》せて秀吉が指名したのは家康である。まだ江戸に入府して四年、肥前名護屋からは帰したが、新たな領地を撫育《ぶいく》する余裕を与えなかった。

巨椋池《おぐらいけ》が埋め立てられ、伏見城から見て向島に家康の屋敷が建てられる。

(家康様がいらっしゃるのか)

蛍は気になった。

家康は豊臣政権の丞相《じょうしょう》(大納言)である。曲がりなりにも、蛍は江戸城警固の要、伊賀組の鉄砲指南だった。その蛍が今は豊臣家の恃《たの》みとする大名ばかりを狙う盗賊になっている。

(今、顔を合わせたくない)

決まりが悪かった。

蛍は秀吉の屋敷の普請場にいる。家康が来ない限り会うことはないが、早々に仕事を片付けて立ち去るに越したことはなかった。

蛍と無二が普請場に潜入して五日、

「どうだ」

蛍はこそりと無二に問う。

「急かすな」

と、無二は窘め、

「………」

蛍を黙らせたが、

「わかったことがある」

既に要諦《ようてい》を聴き取っていた。

然れば、

「もう長居は無用。引き揚げよう」

強《したた》かに笑う。

五

蛍と無二は方広寺門前の餅屋に戻った。

五右衛門と善之の他に一人、五右衛門に劣らぬ異相の巨漢がいる。

「儂に続いて朝鮮から日本を探りに来た宋蘇卿《そうそきょう》だ」

善之が素性を蛍と無二に明かし、

「無二に蛍だ」

と、蘇卿に紹介した。

「俺達と共に伏見屋敷へ討ち入りたいそうだ」

五右衛門が単刀直入に告げる。

「宋蘇卿です」

蘇卿は丁寧に辞儀して名乗った。

蛍の心が動く。

「伏見屋敷へ討ち入りたいって。貴方も禿鼠に意趣があるのか」

と、訊いた。

「あるに決まっている。秀吉が攻めた朝鮮は蘇卿の生まれ育った国だ」

善之が当たり前とばかりに諭す。

「禿鼠？」

蘇卿は首を捻った。意味がわからない。

「秀吉のことだ。亡き織田信長公の付けた渾名《あだな》を蛍は使い続けている」

善之は苦笑しつつ説明した。

蘇卿は納得し、

「貴方も、とは、蛍さんも秀吉に恨みがあるのか」

と、問い返す。

蛍は嫌悪感を面《おもて》に表し、

「一族を殺された」

と、応えた。

「おお」

蘇卿は心を揺さぶられる。

「私もです」

同じような境遇を思い起こし、感じ入った。

「そうか。秃鼠に何をされた」

蛍は知りたい。

「聴いてもらえるか」

「是非もない」

そして、蘇卿は語り出した。

「小西という倭寇《わこう》の兵が釜山の町を焼き払い、城を攻め、何の罪もない民まで殺し捲った。跪《ひざまず》き、命乞いしても一切聞かず、何万もの人々を斬り捨て、討ち殺した。倭寇は我が国《そ》を侵し続け、通り過ぎる村々をことごとく焼き払い、人々を殺し、捕らえれば、鼻を削いで見せしめとした」

「酷いな」

蛍の顔が益々渋くなっていく。

その豊臣軍の悪行は、

「儂もこの目で見た」

善之に裏打ちされた。

蘇卿は続ける。

「我が兄の象賢《しょうけん》は府使《ふし》（文官）に過ぎぬが、倭寇の悪辣《あくらつ》を許せず、東萊城《とうらいじょう》に留まって立ち向かい、討ち死にした。倭寇の暴虐はさらに苛烈《かれつ》となり、村の家々のみならず山野山木燃えるものは皆、焼き、寺院伽藍《がらん》まで火を放って灰にした。老若男女の別なく屠《ほふ》り、あるいは捕らえていった。地に額を押し付けて嘆願する両親を斬り捨て、童を引っ立て、奴婢《ぬひ》として南蛮人に売り、戦いに使う鉄や硝石《しょうせき》などに換えた。それ全て秀吉の命であると耳にした」

この非道は雑賀攻めの比ではなく、蛍は我が事以上に怒りを覚えた。善之から聴いていた事実を裏付け、さらに悲惨な状況がありありと見えるようだ。

それにしても、

「その憎い日本の言葉が上手いな」

蛍は気になった。

これについては善之が、

「蘇卿の宋家は対馬《つしま》の宋家と交わりが深く、幼い頃から日本の言葉が耳に馴染《なじ》んでいた。この通り見た目にも日本の男衆と言っても疑われぬ」

解説し、

「此奴は腕も立つ。足手纏いにはならぬであろう。それどころか、庄八と与助が殺《や》られて足りぬ人手を補って余りある」

と、人物を請け合った。

五右衛門は蘇卿の淀みない目を見据え、

「秀吉に意趣があるだけで仲間に加わる所以《いわれ》がある」

と、受け入れる意向を仄《ほの》めかす。

蛍と無二も異存はなかった。

蘇卿を加え、石川一党は無二が伏見の普請場で摑んだ情報を共有する。

「無二、話せ」

と、五右衛門に促されて、無二は話し出した。

「二つわかった」

昂然《こうぜん》と告げる。

「たった二つか」

五右衛門は不満げだが、

「二つで十分よ」

無二は言い切った。

「石田治部少輔は九月、薩摩の検地を行うため八月半ばに上方を離れる」

その情報に五右衛門は太い眉を動かし、目を大きく見開いて、

「確かに十分だ。治部少が薩摩へ行けば、あの厄介な奴もいなくなる」

と、北叟笑《ほくそえ》む。

「その上」

無二にはまだ土産があった。

「秀吉は茶々や拾を伏見へ呼び寄せたわ」

これについては、

「当初、淀ノ方は拾が今、前の子の死んだ齢と同じだから大坂の艮《うしとら》に当たる伏見入りを延ばすべきと拒んでいたらしいけど、この文禄三年は甲午で恵方は伏見の東北東、これが年を越すと恵方の乙未は西南西に移ってしまうので、今年の内に伏見へ移るべきという流れになり、早く淀ノ方と拾を呼びたい秀吉は大いに喜び、奉行衆に伏見へ移すよう指図したということよ」

確からしい情報を耳にしている。

善之は膝を打つ。

「警護の人数が割かれるな」

討ち入りの見込みが高まった。

五右衛門は善之と蘇卿に視線を投げ、

「やりたそうだな」

意思を読み取る。

善之と蘇卿は言われるまでもなく頷いた。

だが、蛍は渋い顔をしている。伏見の普請場にいた時から何か得体の知れぬ違和感を覚えていた。

「どうした」

五右衛門が気に掛ける。

「話が旨過《うます》ぎる」

蛍は嫌な予感がした。

「どう旨過ぎるのだ」

五右衛門は訊く。

「落とし穴があるような気がする」

「落とし穴？　気がする？　根拠はあるのか」

「いえ、私の勘よ」

蛍はただそう応えた。

「勘などと、話にならない」

善之は鼻白む。

一人、蛍の頑なさに空気は重くなった。

「この機を逃すと次にいつ島左近の〝いぬ間〟ができるかわからぬ」

と、言ったのは無二である。

「らしくないな」

五右衛門は斯様《かよう》に消極的な蛍を見るのは初めてだった。

「敵中に入らなければわからぬと言うたのはお前だったな。銃弾を太刀で払い除《の》ける島左近を凌ぎたいと言ったのもお前だ。にもかかわらず、ここに来て後ろ向きとはどういうことだ」

と、問い質す。

蛍にしても根拠などない。天性の勘が否と言っている。

「とにかく嫌な感じなんだ」

としか言いようがなかった。

蘇卿が打ち震えている。怒りとも悲しみともつかぬ顔をしていた。

「太閤がいなくなれば、朝鮮に戦火は及ばぬ。太閤を葬れるなら、葬りたい。その千載一遇の機が訪れているというのに、確たる謂われなく止めるのは愚かしい。貴女は一族を太閤に滅ぼされたのであろう。この機を逃すべからず」

と、強く訴え、説く。

「そうさな。逃すには惜しい機だな」

五右衛門は考える。伏見屋敷討ち入り決行に傾いたような口振りだった。

蘇卿は顔を綻ばせ、期待する。

ところが、

「見送ろう」

五右衛門は討ち入りを否決した。

「えっ、そんな」

蘇卿は耳を疑う。

「な、何故、見送る。逃がすには惜しい、と言ったではないか。理のある調べより訳のわからぬ女の勘に従うなど、どうかしている」

食って掛かった。

善之は冷静に、

「何が引っ掛かる」

と、五右衛門に問う。

「俺は他人の思いのままになり、罠《わな》に嵌められるのが最も嫌いだ。此奴の言う通り、でき過ぎている。罠の臭いがする。ここは様子見だ。機はまた来る。此度のように気懸かりの残る機ではなく、万全の機を待つことだ」

その返答に、

「我が国に降り掛かる禍を取り除きたい。手を拱《こまね》いている間に太閤が朝鮮出兵の号令を発したら如何《いかん》ともし難い。石川五右衛門ともあろう者が臆《おく》したか。忠善から胆の据わった義賊と聞いていたが、紛い物だったようだな」

蘇卿は罵《ののし》った。

「おい、言い過ぎだぞ」

善之が窘めると、

「最早、ここに用はない」

蘇卿は落胆し、

「来なければ良かった。時を無駄にした」

吐き捨てるように言って隠れ家を出て行った。

「おい」

善之が追う。

四半刻ほどして善之が戻って来た。

五右衛門、無二、蛍を見回し、首を横に振る。

「放って置いて良いのか」

五右衛門に問われ、善之は、

「あそこまで熱くなったら容易に冷めぬ。いるところはわかっている。熱が冷める頃、様子を窺《うかが》ってみる」

と、言って溜息《ためいき》を吐《つ》いた。

六

文禄三年八月二十二日——

無二が錯愕《さくがく》として餅屋の隠れ家へ駆け込む。

「あ、あんた、捕まっているよ」

と、五右衛門に訳のわからぬことを告げた。

左手を枕に寝そべっていた五右衛門は、

「何だと」

眉間に皺《しわ》を寄せ、起き上がる。

「昨夜、太閤の伏見屋敷に押し入った石川五右衛門が捕らえられたと市中で噂になっているわ」

「どういうことだ」

「わからない」

「何人《なんびと》かが俺の名を騙《かた》って秀吉を狙ったのか」

「あんたはここにいるのだから、そういうことになるわね」

五右衛門と無二が言い合っていると、情報収集に外回りしていた蛍と善之が戻って来た。

「堺に潜んでいた蘇卿がいなくなった」

と、善之は深刻そうに伝える。

「彼奴か！ 俺の名で伏見屋敷に討ち入ったのは」

五右衛門は憤然と声を荒らげた。

「まだ確かではないが、そう見て良いかも知れぬ」

善之の予想は確信に近い。

「どうして捕らえられたかは知れぬが、蛍の勘が当たったな」

五右衛門は蛍の勘を信じた自らの判断が正しかったと思い知った。

その蛍の勘だが、

「ここも安泰とは言えない」

と、またしても予言する。

「お前には敵《かな》わぬ」

五右衛門は蛍の勘に従った。

五右衛門は蛍、善之、無二を引き連れて鴨川へ続く抜け穴へ向かおうとする。

「いや、抜け穴を逆手に取られたら一溜まりもない」

蛍は危うしと感じ取った。

無二は耳を澄ませる。

「まだ、大丈夫」

その聴覚を信じて一党は真っ向から外へ出た。とにかく餅屋から少しでも遠く離れるよう駆け通す。

間一髪だった。それから時を経ずして島左近率いる追捕衆が餅屋を囲む。

「ここか」

左近は睨《にら》み据え、

「突き入れ」

采《さい》を振った。

追捕の衆が餅屋に踏み入る。

然して、蛻《もぬけ》の殻《から》であった。

「こちらもいない」

剽悍《ひょうかん》が床下の抜け穴から現れ出る。

「一足遅かったか」

左近は悔やむが、

「それにしても良くここを突き止めたな。さすがは甲賀の猿飛仁助《さるとびじんすけ》だ」

その仕事を評価した。

通称、猿飛。甲賀五十三家の一つ三雲家の仁助である。

追捕の衆は盗賊の首班こそ取り逃がしたが、仁助が目を付けた疑わしい者共を片っ端から捕らえ、その数は三十人に上った。


八月二十四日、三条河原に大釜が据えられる。

その石川五右衛門は後手に上半身を荒縄で縛り上げられて馬に乗せられ、市中引き回しの上、三条河原に連行された。

高く長く竹矢来《たけやらい》が張られている。外側に大勢の武家町人が群がり、成り行きを見守っていた。

その中に蛍、善之、無二、そして、本物の五右衛門も町人に成り済まして混じっている。

巨漢の五右衛門が目立たぬよう体を縮こまらせていた。

大釜は夥《おびただ》しい薪の猛火に炙《あぶ》られ、油が滾《たぎ》る。

偽の五右衛門を載せた台車が押されて来た。台車には角柱の上部に滑車が取り付けられ、五右衛門を厳しく縛《いまし》める荒縄が掛けられている。

石川一党四人は遠目に偽の五右衛門を見て、

(宋蘇卿だ)

それが明らかになった。

善之は同志の縄目に困惑している。

蘇卿は自重する五右衛門や蛍と袂《たもと》を分かった。善之は蘇卿が裏で明と通じる堺の商家に潜んでいると踏み、心が落ち着く頃、訪ねてみようと思っていたところ、斯くなる羽目となる。

秀吉が床几《しょうぎ》にふんぞり返っている。だが、威は感じられず、どこか漫然としていた。

衆目の中、

「下ろせ」

京都所司代の前田玄以が処刑の執行を命じる。

滑車が回り、蘇卿が釜の油に落ちて行った。

蘇卿を苛《さいな》む苦痛の凄まじさは計り知れない。

真っ赤になった顔の血管は浮き上がり、見開かれた目は血走っていた。その巨体が高温の油の中に沈んでいく。

「うぐ」

蘇卿は悲鳴を上げるような無様《ぶざま》を見せず、堪える。

その気高さに、

(見上げた奴だ)

五右衛門は素直に感心した。

(酷過ぎる)

蛍は歯をぎりぎりと軋《きし》らせ、堪らず、柵に攀《よ》じ登ろうとする。頭の中が真っ白になり、思考が止まり、本能で蘇卿を救おうとした。

それを、

(止せ)

善之に羽交い絞めにされ、抑え込まれる。

(離せ。お前の仲間ではないか)

蛍は尚もじたばた足掻《あが》くが、女の力では鍛え抜かれた男の善之に敵わなかった。

蘇卿は大釜の中で仁王立ちし、秀吉を睨み続けている。だが、その目にもう光はなかった。

〝石川五右衛門〟は死んだ。

「さあ、行くか」

五右衛門が蛍、善之、無二を促す。

「行くって、今日はどこへ」

無二が呆れ顔で問い返した。

四人は方広寺門前餅屋の隠れ家を失い、その日の塒《ねぐら》を求めて彷徨《さまよ》っている。

そこへ、

「蛍さんですか」

名を呼ばれ、蛍はぎくりとして振り向いた。

「あ、貴方は」

見知った顔がそこにある。

「四郎次郎《しろうじろう》さん」

京の富商、茶屋《ちゃや》四郎次郎であった。

「何者だ」

五右衛門が蛍に訊く。真の盗賊としては見知らぬ他人との接触は避けたかった。

警戒する五右衛門、善之、無二に対し、

「四郎次郎さんは家康様のご昵懇《じっこん》で、本能寺の変の後、私と共に死をも決して伊賀越えした信じられる御仁よ」

蛍が人物を保証する。

五右衛門は四郎次郎を品定めし、蛍へ向いた。

「らしくないよ」

蛍は顰《しか》め面《つら》で、

「胆の太さだけが取り柄のあんたが何を恐れる」

と、諭す。

五右衛門は苦笑し、

「此奴の見立ては異様に当たる」

蛍を信じれば、善之と無二も緊張を解く。

七

石川一党は新町通《しんまちどおり》蛸薬師《たこやくし》の茶屋家に誘《いざな》われた。京で屈指の長者でありながら屋敷は豊臣政権に目を付けられないよう出過ぎない構えである。

客間に通され、白湯《さゆ》が振る舞われた。

京屈指の富商、茶屋四郎次郎を前にして善之と無二は端座し、蛍も三十歳間近になれば行儀作法を弁《わきま》えていた。

五右衛門だけは胡坐《あぐら》を掻き、左膝に片肘突いている。四郎次郎を睨み据え、

「盗賊を屋敷に招くとは、所司代にでも知れたら大事だぞ」

と、諭した。

四郎次郎は微笑み返し、

「ほお、貴方様は盗賊ですか。京に蔓延《はびこ》る名うての盗賊はことごとく今日、釜茹《かまゆ》での刑に処せられ、残っていないと聞きます。中でも石川五右衛門は高名ですな」

と、嘯《うそぶ》く。処刑されたのは偽の五右衛門と見抜いていた。

「良い度胸だ。気に入った」

五右衛門は片頬を歪《ゆが》め、

「どうして釜茹でされたのが偽と見た」

四郎次郎の眼識に興味がある。

「調べが付いた訳ではありません。この茶屋の報の網をもってしても調べが付かぬほど盗賊は抜け目がなかった。方広寺門前の餅屋が隠れ家とは所司代も良く摑んだものです。甲賀者を使ったようです」

「それで何故わかった」

「市中引き回しの折、間近で拝見しました。確かに戦の修羅場を潜《くぐ》り抜けてきた匂いはありましたが、大盗賊の気宇《きう》を感じなかった。これは違うと思いました」

五右衛門を始め蛍、善之、無二は四郎次郎の眼力に一方ならぬ非凡を覚えた。

四郎次郎は訊く。

「盗賊は貴方様方のお知り合いですか」

善之が応える。

「宋蘇卿、朝鮮から秀吉の動きを探りに来た」

四郎次郎は頷き、

「そういうことですか」

事情を覚った。

すると、

「ねえ、四郎次郎さん。蘇卿さんは何故、石川五右衛門と名乗ったのだろうか。一度、会っただけなのに」

蛍は率直に疑問を投げ掛ける。

「わ、わかるのか」

善之は朝鮮の同志として真相を知りたかった。

四郎次郎は、

「その蘇卿さんとやらの心の内がわかるなど、おこがましいことは申せませんので、推量でお許し下さい」

と、奥床《おくゆか》しく言い、まず、

「どうやら豊家に反意を抱く者にとって最も厄介なのは石田治部少輔様、中でも股肱の島左近様でございましょう。それが京を離れ、於拾様と淀ノ方様に伏見入りで警護が分かれ散るという報を流し、豊家懇意の大名家を悩ませているという盗賊を誘《おび》き寄せたようです。然して、太閤殿下の寝台に少しでも体が触れたら千鳥の香炉が鳴り、詰めていた近習衆が出合う仕掛けがしてあったとのことです」

事実を端的《たんてき》に告げ、次に、

「蘇卿さんが敢えて名乗ったのは御国のためでしょう。黙秘を続けて、深く突っ込んで調べられたら蘇卿さんが彼の国の方と露見する恐れがあります。そうなれば、豊家に彼の国を再び攻め込む大義を与えてしまいます。故に、石川五右衛門と名乗ってしまえば、豊家の奉行衆は己が手並みに満足し、事件を収束させると見たのではないでしょうか」

自らの見解を述べた。

筋の通った解説に、

「大した眼力だ」

五右衛門が素直に感心すると、

「四郎次郎さんは家康様の目と耳ですからね」

蛍が太鼓判を捺した。

五右衛門は蛍を見て、目を四郎次郎に移し、

「その江戸大納言の耳目が我らに何の用だ」

それが知りたい。

四郎次郎は外連味《けれんみ》なく、

「貴方様こそ石川五右衛門その御仁ではございませんか」

と、鋭く言い当てる。

五右衛門は、ふっ、と笑い、

「そう信じているんだろう。なら訊くな」

愉快そうに返し、

「で、その石川五右衛門に何の用だ」

核心に触れた。

四郎次郎は真顔になり、話し始める。

「私共はこのように京に店を構え、徳川様のご贔屓《ひいき》にして頂いています」

「それは聞いた」

「ところが、徳川様に近しいことから、このところ豊家の重職は苦い顔をしています。特に御奉行衆の覚えが悪い。動きを見張られているようで、思うように諸家の様子が摑めなくなりました」

「我らの隠れ家を探り当てた甲賀者か」

「はい」

「それなのに我らを屋敷に請じ入れて良いのか」

「今日は御奉行衆も石川五右衛門の処刑で出払っています。五右衛門を捕えて気を良くし、弛《ゆる》んでもいます」

「そうか。で、俺らに甲賀者を打ち払えとでも言うのか」

「いえ、そこまでは願えません。甲賀者も手練、如何に貴方様がお強くとも無傷では済みますまい」

「怪我が怖くて盗賊などできるか」

「この茶屋が目を付けられている間に代わって豊家始め諸家の動きを探り、私へ知らせて頂きたい。義賊として大名屋敷に忍び入る術が使える方々こそ頼みになります。皆様に都合の良い棲家《すみか》も心当たりがございます」

これに木霊《こだま》の如く反応したのは善之だった。

「おお、それは願ってもない」

それこそ、豊臣の動きを探るために善之は日本へ渡ったのである。茶屋の財力を利用できるとは正しく渡りに船というものであった。

「受けよう」

五右衛門と蛍に強く勧める。

「又請《またう》けか」

五右衛門は詰まらなそうに言い、

「他人に使われるのは気に入らんのだがな」

と、臍《へそ》を曲げるが、

「まあ、いいか。お前らはお前らの好きにしろ。俺は死んだことになっているからな。暫く骨休めさせてもらうさ」

逸楽を決め込む。

「蛍と無二さんはどうだ」

善之が主導して訊いた。

先に無二が、

「私らに他へ行く当てもない。良いよ」

承知する。

「することもないしね」

蛍も同意した。

第五章　殺生関白

一

石川一党は洛外、鷹ヶ峰《たかがみね》に庵《いおり》を与えられた。

「江戸大納言（徳川家康）様とも懇意の以心崇伝《いしんすうでん》様の計らいです」

と、四郎次郎は出所を説く。

「崇伝様はまだ二十五の齢《よわい》ながら相模禅興寺のご住持となられ、この鷹ヶ峰は金地院《こんちいん》の離れが空くので、使って良いと仰せ頂きました」

だが、洛外は物騒だった。

秀吉が京の防衛を強化するため御土居《おどい》を設えたのは三年前である。御土居の内を洛中、外を洛外と分かつこととなった。これをもって確かに洛中の治安は向上したが、洛外に不穏分子が追い出され、無法地帯と化す。辻斬《つじぎ》りや追《お》い剝《は》ぎが横行し、洛外に住む人々は不安な日々を過ごしていた。

「大変なところに庵を宛《あて》がってくれたものだね」

無二は言い腐すが、

「夜露を凌《しの》げれば良い。厨《くりや》も風呂もある」

蛍は全く気にしない。

「洛中は豊家奉行衆の目が厳しい。斯様《かよう》に物騒な土地に埋もれれば、奉行衆も寄り付かない。まあ、皆様なら辻斬りも逃げるでしょう」

四郎次郎の土地選択は根拠があった。

「盗賊には似合いの土地ってことだ」

五右衛門は自虐的に苦笑う。いつものように気怠《けだる》そうに左片肘枕で横臥《おうが》していた。

「棲家など、どうでも良い。早く仕事に掛かろう」

善之は来日した本分を尽くせることに気が逸る。

然して、
四郎次郎は本題に入った。

「その仕事ですが……」

「醍醐《だいご》や山科《やましな》など洛外で度重なる辻斬りの下手人を突き止めて頂きたい。相手が如何《いか》なる手練《てだれ》でも殺さず、生け捕りにできるのは貴方様方しかいません」

持ち上げつつ、さらりと難しい注文を出す。

ところで、

「それを捕らえて何とする」

蛍が素朴な疑問を口にした。

「豊家の動きとは関わりなさそうだが……」

善之は不満げに言う。

「下手人は関白千人斬りと称しています」

と、四郎次郎は核心に入る。

「関白千人斬り!?」

善之が強く反応した。

形の上では豊臣家の当主である。その不始末は豊臣家を大きく揺るがすに違いなかった。

朝鮮への出兵どころではなくなる。

「辻斬りは関白の秀次の仕業ということか」

善之は確かめるように訊いた。

だが、

「いえ」

四郎次郎は首を横に振る。

「そうとも言えません。関白様を陥《おとしい》れようとする意図が感じられます」

「そうか。心の蝕《むしば》まれた秀吉や幼い拾なら操りやすいが、秀次は己が意思で動く。治部少輔の意のままにはならない」

蛍も勘付いた。

「政《まつりごと》が治部少輔様の意のままとなれば、江戸大納言様は不遇を託《かこ》つことになりかねません。自らの権勢をより大きくすべく、大名家の力を削ぐために再びの唐入りを催しかねません」

四郎次郎の危惧《きぐ》は杞憂《きゆう》ではない。

「前の唐入りは治部少輔が収めたと聞いた」

善之は三成の事績を評価していたが、

「懇意の小西摂津守様に泣き付かれたからでしょう。摂津守様は兵糧《ひょうろう》を焼かれて窮し、立ち行かなくなっていました」

と、四郎次郎は否定した。

善之の憂慮に、

「治部少輔は再び唐入りを企てるか」

「恐らく」

四郎次郎は頷《うなず》く。

「秀次の仕切りなら唐入りは止まるか」

善之が知りたいのはあくまでそれだった。

「治部少輔様が仕切られるよりは憂い少なしと存じます。関白様の御側近くにいらっしゃる前野但馬守《まえのたじまのかみ》（長康《ながやす》）様や木村常陸介《きむらひたちのすけ》（重茲《しげこれ》）様などは出来た方々です。太閤殿下が唐入りする間、関白様を支え、内治に努められました。唐入りの不都合をおわかりと存じます」

四郎次郎の説諭に、

「ならば、決まりだな。秀次が良いという訳ではないが、治部少輔の意のままとなるより増しだ。儂は秀次を援ける」

善之は真の辻斬り捜査を請け負う。

これに、

「私も付き合うよ。治部少輔の好きにさせて堪るか」

蛍が乗り、

「私の耳も要るでしょう」

無二も引き受けた。

その上で、蛍、善之、無二、四郎次郎は五右衛門を見る。

五右衛門は横目で見返し、

「俺は」

勿体《もったい》付けて、

「寝ている」

と、決め込んだ。

二

蛍と善之、無二は四郎次郎と捜査の手筈《てはず》を打ち合わせる。

「辻斬りは北野辺りに出没しているようだね。とすれば、張るのは洛西か」

無二の耳は既に情報を摑《つか》んでいた。

「さすがは無二さん、正《まさ》しく耳が早いですね」

四郎次郎は無二の耳聡さに感心する。

「天満宮を詣《もう》でに来た座頭《ざとう》に酒を飲ませてやると騙《だま》して手を引き、その右腕を斬り落とし、弄《なぶ》り殺したとも聞いたよ」

無二は辻斬りの非道を伝えた。蛍は顔を曇らせ、善之は日本軍が朝鮮にした仕打ちを思い重ねて怒りを顕《あら》わにする。

さらに、

「北野で鉄砲御稽古と称して乱射し、大勢の民が殺されました。出交《でく》わした民を悉《ことごと》く撃ち殺し、下手人を見て生きている者は一人もいません」

四郎次郎が新たな罪業を告げると、蛍は純美な顔を強張らせて肩を震わせ、

「鉄砲を悪用するなど許せない」

激しい嫌悪感を覚えた。

「必ず捕らえよう。下手人は弱い者ばかりを狙う。鉄砲どころか刀も持たない百姓を襲うに違いない」

蛍は心に期す。

「北野を始め洛西には農家が多い。嵯峨野《さがの》も古《いにしえ》より田畑が開けている」

無二が見当を付けた。長く京に棲み暮らし、少しは土地勘がある。

「よし、洛西を張ろう」

善之も異存なく同調した。

洛西の嵯峨野は北山から南は桂川、東の太秦《うずまさ》から西の小倉山《おぐらやま》の間に開けた村落である。平地は東西、南北共に一里ばかりでしかないが、これに北野まで加えたら、

「と、言っても三人で張るには広い」

無二は現実を指摘した。

善之は四郎次郎を見る。

四郎次郎は決まり悪そうに渋い顔して善之の視線に堪えていた。

茶屋の人数が出せるなら苦労しない。が、石田三成や前田玄以らに目を付けられ、容易に動けず、本業の他に人を出すことも適わぬからこそ蛍たちに捜査を頼んでいた。それに人数を増やせば、目立つ。下手人に警戒されるばかりか、豊臣家の奉行衆に蛍たちの存在を気取られる恐れもあった。

助け舟を出したのは無二である。

「御土居の七口で洛西へ出るのは長坂口だけよ。関白の仕業に見せ掛けるなら御土居の内から出て、御土居の内へ帰る。鷹ヶ峰からも近く、見回り易い」

妥当な予測だった。

「そういうことだね」

蛍が晴れやかに笑って応えれば、

「そういうことだな」

善之も繰り返すように言う。

「よろしくお願い致します」

四郎次郎は頼もしげに頭を下げた。

三

北野は天満宮を境に洛中と洛外に分かれる。

天満宮の東と西では治安に雲泥の差があった。

洛西は北野の南西に嵯峨野が広がり、その民も辻斬りや追剝《おいはぎ》に怯《おび》えている。

鉄砲稽古は農民が耕作に勤《いそ》しむ白昼堂々仕掛けていた。八月も終わりに近付き、農家は各種作物収穫の佳境を迎えている。格好の餌食《えじき》だった。

蛍、善之、無二は夜明けから夕暮れまで長坂口の付近を代わる代わる見回る。旅人に扮するが、日々装いを変え、目立たぬよう心掛けていた。

長坂口を張って三日、

「まだ来ぬか」

善之が焦《じ》れ出す。

「聞こえぬか」

無二に再三、人馬の足音の聴取を促した。

その都度、無二は首を横に振る。

路傍《ろぼう》の岩に腰掛け、木筒の水で喉《のど》を潤《うるお》し、横には蛍が座っていた。旅商人の夫婦を装っている。重そうな葛籠《つづら》の中に鉄砲を隠していた。

「三日しか経っていない。焦《あせ》らないことよ」

蛍は善之を窘《たしな》める。

そこへ、北から無二が小走りに来て加わった。冷めた無二にしては珍しく慌しく息を切らしている。果たして、

「醍醐《だいご》に辻斬りが現れた」

と、驚くべき事実を告げた。

「何だと」

善之は声を上げ、目を剝く。

「醍醐とはここから全く逆の洛南ではないか」

埒外《らちがい》に困惑した。

「洛西は目を付けられ、もう仕掛けられないと思ったか。それとも獲物を存分に狩り取り、飽きたか。いずれにせよ、私たちは読み誤ったようだよ」

無二は平静に戻り、現実を直視する。

「洛南を張ろう」

と、善之は切り替えを唱えた。

「洛西は長坂口のみだが、洛南は伏見口、鳥羽口に粟田《あわた》口もあり得るぞ」

無二は絞り切れない事実を諭告する。

「次は山科《やましな》ではないか」

と、切り出したのは蛍だった。

無二は頷き、

「確かに山科は宮中へ献じるだけでなく、京の人々の求める菜を作る農家が多い」

と、後押しする。

「それは山科に限らぬだろう。また振り回されるのは御免だ」

善之は確からしさを欲するが、

「考えても応えが出るものではないよ。この際、見当を付けて張るしかないよ」

無二は現実を説き分けた。

善之は自らを納得させるように頷き、

「此奴の勘は妙に当たるからな」

と、五右衛門の台詞《せりふ》を借りて応諾した。

四

「手筈を伺《うかが》いたかったのですが、どうやら奉行衆の放った甲賀衆が目を光らせているようで、長く店を空けると怪しまれます。恐れ入りますが、今日はこれで引き上げさせて頂きます。手筈が纏《まと》まりましたら、お知らせ下さい。元手はお任せの程を」

と、四郎次郎は苦衷《くちゅう》を打ち明けて、茶屋へ戻る。

蛍、善之、無二は庵の書院の畳《たたみ》に山科の絵図を広げ、思案した。

山科は四方を山に囲まれ、西は東山に接するが、その峰々によって京とは隔《へだ》てられる。

「一口に山科と言っても三千町ほどの地に野村、大宅里《おおやけざと》、西山、花山、御陵《みささぎ》、安祥寺、音羽の七郷が惣《そう》を成す。そのいずれを狙うか」

無二は思案した。

「やはり京より粟田口を抜けて来れば、御陵か」

妥当な推量と言える。それを、

「蛍はどう思う」

と、振った。

「そうだね」

蛍は暫し溜め、

「一筋縄ではいかないような気がする」

とだけ言って下を向き、また考える。

その暫しの間が善之には待てず、

「ならば、どこだ」

と、急き込んだ。

「少し落ち着きなよ」

無二は呆れ顔で窘める。

蛍が顔を上げた。

「勧修寺《かじゅうじ》」

ずばり言い切る。

「粟田口からかなり離れている。何故、そう思う」

無二は根拠を訊いた。

「辻斬りは捕まらない」

と、蛍は言うが、応えになっていない。

「それがどうした」

善之は、当たり前のことを言うな、という顔をした。

「捕まらないのは必ず逃げ道を作っているからよ。次も逃げ道を見込む。粟田口より小栗《おぐ》栖《る》《す》の方が藪《やぶ》も多く、逃げるに向いている」

蛍が淡々と語る推理は勘に近いが、妙に説得力があり、善之と無二を頷かせる。

「小栗栖は古くから狩場としても知られている。辻斬りが出そうだね」

無二は蛍の勘に乗った。

「小栗栖は山崎の戦に敗れた明智日向守が通った逃げ道だったな。落武者狩りに遭って自尽した。我らも辻斬りを狩るか」

善之も気に入り、三人は勧修寺を張ることとする。

五

九月に入った。

蛍、善之、無二は稲荷山中腹から勧修寺の田畑を俯瞰《ふかん》し、辻斬りの出現を待つ。

宮門跡の勧修寺はかつて広大な寺領を誇っていたが、戦乱の兵火で伽藍《がらん》を失い、秀吉の伏見街道造成により境内地を大きく削られてしまった。見渡し良く、三人でも何とか見張れる。

せっせと民が収穫に励む長閑《のどか》な風景は微笑ましくもあり、

(真に辻斬りは現れるのか)

と、善之に思わせ、気遣わしかった。

そして、また五日が過ぎる。

「そろそろ刈り入れも終わる」

善之は嘆息した。

収穫が終われば、多くの民が一度に野へ出ることもなくなる。そうなれば、辻斬りにとって獲物が乏《とぼ》しく、襲来しなくなるのは明らかだった。

「必ず来る」

蛍は善之を力付ける。

その強い意志が導いたか、無二の耳が反応した。

「馬脚が地を蹴る音がする。三頭？　いや、五頭」

と、告げる。

果たして、五騎が小栗栖の山道を荒々しく駆けて来た。傾斜を勧修寺へ下って行く。

「彼方《あっち》よ」

無二は跫《あしおと》の聞こえる方角を指差した。

「待っていたぞ」

善之は喜悦して樹木に繋《つな》いでいた馬の縄を解いて飛び乗り、駆け出す。

それより前に蛍が早、騎行していた。

前方の五騎が視界に入る。豆粒ほどに小さかった後ろ影が次第に大きくなっていく。

「関白じゃあ」

先頭の巨漢が雄叫《おたけ》びを上げた。

五騎が田畑に乱入する。

刈り入れ中の村人は即時に何が起こったかわからなかった。呆気《あっけ》に取られて立ち尽くし、動かない。

五人は頭巾《ずきん》で顔を隠していた。

関白を騙《かた》る巨漢は、

「御稽古じゃ」

と、喚《よば》わって発砲する。

雑な射撃で、幸い村人には当たらなかったが、

「うわ～」

一斉に仰天し、農具を手放して逃げ散った。

「ほれ、ほれ、早う逃げんと、撃ち殺すぞ」

偽関白が面白がり、次の弾薬を込める内、他の四人が次々と発砲する。

動く標的は捉え難い。それを適えるほどの技量は五人になかった。

だが、下手な鉄砲でも数撃てば当たる。五騎は当たるまで撃ち続けるだろう。そうして北野では悉《ことごと》く殺戮《さつりく》した。

「逃げろ、逃げろ」

五人は村人が恐れ慄《おのの》いて逃げ惑うのを楽しんでいる。

「善之、急げ」

蛍は馬脚を速めた。

五騎まで三十間に近付く。五人は村人を弄《もてあそ》ぶのに夢中で気付いていない。

「お前らに、鉄砲を撃つ資格はない」

蛍は今正に村人を撃とうとする一人の右腕を狙い、騎射した。当たり前のように命中し、その一人は鉄砲を手放して落馬する。

善之も続き、一人を撃った。

その頃には蛍は鋼輪を巻き、早合を仕込み終え、また一人撃つ。

四人目を善之が撃ち、たちまち偽関白だけが残った。

偽関白は機嫌を害し、村人を追うのを止めて蛍に立ち向かう。

「儂の楽しみを邪魔するな」

蛍を撃とうとしたが、それより早く、右肩を撃ち抜かれていた。

「うぎゃ」

偽関白は悲鳴を上げて馬から落ちた。

「あう、あう」

五人は皆、利き腕を銃弾で穿《うが》たれ、苦痛にのた打ち回る。

蛍と善之は馬から下りて首謀と思《おぼ》しき偽関白に近付いた。

「うう」

地に臥《ふ》して苦しむ偽関白を蛍と善之は見下ろす。

刹那《せつな》、

「死ね」

偽関白は左手で太刀を抜き、蛍に斬り付けた。

すっ、と流れるように蛍は鉄砲を構え、撃つ。

「うがっ」

偽関白が呻《うめ》いた。

左肘が砕《くだ》かれている。

他の四人は偽関白の失態を見て、反撃する気力を失った。

無二が徐《おもむろ》に馬を寄せて来る。

「相変わらず手際良いね」

蛍の早業に感心しつつ馬を下りた。

善之は五人の下手人が逃げぬよう銃口を向けて威圧する。動けぬようにして置いて、蛍は偽関白の頭巾を剝《は》がした。

面相が露《あら》わになる。隻眼《せきがん》だった。

「此奴」

蛍は見覚えがある。その眼は蛍が撃った。

「三年前、相州浅間山で唐入りに向かわれる家康様を襲った賊ではないか。皆、関東を奪われた恨みを抱く北条の手先、風魔だと思い込んでいたが……」

疑惑は京の辻斬りに止《とど》まらない様相を呈す。

「風魔の仕業に見せ掛けたか」

無二が真相を読む。

「治部少輔のしそうな手口だ。此度も関白の仕業にしようとしたのは明らかだ」

蛍は不快を顕わにした。

「おい、どうなんだ。石田治部少輔の差し金か。お前の名は」

善之は偽関白を詰問する。

偽関白は外方《そっぽ》を向いて押し黙った。

「吐け」

善之は偽関白の左頬を右拳《こぶし》に力を込めて殴り付ける。

偽関白の左頬は赤く腫《は》れ、口の端に血が滲《にじ》んだ。

「止しなよ」

蛍は窘めるが、

「吐くまで痛い目を見させる」

善之は聞かず、強打し続ける。

その手を蛍が摑み取り、

「殺す気か。容易に人を殺せば、此奴らと同じになる」

と、強く説諭した。

「ならば、此奴らをどうする」

善之が問う。

「所司代まで引き連れて行くのも面倒だね。我らの素性が知れても良くない」

無二は口をへの字に曲げた。

「晒《さら》しものにしよう」

蛍は平然と言って除《の》け、偽関白の延髄《えんずい》に手刀を打ち込んで気絶させる。

「お前は思ったら直ぐだな」

善之は呆れながらも小気味良く思い、蛍に倣って下手人達の気を失わせた。

六

九月九日は綺麗な弦月《げんげつ》が伏見を照らし、宇治川に架《か》かる豊後橋《ぶんごばし》（後の観月橋《かんげつきょう》）を渡る人々の目を楽しませる。

この日、伏見の向島では秀吉も家康の屋敷から月見に興じていた。

「良いのお、良いのお」

秀吉は何度も嬉《うれ》しそうに感嘆する。

（楽しい時は心の動きも落ち着いているようだ）

石田三成の不在時は常に父の正継《まさつぐ》が秀吉の言動に目を光らせていた。それほど秀吉の脳は怪しくなっている。

家康は実のところ喜怒が急変する秀吉の接待を避けたかった。不意の来訪を快《こころよ》く思っていなかったが、

「ここは伏見の御城の普請を指図するために設えた仮小屋にございます。斯様に見苦しい小屋にも拘らず御月見をお楽しみ頂けるとは恐悦の極みに存じます」

と、秀吉の機嫌を取る。

「ささ」

酒器を手に取り、秀吉へ勧めた。

「おお」

秀吉は盃《さかずき》に酒を受け、味わう。

「うむ。天野酒《あまのさけ》じゃな。有り難い」

金剛寺の僧が造った美酒だった。然程《さほど》、酒を嗜《たしな》まないが、これは好物である。

「さすがは江戸殿、儂の好みを知っている」

喜びようは一方ならなかった。

「痛み入ります」

家康は笑みを湛《たた》え、恐縮の体を取る。

秀吉は上機嫌で過ごし、夜半に月が沈むと、宴《うたげ》を終えた。

それから四刻（八時間）の後、陽が昇って暫し、河岸から豊後橋を見た町人は、

「何だあれは」

「人ではないか」

口々に騒ぎ立てた。

豊後橋に五人が縄で緊縛され、吊るされている。辻斬り、鉄砲稽古の下手人五人であった。

陽の当たる東向きの欄干《らんかん》に垂れ幕が張られている。

我鉄砲御稽古辻斬也

と、大書されていた。

次第に人が集まり、群れ騒ぐ。

騒ぎになってから四半刻ほどして所司代の役人が駆け付けた。

「この辺りの立ち入りを禁ず」

と、喚わって群衆を追い散らす。

それから慌ただしく垂れ幕を外して五人を引き上げ、連行して引き上げた。


豊後橋の下手人吊るしは直ぐ秀吉の耳に入る。

「儂の、儂の月見の名所を罪人で汚すとは許せぬ」

辻斬りの下手人が捕まったことより気に入りの豊後橋を軽んじられたことに憤慨《ふんがい》した。

(怒り出すと手が付けられぬ)

正継は秀吉の劣化を憂える。

「下手人を豊後橋に吊るした下手人を必ず引っ捕らえろ」

言い出したら聞かなかった。

「はっ」

と、正継は応えるしかない。

「返答だけは良いな。儂を撃った小娘一人捕まえられないのにな」

秀吉は蛍のことを覚えている。

（まだ言うか。九年も前のことだぞ。大事な一物を撃った小娘が余程、憎いか）

正継は閉口するが、

「此度の吊るしの輩《やから》の捕縛共々、島左近と猿飛仁助を投じます。剛の左近と柔の仁助なら必ず殿下の興を奪った小娘を捕らえましょう」

出し惜しみしている場合でもなかった。

ところで、

「興？　何のことだ」

秀吉は己れが不能になったと思っていない。

（それはやはり認めないのか）

正継は秀吉の好色たる執念を感じた。

翌日、鷹ヶ峰の庵を茶屋四郎次郎が訪《おとな》う。

「ご苦労様でした」

と、まずは蛍たちを労《ねぎら》った。

「豊後橋は太閤殿下が豊後の御領主、大友宗麟《おおともそうりん》に命じて架《か》けさせ、月見の名所として特にお気に入りです。それも太閤殿下が御月見をされた直後であり、そこに辻斬りの下手人を捕らえて吊るすとは裏で手を引く御方がいたとすれば、何とも苦々しい限りでございますな」

黒幕の存在を確言しないが、蛍たちの処置を評価する。

「我ら三人だけでは大柄な男共五人を山科から伏見へ運び、豊後橋に吊るすなど適いませんでした。人数を出して頂き、助かりました」

蛍の言う通り此度の首尾には四郎次郎も一枚嚙んでいた。夜間の働きで、目立たない故に応じたが、

「御三方に任せ切りですので、ご所望には適う限り即応じることとしていましたが、よもや太閤殿下の御膝元の豊後橋に下手人を吊るすとは思い寄りもしませんでした」

四郎次郎は驚嘆している。

蛍の望みであれば、何に人手を使うのか聞きもせず都合したが、ここまで秀吉を嘲弄《ちょうろう》するとは思わなかった。

「辻斬りの素性はわかったのですか」

蛍はそれが知りたい。善之と無二も同じである。

「津田与左衛門《つだよざえもん》様という御名で総見院《そうけんいん》（織田《おだ》信長）様の従甥《じゅうせい》に当たるとか。太閤殿下の長浜御領主の頃から仕え、黄母衣衆《きほろしゅう》にも選ばれた御方です」

と、四郎次郎は応えた。

「して、どのような裁きになろうか。打ち首が妥当だが……」

善之は気になる。

「非道ではあるが、権門故、切腹というところか」

そう蛍は推量するが、

「死罪には及ばないかも知れませぬ」

と、四郎次郎は浮かない顔をした。

「どういうことか」

善之が息巻く。

「裏で手を引いた奴が揉《も》み消すということだよ」

無二が四郎次郎の言い難いことを代弁する。それが何人《なんぴと》かもわかっていた。

「とにかくにも関白様の疑いは晴れました」

それが救いであり、四郎次郎は胸を撫《な》で下ろす。

「我らは我らの仕事をしたまでだ。後は成り行きに任せるしかない」

蛍は己が本分を尽くすことこそ大事と弁えていた。

「成り行きが悪い方へ向けば、どうする。我らの仕事が無為になる」

善之は納得しない。

「その時は」

「その時は？」

「また仕事をするだけだ」

蛍はあくまで前向きだった。


津田与左衛門の裁きは早々に下された。

三日後、四郎次郎がまた鷹ヶ峰の庵を訪れる。

そして、

「やはり織田家の御一門であり、御父上、隼人正《はやとのしょう》（盛月《もりつき》）様の多年の功に免じて死一等を減じ、所領没収、剃髪《ていはつ》出家の上、加賀の前田家に預けられ、幽室蟄居《ゆうしつちっきょ》ということになりました。他の四人も出家の上、諸家に預けられます」

と、告げた。

善之は遣り切れず嘆息する。

無二は、ふん、と鼻を鳴らし冷笑した。

蛍は結果を真正面から受け止め、

「で、我らは次に何をすれば良い」

と、四郎次郎に問う。

結果の可否に動じない。

（大したものだ。江戸大納言様が頼りになされる訳だ）

四郎次郎は改めて蛍の器量《きりょう》に舌を巻く。

然《さ》すれば、自らも恃《たの》みとし、

「実に、与左衛門は山科の一件こそ認めましたが、北野などの鉄砲御稽古や辻斬りは知らぬと申したそうです」

と、最早、罪人となれば、敬称を付けず、打ち明けた。

「そのような言い逃れができるものか」

善之は怒るばかりである。

「与左衛門が下手人と裏付ける証がないのです」

四郎次郎は申し訳なさそうに現実を告げた。

蛍は捌《さば》けている。許し難い理不尽《りふじん》を非難している間にも、

「で、我らはどうすれば良い」

繰り返し言う。止まることをしない。前へ進もうとしていた。

四郎次郎は好もしく思うが、

「どうやら此度の吊るしの件に治部少輔様ご家来随一の島左近様と猿飛仁助なる忍びが投じられるようです。左近様と仁助には殿下を不能にした蛍さんを捕らえろとも命じられているようでございます。いずれも同じく蛍さんとは向こう様も気付いていないでしょうが、

ここは暫し鳴りを潜めていた方が良いと思われます」

自重を説く。

「我らを駆り立てたのは四郎次郎さんではないか。今更、動くなと言われても……困る」

蛍は納得しない。

四郎次郎は、

（貴方様方がやり過ぎたからではないか）

言いたいところを抑え、暫し黙り、やがて、

「蛍さん、明日、然るところへお出まし頂けませんか」

と、求めた。

七

蛍は四郎次郎の求めに応じ、伏見向島の鷹場に赴く。

家康が鷹狩に興じていた。

麻衣の質素な狩装束に身を包み、鷹を放ち、鴨《かも》を狩る。家康は山で雉《きじ》などを狙うより野で鶴や鴨を獲る方が好みだった。

十羽の鴨を仕留めると、巌《いわお》に腰を下ろし、休息を取る。

従者が近寄り、竹筒を手渡した。菅笠《すげがさ》で顔が見えないが、蛍である。

忍んで密会するような動きを察知することは甲賀衆の得意であり、網に掛けられる恐れがあった。白昼に開けた野外で人数に紛れて会う方がわかりにくい。

家康は竹筒を受け取り、中の水を口に含んで喉を潤した。

「唐入りの時以来故、二年振りかの」

家康は回顧し、淡々と話し出す。

「はい」

「茶屋から聞いた。随分と所司代を困らせたようだな」

「それほどでもございません」

「辻斬りの一件は大儀であった」

「禿鼠と月見をされていたとは知らず、その夜に辻斬りの下手人を橋に吊るしました。家康様に累《るい》が及んではいませんでしょうか」

「豊後橋は大友家の縄張りだ。儂らは向島の仮小屋で月見をしていただけだ。不意に現れて月見がしたいとは儂らも戸惑うていた。好きな酒を仕入れて置いて良かった。寧《むし》ろ気に入りの橋に下手人を吊るすとは愉快じゃ」

家康は苦笑した。

「愉快なだけで終わってしまうかも知れません」

蛍は笑わず、憂える。

「北野などの辻斬りは認めていないらしいな」

「まだ関白の疑いは晴れていません」

「昨文禄二（一五九三）年正月五日、正親町《おおぎまち》上皇が七十七歳で崩御《ほうぎょ》され、諒闇《りょうあん》の喪《も》に服す間に関白という地位にもかかわらず、精進潔斎《しょうじんけっさい》をせず十六日に鶴を食し、遊興したことも取沙汰されている」

「関白は思慮が足りな過ぎる。禿鼠、いや、治部少輔に格好の餌ばかり与えている。そのような御仁に政を託して良いのでしょうか」

「幼君を立てられ、治部少輔の恣《ほしいまま》にされるよりは良い」

「それは聞きました。で、どうなさるのですか。私は何をすれば良いですか」

蛍は善之のように逸《はや》っているのではない。このもどかしい一件を明らかにしないと気が済まなかった。

「いつまでも若いのお」

家康は話を逸《そ》らす。

「年が明ければ、三十路《みそじ》です」

「そうか。初めて会うたのは其方がまだ十七歳の時であったか。それから十三年か。儂はあれこれと曲げてきたが、其方は真っ直ぐさを失っていないのう」

「気が回らないだけです」

「だから良い。だから蛍は信用できる」

「褒められているのでしょうか？」

「褒めているのだ」

「あ、有り難うございます」

「のお、蛍よ。曲げぬで良い。が、曲げぬまま暫し立ち止まって時の流れに任せることも悪くはない」

「時の流れ」

「そうだ。時の流れだ。時の流れに逆らうと、曲げぬまま折られてしまうこともある」

家康の箴言に、

（雑賀のことか）

蛍は秀吉に滅ぼされた雑賀の里を思い起こした。

「太閤殿下、いや、治部少輔は関白と折り合いを付けるつもりなどないようだ。今や関白は真の悪人が捕えられても、次から次に新たな言い掛かりを付けられる。その度に疑いを晴らすも限りがない」

家康は淡々と事情を説く。

「あらぬ疑いなら何度でも潰します」

と、蛍は気丈に言うが、

「豊後橋の吊り下げは愉快じゃが、やり過ぎた。茶屋から聞いたと思うが、好みを貶《おとし》められた太閤は側近衆に仕掛けた者の捕縛をきつく命じ、治部少輔や所司代は本気になって改め始めた。その手先となった甲賀衆は甘くない」

家康は厳しさを諭した。

蛍たちが捕らえられたとしても家康に繋がる証はない。蛍たちが吐露するような軟弱でないことは家康もわかっていた。

それでも、

(万が一にも治部少輔などに我が足を掬う種を与えられぬ)

自らに累は及ばぬと言ったが、一つの失敗が命取りになる恐れがある。最早、天下人秀吉からの捕縛命令が下り、三成らを本気にさせた蛍には暫く動いて欲しくなかった。

率直に蛍の身を案じている。自重を願うばかりだった。

「関白のことは儂に考えがある。儂に預けろ」

と、言い聞かせ、蛍を抑えた。家康から任せろと言われて、口応えはできない。

蛍は押し黙る。

(家康が預かると仰せになった。何より私らの危うさをお考えの上だ)

であるからには差し出る不遜《ふそん》を分別できる大人になっている。蛍たちの身を案じてのことでもあると理解できた。

家康は蛍から視線を外し、野へ目を向ける。

少し離れて従者二人が家康を見守っていた。

家康が二人に対し手招きすると、急ぎ駆け寄る。

その一人に、

「あ」

蛍は見覚えがあった。

「元忠様」

家康の近習、内藤元忠である。

「沙也可殿」

元忠の爽やかな微笑みに蛍はときめいた。

「お、お久しゅうございます」

ぎこちなく会釈する。もう不動を言い付けられた蟠《わだかま》りは何処かへ飛んでいた。

家康はいつまでも純情な蛍に目を細め、

「元忠は引き合わせるまでもないな」

と、言い、

「この者は布施孫兵衛《ふせまごべえ》と申す」

もう一人の精悍《せいかん》な壮年の武者を紹介する。

「孫兵衛には此度、鉄砲頭の一人を任せようと思うている。だが、まだ器ではないと申して引き受けようとしない。二年前まで伊賀組を屈強な鉄砲衆に仕込んだ指南役が今、上方にいると話したところ、適うなら手解きを受けたいと申す。其方は雑賀の生き残りの一人とも共にいるらしいの。暫し、その者と、この者を鍛えてくれぬか。儂はほとんど伏見にいることになる。孫兵衛も付き合わせている。其方が暮らす鷹ヶ峰は古より狩場でもあり、今時は鉄砲で野鳥を撃ち落としもする。鉄砲撃ちの音が立っても妙ではない」

蛍に新たな務めを与えた。

「お願い致す」

孫兵衛は武骨に辞儀して指南を請う。

「此奴のような武辺者は女に習うことを恥じるものだが、孫兵衛は一途に鉄砲撃ちの上達を望む故、厭《いと》わない」

と、家康は孫兵衛の求道心を買っている。

「は、はあ」

蛍が意外な展開にきょとんと生返事すると、

「某《それがし》も加えて頂くことになった」

元忠が告げる。

家康は片頰を歪《ゆが》め、

「ほ……いや、沙也可が指南と聞いて捩《ね》じ込んできたのだ」

と、揶揄《やゆ》して楽しそうだ。

(まだ引き受けると応えていない)

蛍は勝手に決められて閉口するも、二人の求道者を好もしく思い、家康にしてやられたようだが、苦笑して、

「承知しました。扱《しご》いて差し上げましょう」

と、ついに引き受けた。


十月、冬の気が立ち始め、大気は冷え澄む。

鷹ヶ峰の奥地、乾いた空に銃声が響き渡った。

「こうでござるか」

孫兵衛は顔を強張らせるも蛍の教えを素直に聞き入れ、腋《わき》を絞り、的を狙い澄まして撃つ。

全弾命中とはいかないが、五日ほどすると、三割近く正鵠《せいこく》を射るようになり、他も的から外れることはなかった。弾薬の装塡《そうてん》も滑らかで、まだ蛍には遠く及ばないが、十六拍で次の銃弾が放てる。

(筋が良い)

蛍は孫兵衛の技量を認め、指南のし甲斐《がい》を感じていた。

一方、

「巧《うま》く当たらぬな」

元忠は全く正鵠を撃ち抜けない。的を外すこともあった。

それでも、

「よし、次こそは」

腐らず、蛍の教えも守り撃ち続ける。その大らかさに、

(元忠様、必ずできる)

蛍は心の内で声援を送っていた。

善之と無二はどうしているか。

善之は秀吉の膝元を騒がしくすることで、少しでも出兵に支障を来《きた》そうとしていたが、渡海した本来の目的は豊臣政権の動きを探ることだった。耳の利く無二と連繋《れんけい》して上方で暗躍し続ける。

そして、家康は蛍との約束通り秀次救済の行動に出た。

十月二十日、家康は秀吉と共に聚楽第を訪れる。秀吉と秀次の間を取り持ち、腹を割って話させ、蟠りを解いた。

「さすがは家康様だ」

蛍は感じ入るばかりである。

秀吉と秀次の仲は修復されたかのように見えた。

八

木々の葉は落ち、雪が舞い始める。昼の陽射しは弱く、朝夕は冷え込む。

鷹ヶ峰にも冬が来た。

川や池に薄氷が張り、地に霜柱を踏むようになっても蛍の指南による孫兵衛と元忠の修練は降雨の日を除き毎日、続く。

秀次も秀吉との不仲を払拭《ふっしょく》するように関白としても本分を尽くし、日本軍の押さえがまだ半島に駐留しているものの朝鮮との関係も動きはなかった。

鷹ヶ峰の寒さは厳しくとも、蛍にとって鉄砲を撃つことの他は考えなくて良い落ち着いた日々を送っている。

冬至《とうじ》が過ぎ、陽は僅かずつ長くなりつつあった。

そのような十一月二十一日、秀吉が待ち侘《わ》びた一子、拾が淀ノ方と共に伏見へ移る。秀吉が大坂での政務を終えて、伏見へ戻る際、同道することになった。

まだ暗いうちから天満川へ続く舟入《ふないり》の濠に衣装道具類を載せた船が続々と出て行く。秀吉は伏見築城に当たり、槙島に堤を造成して巨椋池へ直に流れ込んでいた宇治川を分かたせた。これにより流路は伏見城の外濠を成し、また、水位が上がったことで城下に舟入を設けることが適う。大坂城と伏見城は水運で結ばれ、流通は飛躍的に発展した。

しかし、秀吉と拾、淀ノ方は陸路を取った。

拾にとって生まれて初めて大坂城の外へ出る。

「幼子は船に酔いやすい」

という数えでまだ二歳の拾に対する秀吉の過保護が理由であった。

日の出は辰ノ初刻（午前七時）過ぎ、秀吉と拾、淀ノ方を乗せた絢爛《けんらん》豪華な輿《こし》が城を出る。

秀吉も近頃は体調が定まらず、騎馬でなく、輿を使うことがほとんどだった。大野治長《おおのはるなが》や真田信繁ら側近衆が脇を固め、言うまでもなく、秀吉の不安定な言動を抑えるため石田正継も付いている。

大坂城から伏見城へはおよそ十里、淀川に沿って築かれつつある堤の上に大坂と京を結ぶ街道を整備しているが、まだ途上だった。

それでも京への道は物資の流通を重んじた信長によって幅が拡げられ、往来の円滑が図られている。広く平坦な野が続き、一行は支障なく伏見へ向かった。

淀ノ方にとって鶴松の死後、淀城から大坂城へ移って以来三年振りに外へ出た。小窓から見る景色はどれも新鮮で、目を楽しませる。

拾の未熟な体を慮《おもんぱか》り、揺れを抑えて急がず、一刻ごとに寺社などで休息を入れつつ輿は道を行く。その調子では一日の移動も五里が精々だった。

大坂と伏見のほぼ中間、枚方《ひらかた》に城がある。

ここで秀吉一行は一泊することにしていた。

城主の本多内膳正政康が家来衆を従えて門前で出迎える。

政康以下城方は天下人秀吉及び愛児と寵姫の来訪に緊張し切っていた。その中に余所者《よそもの》が紛れ込んでいることに気付いていない。

家来に化けた五右衛門であった。

一騎、駆けて来た。真田信繁が、

「太閤殿下の御成りでござる」

秀吉の到着を告げる。

「ははっ」

政康の緊張は最高潮に達した。

城方は門前に平伏して秀吉一行を待つ。

一行が現れ、前段と中段が門前で左右に分かれて道を開けた。

秀吉を乗せた輿が大手門に至る。御簾《みす》が上がり、

「内膳、大儀」

城方を労う。

「当城への御成り、真に勿体なく、恐悦至極にございます」

政康は心から有り難がり、そそくさと城内へと誘《いざな》った。

秀吉に続いて拾、淀ノ方の輿が城内へ入り、玄関前で下ろされる。

秀吉が輿から出て、拾を抱き上げた。

そして、淀ノ方が姿を現す。

貴人の妻妾を直視するのは憚《はばか》られた。政康以下城方は目を伏せ、案内する。

が、一人、淀ノ方を凝視し、目を見張っている者がいた。

（これが見たかったのだ）

五右衛門である。

（少し違うが、評判通り確かに似ている）

淀ノ方は濃尾随一の美女と謳《うた》われた母の市《いち》の血を引いているだけあって美しいと巷《ちまた》で噂されていた。五右衛門は市を見たことがあり、その美しさを知っている。

忘れられない市の面影を淀ノ方に見て、

（欲しい）

と、思った。

ここでどうこうできるものではない。秀吉と拾、淀ノ方の警護は厳重だった。

（いずれ貰《もら》う）

五右衛門は心に決め、城方が全く気付かぬうちに霧の如く消え去る。


この夜、政康の娘、乙《おと》が秀吉の目に止まった。

「御殿を建ててやろう」

と、秀吉が乙を側室にするということである。

一年後、城下に御茶屋御殿を建て、妾宅とするが、乙が身籠ることはなかった。

秀吉一行は翌日も夜明けと共に出立し、伏見を目指す。

午後、木津川に差し掛かった。木津川に橋はない。が、秀吉と愛児、寵姫のため手配りは篤《あつ》く、数十艘《そう》の舟を繋ぎ、舟橋が仮設されていた。

秀吉と拾、淀ノ方の乗る輿は舟橋を渡り、夕刻、伏見城に入る。

第六章　残火再燃

一

文禄四年、大晦日《おおみそか》まで間もない十二月二十日、秀吉は秀次の他、大老の家康や前田利家を伏見の屋敷へ招き、吉川広家から献上された虎を見物しつつ、

「関白殿下は春になれば、大将として兵を従え、海を渡らせられる」

と、秀次の朝鮮出陣を告知した。

これにより朝鮮再出兵は実現へ動き出す。

（何っ）

家康と利家は初めて聞いた。政権の領袖《りょうしゅう》たる大老でさえ知らないところで天下の大事が決せられようとしている。

大老が蔑《ないがし》ろにされた。

だが、家康と利家は不快を顔に出さない。

（治部少輔か）

と、家康は読めている。三成が裏で手を引いているのは明らかだった。

逆らわない。逆らえば、天下の政に異を唱える謀叛人《むほんにん》として葬り去られる恐れがあった。

指名された当の秀次は苦い顔をしている。秀次もまたここで初めて聞いた。関白の権威などあったものではない。秀吉に独断された。いや、三成に含められた秀吉に強制されたのだ。

「ん、殿下は不服にござるか」

秀吉は眉間《みけん》に皺《しわ》を寄せた。

己れに逆らう者の態度には敏感だった。

秀次は慌てて、

「い、いいえ、日の本の軍勢を任される大将とは身に余る誉《ほま》れ。大将として見事、唐入りを全う致しましょう」

と、秀吉の気に入るよう応える。

秀吉は満足そうに頷《うなず》き、

「金吾《きんご》（秀俊のちの秀秋）も小早川家に養子として入った。唐入りにおいては必ず関白殿下を支えてくれよう」

意のままの人事を得意がった。

家康は面には見せず、鼻白む。

(備前宰相も気の毒なことだ)

参議小早川隆景《たかかげ》のことであった。

(黒田如水が差し出がましい口を利かなければ、金吾などに小早川家を譲らずとも済んだ)

そのことだ。

秀吉の義理の甥《おい》で養子となった秀俊は一門の恩恵に与《あずか》り中納言まで上り、関白秀次に次ぐ豊臣政権の継承権者と目される。

だが、拾の生誕により、秀次と同じく立場が微妙になった。

豊臣家の後継争いを回避するため黒田如水が策す。中国八ヶ国百二十万石の毛利家の嫡男未定に乗じて秀俊を養子に送り込み、吸収を目論みた。

由緒正しい毛利家にとって堪ったものではない。

そこで大毛利の支柱、利け者の小早川隆景が一計を案じる。奉行衆から毛利家との縁組が持ち掛けられる前に、小早川家の養子として頂きたいと申し入れた。

小早川家も安芸の名家であり、秀吉は大いに喜んだ。何より強要するのではなく、隆景から願い出たことに意義がある。

隆景の離れ業で秀俊を介して毛利家を取り込むことは適わなかったが、秀吉は小早川家を手中にしたことを大いに喜び、事につけ話していた。

家康は思う。

（何もかも意のままになると言いたいか）

秀吉のことではなかった。裏で糸引く三成の示唆《しさ》を感じる。

二

大晦日まで五日となった。

四郎次郎が庵を訪ねる。

「孫兵衛様と元忠様は御家の御用があり、明日より正月三日まで鷹ヶ峰から離れられます」

と、蛍へ告げた。

「そうですか」

と、蛍は応えるしかない。

「蛍さん達はどうなされます」

四郎次郎は気に懸けてくれた。

「そうですね。庵で鉄砲を磨いています」

蛍は他にしようがない。

すると、四郎次郎は、

「江戸大納言様は紀州太田で年を越されたらどうかと仰せです」

と、家康の思い遣りを伝えた。

「太田か」

蛍は忘れていたことを思い出したように呟《つぶや》く。二年振りの帰郷に引かれた。

姉の小雀が太田家の菩提《ぼだい》を弔い、滅びた雑賀衆の霊を慰めている。

善之と無二にとっても、里こそもうないが、雑賀は故郷であった。

「太田で良ければ、来るか」

蛍は善之と無二を誘う。

「良いのか」

善之は身を乗り出すほどに喜んだ。

「もう誰もいないけど、ここにいてもすることないしね」

無二は遠回しに同意する。蛍に誘われたことが内心、嬉《うれ》しかった。

五右衛門は、

「紀州の太田まで三十里（百二十粁）はある。面倒だ。俺はここにいる」

と、一人、気儘《きまま》を選ぶ。

蛍、善之、無二は行者姿で鷹ヶ峰を出る。熊野参詣という名目で摂津、河内、和泉を抜けて紀州に入るのは在り来たりのことだった。

五右衛門が億劫《おっくう》がったように洛外の鷹ヶ峰から紀州太田へはおよそ三十里、蛍が如何に健脚でも一日では着かない。途中堺に寄ることにした。

当たり前のように芝辻家を訪ねる。

清右衛門はまだ生きていた。

「女鉄砲撃ち、また何か強請《ねだ》りに来たか」

軽く憎まれ口を叩いてからかえるほど元気だ。

蛍は揶揄《やゆ》とも思わず、

「鋼輪の銃を超える鉄砲はできましたか」

と、真顔で訊く。

「前に言うたであろう」

向こうの仕事部屋から理右衛門が声を上げた。

「鋼輪の銃は高過ぎる。それを超える鉄砲など、どれほど銭が要るか。造っても売れぬわ」

と、造らぬ理《ことわり》を説かれ、

「そう」

蛍はがっかりと肩を落としもする。

蛍と清右衛門、理右衛門の掛け合いは馴《な》れ親しく、暫し善之と無二は入っていけなかった。

その善之と無二に、

「お前さんらは？」

清右衛門が問い掛ける。

「あ、そ、某は鈴木善之と申します。鉄砲鍛冶名人の芝辻清右衛門様にお目に掛かれるとは、この身の誉れにございます」

善之は恐縮しきりだが、感激していた。

「無二です」

無二は素っ気ない。が、

(これが芝辻清右衛門か)

雑賀の女として名人に対する尊崇の思いは善之と同じだった。

「皆、雑賀か」

理右衛門はさらりと言う。

「噂の京の辻斬りを伏見の橋に吊るしたのはお前らではないのか。腕や肘を見事に撃ち抜き、生け捕りにするなど、然様な芸当ができるのはお前らの他に幾人もいまい」

と、見抜かれ、蛍、善之、無二は、はっ、とした。目を伏せる。

堺政所《まんどころ》の代官は石田三成の兄、正澄《まさずみ》であった。手の者を市中隅々まで配して目を光らせ、少しでも秀吉に仇為《あだな》す恐れありと見れば、捕らえて追及する。

今のところ蛍たちが辻斬り吊るしの仕手とは知れていないが、政所の手の者に見咎《みとが》められ、怪しまれたらただでは済まない。

当代屈指の鉄砲鍛冶の仕事が見たい一心で芝辻家に押し掛けた。が、秀吉の逆鱗《げきりん》に触れた人物との繋がりは禁忌《きんき》である。

蛍、善之、無二は、

（思慮が足りなかった）

と、気付く。

その様子を見て清右衛門は、

「辻斬り吊るしの下手人と交わりのあることが太閤に知れたら、芝辻家も咎めを免れない。来てはならなかったのではないか。そのように思うているのか」

と、三人の心中を言い当てた。

然れば、

「侮るな。太閤の顔色窺って鉄砲が造れるか」

理右衛門は怒気をも含んで言い放つ。

「ここに泊まって行け」

清右衛門は言ってくれた。

蛍、善之、無二は深々と頭を下げ、好意に甘えることとする。


鍛冶場で職人が鉄砲造りに励んでいた。

蛍、善之、無二は見事な手捌《てさば》きに感じ入る。

蛍は仕上がった一挺を手に取った。

幅の広い胴金、八角の銃身、典型的な堺筒だが、使いやすくするため従来の鉄砲より軽量化されている。

構えてみた。

しっくりいく。

「良い鉄砲だ」

率直に感想を述べた。

「ああ、それなりに良い鉄砲だと我ながら思う」

理右衛門は詰まらなそうに応える。決して満足していなかった。

「だが、ほとんど進んでいない。お前もそう思っているのであろう」

「………」

蛍はどう応えて良いかわからない。

「今、諸家は唐入りのため程好い鉄砲を大量に揃えなければならない。高値の新たな鉄砲など要らないのだ。国友への注文も同じであろう」

理右衛門は現実を言い聞かせた。

「試しに造ってみることもしないのか」

蛍は敢《あ》えて訊く。

理右衛門は眉を曇らせ、

「世を統《す》べる者は一つが突き出ることを嫌う。一家が新たな優れた武具を備え、幾つかの力ある家と結んだら天下を脅かされかねない。そうさせぬため、新たな武具の工夫は望まず、認めないのだ」

と、諭した。

「器量の小さいことだ」

蛍は白ける。

（信長様なら新たな鉄砲を望むに違いない）

今は亡き時代の先駆者を思い起こし、残念がった。

「南蛮にならお前の持つ鋼輪の銃を超える鉄砲が望めるかも知れぬ」

理右衛門が見込みを口にすると、蛍は目を輝かせ、

「この堺に輸入《はい》って来ないのか」

問い掛ける。

しかし、

「太閤の意を受けた政所が許さぬわ」

理右衛門の応えは虚しかった。


蛍、善之、無二は堺の芝辻家で一宿一飯の世話になり、翌朝早く出立する。

「また来い」

と、清右衛門は言ってくれた。

「お健やかで」

蛍は老いた清右衛門の健勝を心から願い、堺を後にする。

蛍、善之、無二は泉南から山中渓《やまなかだに》へ道を取り、雄ノ山峠《おのやまとうげ》を越えて紀州に入った。

そのまま田井ノ瀬《たいのせ》などへ舟で渡るのが常道だが、

「少し寄り道して良いか」

蛍の望みで東へ向かう。

そして、蛍たちの目の前に現れたのは秀吉に滅ぼされた根来寺の焼け跡だった。

余りの荒廃に蛍たちは声も出ない。

大師堂も大塔も悉《ことごと》く焼け落ち、最盛期には寺領七十二万石、坊舎四百五十、僧衆一万にも及んだ巨刹《きょさつ》が今は見る影もなかった。

焼け残った大伝法堂も秀吉が解体して持ち去った。それも京の船岡山に天正寺を建立し、信長の廟所《びょうしょ》となる本堂の材にすることとなっていたが、未だ着工されず、中津川の河原に放置されている。

「照算様」

蛍は鉄砲の師匠、亡き津田照算を追慕《ついぼ》し、涙する。

善之と無二は手を合わせて暫し黙禱《もくとう》した。

「大膳殿は生き延びて江戸の西を護っています」

せめてもの救いを天に向けて報告する。

蛍は伽藍《がらん》の瓦礫《がれき》を見据え、

「この世を決して豊臣の思うままにはさせない」

改めて誓う。

三

紀ノ川の流れは穏やかだった。

岩出から船戸へ、熊野、高野山《こうやさん》の参詣人を乗せる舟で渡る。

藪梅《やぶうめ》の蕾《つぼみ》が綻び始めていた。紀州の春は近い。

蛍、善之、無二は太田の草庵を訪《おとの》うた。

質素な法衣を身に着けた三十路過ぎの尼僧が迎え出る。

「蛍」

小雀は不意の妹の風来に目を丸くした。が、直ぐに顔を綻ばせ、

「お帰りなさい」

帰郷を喜ぶ。

「帰りました」

蛍も目尻に笑みを湛え、ぺこりと辞儀した。

「えっ、蛍なの」

奥から急いで顔を見せたのは叔母の摩仙名である。

思わぬ再会に、

「叔母上、お戻りでしたか」

　蛍の方が驚かされた。嬉しいが、

「兵右衛門は？」

　まず、それが訊きたい。

　摩仙名は少し言いにくそうにしながらも、

「兵右衛門ももう十四歳、我が子ながら中々の鉄砲撃ちになったと思う。槍《やり》など私を超えて教えることがない。伊賀にいても得ることはなく、諸国を渡り歩いて見聞し、腕を磨かせたいと思ったの。三月前に旅立ったわ。師匠の蛍に許しを得たかったのだけど、どこで何をしているかわからなかったので、代わりの私が決めさせてもらったの。勝手に決めて、ご免なさい」

　一気に今、伝えて頭を下げた。

　蛍は小刻みに首を左右に振り、

「兵右衛門は叔母上の子です。叔母上の存分にされて何の不都合がございましょう」

　と、諭す。

「そう言ってくれると思った」

　摩仙名は胸を撫で下ろした。

「私も兵右衛門は修行の旅に出た方が良いと思っていました」

蛍も同じ思いであったことを明かす。

小雀は蛍と摩仙名の遣り取りを微笑ましく見ていた。その目が蛍の後方の二人を認める。

「貴方たち……」

見覚えがあった。

「十ヶ郷にいた鈴木善之だ」

「無二よ。私は忘れていないけどね」

善之と無二が名乗る。

蛍は小雀の方へ向き、

「私が誘ったの。正月、雑賀で過ごさないかとね。里は違えど、根っ子は同族よ。姉様、良いでしょう」

と、頼み込んだ。

小雀は、無二が憶えていたのに直ぐ思い出せなかったことで少し決まり悪かったが、

「言うまでもないわ。今は雑賀の出というだけで親しく思うわ」

快諾する。

蛍、善之、無二は太田の草庵に落ち着いた。

夕餉《ゆうげ》は久々に賑やかとなる。

小雀の手料理が並ぶ膳が各々の前に置かれた。

「有り合わせでご免なさい」

と、小雀は謙遜《けんそん》し、謝るが、

「何を言ってるの、ご馳走《ちそう》だわ」

蛍は世辞でなく本音を言い、

「うむ、どれも美味《うま》そうだ」

善之も喉を鳴らすほど贅《ぜい》が尽くされている。

「美味《おい》しそうではなく、美味しいの」

摩仙名は我が事のように胸を張った。

「さあ、皆さん、召し上がれ」

小雀に勧められ、蛍、善之、無二、そして、摩仙名は手を合わせ、

「頂きます」

と、感謝して箸《はし》を取る。

どれも皆が舌鼓《したつづみ》を打つほど美味かった。

中でも、

「これ美味しい」

感動少ない無二が珍しく讃嘆したのは嘗味噌《なめみそ》である。

「径山寺味噌《きんざんじ》よ。三百年余り前、宋の径山寺で修行された法燈国師《ほっとうこくし》様という御坊様が伝えられたから径山寺味噌と名付けられたそうよ」

と、小雀は料理の名を告げ、

「根来寺にいらした玄宥《げんゆう》様に教わったの」

出所を明かした。

「玄宥様って、根来の師、能化《のうげ》まで上られた玄宥様ですか」

蛍は根来寺と交わりが濃く、玄宥も知っている。

小雀は頷き、

「ええ、玄宥様は秀吉に根来寺を焼き討ちされ、高野山へ逃げられたそうよ。それから京のお寺を転々とされ、この庵にも寄って下さり、父上たちの墓前で御経を上げて頂きもした」

と、応えた。

「お労《いたわ》しや」

蛍は心から気の毒に思う。また秀吉の理不尽の爪痕《つめあと》を知り、苦々しかった。

「私もこの味を知っている」

懐かしい。照算に付いて鉄砲撃ちの腕を磨いた頃が思い起こされた。根来で鉄砲撃ちの手解きを受けた時、何度も口にし、味わっている。今、天下屈指の鉄砲撃ちになったが、

（まだまだ、と、仰っしゃいますかね）

照算への尊敬の念、常に高みを目指す向上心を持ち続けている。

「玄宥様ほどお偉い坊様が味噌を作るのか」

ところで、善之は素朴な疑問を口にする。

小雀は、

「根来寺でも径山寺味噌を作られていたそうです。玄宥様もお若い頃、修行の一つとして料理をされ、径山寺味噌も拵《こしら》えられたと仰《おお》せでした」

即答した。

「それにしても美味しい。どのように拵えるの」

摩仙名は興味深く、問い掛ける。口にはしないが、いずれ兵右衛門に作ってやりたい。

小雀は料理のこととなると多弁だった。謙《へりくだ》るが、中々筋が良い。

「大豆を炒《い》って引き割り、麦の麴《こうじ》とお塩を合わせて瓜や茄子《なす》、生姜《しょうが》を刻んで混ぜ込むの。これを壺に閉じ込めて三月置きました」

と、簡潔に応えた。

「ふ〜ん」

蛍は美味ければ良く、作り方など興味がない。

「ふ〜ん、て、蛍にはこのような美味しい料理を作って差し上げたいという殿方はいないの」

　摩仙名は蛍に未だ女らしさがないことを憂えた。

「い、いませんよ」

　蛍は戸惑い、顔を赤らめて応える。

「蛍ももう三十路でしょう。女なのだから鉄砲のことばかりでなく、良い殿方と添って太田の血を残すことを考えても良いのではない」

　摩仙名の説教が始まった。

「小雀姉様だって独り身ではないですか」

　蛍に振られた小雀は、

「私は仏門に入った身です」

　と、切り返す。

　話が縺《もつ》れそうになったところで、

「いるわよ」

　無二が割り入った。

「えっ」

　摩仙名と小雀が目を丸くして無二を見る。

「いるって、真に」

姉の小雀にとって是非知りたい関心事であった。

「な、何を言っているの、無二さん」

蛍は焦る。覚えがない。

無二はにやりと笑い、

「今、蛍が鉄砲を教えているわ」

それを暴露して、ちろっと舌を出した。

すると、

「おお、内藤元忠殿か」

善之が名を明かす。

摩仙名と小雀は顔を綻ばせて目を見合わせた。

「へえ」

「違う。違うよ」

蛍は強く否定するが、もう摩仙名と小雀は聞いていない。

「明日、父上と母上にお知らせしましょう」

小雀はすっかりその気になっていた。姉としてこの上なく嬉しい。

この後、蛍は否定し続けたが、摩仙名と小雀は元忠の人となりを根掘り葉掘り訊き、和《なご》やかな夕餉となった。

蛍は小雀と楽しげに昔話をする。

(やはり真の姉妹は違う)

無二は少し嫉妬した。

(私のような女が姉の真似事など笑止だわ)

思いを断とうとした時、

「ねえ、小雀姉様、無二さんて梟姉様みたいなのよ」

蛍は嬉しそうに言う。

「へえ、そうね。斜に構えているところなんて、そっくりね」

小雀も同意した。

「でも、優しいんだよ」

蛍は心からそう思っている。

「懐《なつ》いたものね」

今度は小雀が羨《うらや》んだ。

すると、

「こうして見ていると、三姉妹ね。無二さん、蛍を可愛がってくれて有り難う」

摩仙名は目を細めて喜び、

「小雀もお礼を言いなさい」

と、言い付ける。

小雀は根から素直だった。もじもじと、

「あ、有り難う」

小声で礼を言う。

「あ、いえ、私なんて……」

無二は照れ捲くった。

小雀は無二のはにかみが可笑しかった。

(好い女なのだ)

理解する。

無二も微笑む。

(これほど和んだことがあったか)

暫し幸せを感じた。

蛍、善之、無二、そして、摩仙名は小雀の料理を堪能し、雑賀の里で同族水入らずの年を越す。穏やかな初春だった。

蛍、善之、無二は気晴らしが適い、鷹ヶ峰に戻る。

しかし、世は蛍たちにいつまでも休息を与えてはくれなかった。

四

年明けて四日より布施孫兵衛と内藤元忠の修行は再開された。

京の西方に望む丹波の山々に積もった雪も融《と》け始める。

人々は春の訪れを感じていた。

だが、その暖かさは忽《たちま》ち掻き消される。

一月十七日、無二が情報を摑んで来た。

「一昨日、秀吉は奉行衆に高麗国動御人数帳を認《したた》めさせ、出陣の軍勢、釜山海在陣の軍勢、船手衆、高麗城々の留守居、高麗伝城在番衆、肥前国名護屋の関白側近衆を定めた。そして、薩摩の島津侍従（義弘）と毛利の大番頭、吉川侍従（広家）に次の年、関白肥前名護屋動座の仕度、釜山浦の兵糧の調達と入替を命じた。その上、秀吉は朝鮮を九州同然とほざき、在城周囲の耕地開作を指図した」

と、蛍、善之、そして、五右衛門に伝える。

言うまでもなく、善之は目を剝《む》いた。

「関白とは何なのだ。この国一偉いのではないのか。それが太閤の言いなりか。我らは何のために関白の濡《ぬ》れ衣《ぎぬ》を晴らしたのだ」

凄まじい剣幕で捲くし立てる。

「このままでは朝鮮へ兵を送り込まれる」

その危惧は善之だけではなかった。

「それは避けられないだろう」

五右衛門が久々に口を挿《はさ》む。

「阻《はば》む術《すべ》はない」

無二は現実的に言った。絶対権力者の決定に逆らえば、消し去られる。闇から闇へ暗躍したとしても、

「島左近が動いている。彼奴《きゃつ》は危うい。そこらの手練と同じに思うていると、痛い目に遭う」

蛍の忠告は言い過ぎていなかった。

「甲賀の猿飛も侮れぬ」

無二も付け加える。

「何もするなと言うか」

善之は突っ掛かった。

「そうは言っていない。が、下手《へた》に動けば、彼奴らの術中に嵌《は》まる恐れがある。家康様も暫し休めと仰せられた」

と、蛍は家康に火の粉が掛かることを危惧する。

そこで、

「それから四月《よつき》も過ぎている。寝て過ごすのも飽きたし、そろそろ動くか」

久々に口を挿んだのは五右衛門だった。

「珍しいね。あんたが前向きなことを言うとは」

無二が不思議がる。

五右衛門は、

「銭が尽きた」

と、告白した。

「何っ」

蛍、善之、無二は口を揃えて驚きの声を上げる。

「民に分け配っても千両はあったはずだぞ」

無二が指摘すれば、

「お前らが彼方此方《あちこち》と足を延ばしている間に色里で使っちまった」

五右衛門は平然と応えた。

蛍、善之、無二はあんぐりと口を開けて呆れる。

「お前なあ」

蛍が詰ろうとすると、

「まあ、聴け」

五右衛門は強引に話を切り替えた。

「秀吉が伏見に移った」

「そのようなことは皆、知っている」

無二は憮然《ぶぜん》と言う。

「関白の秀次も京にいる」

「だから、どうした」

五右衛門が言いたいのは、

「大坂は手薄だ」

そのことだった。

「大坂城の金蔵から金銀を盗む」

狙いを明かす。

「豊臣の連中は慌てるぜ。大坂に目が向く。その間に伏見を侵し、今の秀吉が正常に思考できるか否か、確かめてやろうではないか」

論法は筋が通っていた。

「そうだな。そうしよう」

善之はとにかく朝鮮に出兵させないよう動きたい。同調するのは当たり前だった。

「手を貸してくれるか」

五右衛門に頼み入る。

「良いだろう。俺も天下を己れの好き勝手にしている奴は気に入らねえ。それに少しばかり伏見には別用がある」

五右衛門には思惑があるようだった。

「好きにしなよ。付き合うわ」

無二は五右衛門次第である。

だが、蛍は煮え切らず、

「四郎次郎さんに伺う」

と、応えを留保した。

五右衛門は白ける。

「お前、いつから家康の手駒になったのだ」

と、吐き捨てるように言った。

「らしくないね」

無二も頂けない。

「家康を援けるのは良いが、顔色を窺い、手先のように働いて、己れの心はどこにある」

五右衛門は罵るように言った。

「お前だって、家康様のお言い付け通り、不動を決め込んでいたではないか」

蛍は反論したが、五右衛門に、

「この四月、鳴りを潜めたのは遣り過ぎを認めたからで、家康のためではない」

と、言い返される。

五右衛門は四郎次郎を介した家康の依頼を受けていない。何人《なんぴと》の下に付くつもりなく、孤高を持する。故に、

「禿鼠を抑えられるのは家康様しかいない。だから従う」

蛍の理屈にも、

「他人任せか」

五右衛門は鼻で笑った。

「まあ、良い。俺も好きにした。お前も好きにしろ」

蛍を突き放す。

五

蛍は五右衛門と袂《たもと》を分かった。

五右衛門は、

「五月分だ」

と、言い、庵の賃料として小判五枚を置いて鷹ヶ峰の庵を出る。四郎次郎に宛がわれた庵でいつまでも寝起きすることは憚られた。

それから半月後のことである。

文禄四（一五九五）年二月一日、

「大坂城中よりかなりの金銀が盗まれたようです」

と、四郎次郎が蛍に伝えた。

（五右衛門の仕業だ）

蛍は直ぐに勘付く。

（本当に仕掛けた）

心が揺さ振られたが、鷹ヶ峰から出はしなかった。

孫兵衛と元忠に一人で教授し続けている。

いつものように手解きを終え、汗を拭っていた時だった。

「何か気懸かりがござるか」

元忠が心配そうに訊く。

「えっ」

蛍は慌てた。元忠にも心の迷いを見透かされている。

「な、何もございません」

「そうか」

「そうです」

「然れど、お困りなことがあれば、話してみないか。某では頼りにならぬかも知れぬが、話せば、楽になることもある」

「はい」

その場では蛍が元忠に心の内を吐露することはなかった。

孫兵衛と元忠の修行は四ヶ月で突如終わりを告げられる。

「諸家、唐入りの仕度に取り掛かるよう御上から指図があった」

と、孫兵衛は残念そうに蛍へ告げた。

「そうですか」

蛍も元気なく受け応える。

(これですることがなくなった)

体から力が抜けていくのを感じた。

「この四月、実に手応えを感じる日々を過ごせた」

孫兵衛は短い間なれど、充実した修行ができたことを喜ぶ。鉄砲撃ちとして、もう少し修行を続けたかったが、主命では仕方なかった。

「有り難うございました」

さばさばと指南の礼を言い、鷹ヶ峰の修行場を去る。

元忠は孫兵衛ほど割り切れてはいなかった。蛍と過ごす日々をまだ続けたい。

「某は残りたい」

と、言い出した。

「孫兵衛殿は存分なれど、某はまだまだ」

己れの分《ぶん》を弁えている。

「いえ、随分と上達されました」

蛍は世辞でなく言った。

「そうか。有り難う。然れど、その腕を理不尽な侵略の戦に使うことになるとは遣り切れぬ」

「行かれないのですか」

「豊家の命などに従いたくないが、殿が出張られるなら供をするしかない」

「家康様は唐入りをどう思われていらっしゃるのでしょうか」

「わからぬ。わからぬが、良しとは思われていないと察する」

元忠の言葉に、

（そうだ。家康様にご心中を伺ってみよう）

そう思った。五右衛門と仲違いした靄々《もやもや》に穴を開ける手掛かりになるような気がする。

然れば、

「家康様に御目通り願えませぬか」

元忠に請うていた。


京も寒さが和らぎ、陽の暖かさを肌に感じる。

格好の鷹狩り日和に家康は伏見の野へ出た。

家康は汗ばむほどに体を動かし、上々の首尾に気を良くして巌《いわお》に腰掛ける。

水の入った竹筒を例によって差し出したのはまたしても蛍であった。

家康は美味そうに水を含み、渇いた喉を潤す。

「訊きたいことがあるとか」

と、蛍に声を掛けた。

「唐入りをどう思われます」

蛍は直截《ちょくせつ》に訊く。

と、訊かれても豊臣政権の大老たる身としては軽々しく応えられるものではない。それは蛍もわかっている。

（家康様も不本意というご様子でも読み取れたら良い）

それで満足するつもりだった。家康も望んでいないことがわかれば、少しは気が晴れる。

ところが、

「愚行だな」

家康はきっぱり言った。

蛍は目を丸くして立ち尽くす。

「儂は行かぬよ」

家康の心の内を包み隠さぬ発言の連続に、

「えっ」

蛍は度肝を抜かれた。

「真に太閤の望みだか。怪しいものだ」

家康は否定もする。

「は、はい」

蛍は感動していた。余程の信用がなければ、ここまで心中を明かさない。

家康は問い掛ける。

「確かめてみぬのか」

（

「えっ」

と、蛍は声を上げるばかりだ。

蛍は何をしたいか。読まれていた。

「どうやら儂が暫し控えろと申したのが枷《かせ》になったようだな。済まなかった」

「い、いえ、そんな」

「だが、かっての蛍なら誰にどう言われようと、すべきと思えば、思うままに動いていた」

天下の大老たる家康が図《はか》らずも自由を奪ってしまったことを一介の女鉄砲撃ちに詫《わ》びてくれている。そして、真っ直ぐな心を取り戻してもらいたいと願っていた。

蛍は吹っ切れた。ふう、と息を吐いて家康を真正面から見詰め、

「すべきことをします」

と、告げる。

家康は相好《そうごう》を崩し、

「さて、何のことか。儂は知らぬ」

と、嘯《うそぶ》いた。

蛍は苦笑し、己れの道を行く。

六

大坂城の金銀紛失は洛外にも風聞が流れる。

善之と無二が旅商に成り済まして大坂を歩き回り、厄介な島左近と猿飛仁助が出動していることを確認した。


伏見の指月山《しづきやま》に城が聳《そび》えている。

風雨の夜の子《ね》ノ刻過ぎ、五右衛門、善之、無二は搦手《からめて》に回り、宇治川の岸に立つ。

装束を脱ぎ捨てた。

忍び装束でもずぶ濡れになれば、動きを鈍らせる。それにしても何も身に着けないという訳にもいかない。

必要最小限、五右衛門と善之は水に強い麻の手綱、後の褌《ふんどし》を下腹に締め、晒《さらし》を巻いていた。晒の内には侵入するための道具が仕込まれ、腹には荒縄も巻き付けている。

無二は晒を多めに巻いて胸を覆った。長い髪を束ねて耳栓をする。

五右衛門、善之、無二は河水に身を沈めた。

昼が夜より長くなり、梅が咲き始める頃となっても肌寒い。裸に近い身形《みなり》では春の嵐が容赦なく、体温を奪った。

五右衛門、善之、無二はそれに堪える心得ができている。鼻から上だけ水の外に出して泳ぎ渡った。

城東に舟入が開削《かいさく》されている。宇治川から舟で直《じか》に入城できるようになっていた。

五右衛門、善之、無二は宇治川から舟入を伝い、伏見城へ及んだ。

泳ぎつつ、

「ん」

無二は水中に四人目の気配を感じ取る。風雨によって水面が乱れていても、耳栓をしていても流れで気配を感じ取れた。五右衛門に、

「誰か他にいる」

と、告げる。

四人目は五右衛門たちの前にいた。

五右衛門は善之と無二を制しつつ四人目を尾行する。

舟入には関門があった。その手前で四人目は水から出て石垣に取り付いた。風雨に紛れて三尺四方の石と石の間に苦無《くない》を突き入れて身を迫り上げる。

五右衛門、善之、無二も四人目を警戒しつつ同じように石垣を攀《よ》じ登った。

（この気）

無二が勘付く。

（あの娘）

くすりと笑った。五右衛門に寄り添い、

「来たわよ」

と、耳打ちする。

五右衛門はにやりと笑った。

四人目が石垣の上部に達する。

巨体の五右衛門が苦無も使わず、石垣をすたすたと登り切り、四人目に追い着いた。

「何をしている」

と、問い掛ける。

四人目が振り向いた。

「真実《まこと》を確かめに来た」

と、四人目の蛍は応える。

「好きにするさ」

五右衛門は行き違った過去を気にしていない。気にしているのは、

「ほお」

目を見開き、まじまじと凝視する蛍の胸だった。晒で窮屈そうに締め付けられているが、

豊胸であることは隠せない。

「繁々と見るな」

蛍は顔を赤らめて怒る。十代の頃なら気にしなかっただろうが、三十路ともなれば、恥じらうようになっていた。

善之と無二も上がり切る。

「蛍」

善之にとって嬉しい驚きであった。

七

四人の前に六尺超の土塀が屹立《きつりつ》している。

風雨は治まることなく、城内へ侵入するには格好の状況だった。

「行くよ」

蛍が真っ先に土塀の上へ跳び付く。身軽に土塀を越えて城内へ降り立った。

善之、五右衛門と続き、無二は五右衛門の差し伸べる手を借りて城内へ入る。

五右衛門と善之は人足として普請場で何日も働いた。縄張りはわかっている。

二ノ丸は本丸の北に設えられていた。土塀を越えれば、本丸の敷地であり、跳び下りて素早く駆け抜ける。それぞれ門番はいたが、風雨の幕により四人という少人数では見過ごし、足音を聞き逃しても仕方なかった。

千畳敷御殿を始め建造物は悉く金箔により豪華絢爛に設えられている。

(富を独り占めしている)

蛍は嫌悪感を覚えた。

四人は本丸を見上げる。五階層百尺もの高さだった。

その最上階に秀吉の寝所はある。

城の主の寝所は天守になく、御殿にあるのが常であった。しかし、秀吉は信長を真似て天守の最上階で寝起きする。

五右衛門、善之、無二は腹に巻いた荒縄を解いた。一方の端に鉤《かぎ》が括《くく》り付けられている。これを処々に引っ掛けて本丸の外壁を登る。

別動していた蛍は持参していない。

「使いなよ」

無二が差し出した。

「えっ、でも、無二さんは?」

「この男にしがみ付いて行くわ」

「おい、重いではないか」

五右衛門は不平を言い立てるが、無二は、

「十貫しかないわよ」

と、言って、もう背中から首に抱き付いている。

「仕方ねえな。後で手厚く奉仕しろよ」

五右衛門は渋々無二を受け止めた。


蛍、善之、そして、無二を背負った五右衛門は縄を伝って外壁を登って行く。風雨で視界が遮られたが、だからこそ城方からも見えなかった。

黙々と外壁を登り、五階層目の回り縁に辿《たど》り着く。

五右衛門は無二を下ろし、

「お前、本当に十貫か」

と、文句を言った。

「失礼ね。あんたが老けて、力が落ちたのよ」

無二が言い返す。

それを、

「痴話喧嘩は後だよ」

蛍に窘められた。

この連中は伏見城に侵入するという難事にも全く緊張感がない。

善之は入母屋造《いりもやづくり》の屋根に乗り、手綱に差してきた折り畳み式の鋸《のこ》を取り出した。武者窓の竪格子《たてごうし》を切る。木を切断する音は風雨で掻き消された。

善之は手際良く格子を切り外し、人が通れる間を作る。その間から善之、蛍、無二、最後に五右衛門が最上階の天井裏へ入り込んだ。

八

風雨に苛《さいな》まれることがなくなり、無二は耳栓を取り外す。然《しか》して、耳を澄ました。天井裏を抜き足差し足で移動する。

寝息を聴き取った。

「ここよ」

秀吉と同衾《どうきん》したことのある無二はその寝息を覚えている。

善之は苦無を使い、その場所の天井板を外す。

広い空間の中に金箔で装飾された贅沢《ぜいたく》な寝台が一つ置かれていた。

善之、蛍、無二、五右衛門と最上階に、すすっと降り立つ。

無二が余人の気配を探った。階下に人数の気を感じたが、最上階は秀吉のみと確信する。

「どういうことだ」

善之は首を捻った。階下に宿直《とのい》がいるようだが、天下人たる秀吉が一人で寝かされているのが解せない。

「罠《わな》か」

と、疑いたくなる。宋蘇卿の例もあった。

だが、

「いないものはいない。私の耳が信用できないの」

無二は気を害した。

すると、

「目を凝らして良く見なよ」

蛍が寝台を指差す。

眠りこける秀吉の四方に極細で透明に近い糸が張られていた。その先を辿れば、千鳥の香炉に及ぶ。

「備えが薄いと見せ掛けて、此奴に手を出そうとすれば、糸が切れて香炉が揺れ鳴き、下から人数が上がって来て搦《から》め捕られるという寸法だよ」

蛍は絡繰りを読み解いた。これに宋蘇卿は引っ掛かったのだ。

「済まなかった」

善之は無二に謝る。

「気にしていないよ」

凝《しこ》りを残す無二ではなかった。

細かい作業は善之の手の物である。香炉が鳴らぬよう丁寧に苦無で糸を切り、仕掛けを取り除いた。

蛍、善之、無二、そして、五右衛門は寝台に横臥《よこた》わる秀吉を覗《のぞ》き込む。そこには見窄らしく老いさらばえた小男がいた。

(これが秀吉か)

四人は一様に目を疑った。

無二は秀吉の股間に右手を差し込み、それを握り、扱《しご》く。

「おお、おお」

秀吉はだらしなく良がり声を上げ、目を覚ました。

五右衛門は右手で秀吉の首を摑み、左手で秀吉の口を塞ぎ、

「騒ぐな。騒げば、殺す」

と、凄《すご》む。

秀吉は目を剝き、状況を理解して、うん、うん、と頷いた。

無二は扱き続けている。しかし、それは一向に役立たず、無二は首を横に振り、

「私が此奴に見限られたのは十年前だ。お前の銃弾は確かに此奴を不能にしていたのだ」

　確信を蛍に告げる。秀吉の一物は残ったが、神経が断ち切られていた。

「恐らく、秀吉が認めたくないことについては、治部少輔らが偽りを仕立て、太閤の成せるところとすれば、疑いなく信じてしまう。子を成せなくなったことも認めず、自ら行為に及んだと錯覚し、子が秀吉の子と告げれば、そう思い込んでしまう。というところだろう」

「あり得るな」

　五右衛門が頷く。

「私は此奴の一物を撃った。が、子を成したと聞き、失敗《しくじ》ったと思っていた」

　蛍は十年来の蟠《わだかま》りが払拭され、気が晴れた。

「噂通り天正十五年の北野大茶湯の頃から心の病が始まっていたのかも知れぬ」

　五右衛門は秀吉を見下し、

「このような見窄らしい奴が天下人とはな」

　哀れみさえ覚える。

「千鳥の香炉の絡繰りは外からの侵入に対してばかりでなく、秀吉が勝手に動かぬための備えでもあるのではないか。秀吉が動けば、香炉が鳴り、下から人数が駆け上がり、宥《なだ》めつつ抑え込む。常に見張ってもいられないからな。京を見下ろす最上階に秀吉の居場所を設けて良い気にさせ、実は閉じ込めたのではないか」

無二は鋭く核心を衝《く》いた。

「自慢の一物を挫かれ、心を喪失《うしな》った秀吉などもうどうでも良い。此奴を操っているのは石田治部少輔であろうか」

と、善之は想定する。

「確証はないが、そう見て良いのではないか。治部少輔は秀吉という抜け殻を操り、天下を牛耳《ぎゅうじ》ろうとしている」

無二の推察は違っていない。

「拾は誰の子か」

その疑問を蛍は口にした。

「大野治長の母親は茶々の乳母だ。二人は幼い頃から共に過ごした。茶々は秀吉に二人の父親を殺され、恨みがある。秀吉の子と偽り、豊家を乗っ取るつもりか。大蔵卿局《おおくらきょうのつぼね》の手引きがあれば密通も難しくはない」

と、秀吉に囲われていた無二は想像を飛躍させるが、あり得る。

「石田治部少輔はそれを見抜いて敢えて乗り、利用したか」

善之は朝鮮出兵の真の首謀者を推し量った。

「傀儡《くぐつ》を消せば、治部少輔の後ろ盾はなくなるな」

無二はここで秀吉の始末を示唆する。

「そうだな。そうすれば、唐入りを防げるか」

善之も望むところだが、

「秀吉が死ねば、治部少輔は拾を立てるだろう。正気ではないにしてもまだ自我の残る老人よりも物心付かぬ幼子の方が扱いやすい。信長公の没後、秀吉が三法師《さんぼうし》を仕立てて織田家を思いのままにしたように治部少輔の思う壺だ」

と、五右衛門は正論を説いた。

目の前にいる秀吉は恨みも失せるほど見窄らしい。

蛍にしても秀吉に対する憎しみは少なからずも、

「ここにいるのは老いさらばえ、奸物の好きなように操られるただの小男だ。哀れ過ぎて、我らがあの世に送ってやる値打ちもない」

そう思わせる。

「死ぬより生きている方が辛いとも言える。惨《みじ》めに生き果《おお》せるが良い」

屈辱的に生き続けさせるのが応報と考えた。

「お前の一物はもう役に立たない。大好きな女を抱けないのだ。良い気味だ」

と、蛍は言い放ち、秀吉を貶《おとし》める。

秀吉は心の深層から激しい怒りが込み上げ、老人とは思えぬ力を出し、口を封じる五右衛門の手を払い除けた。

「あ、阿呆なことを言うな。そ、そのようなことがあるものか。儂は抱ける。女を抱けるぞ」

と、激しく言い返す。

外の風雨が強く城郭を叩き、階下の宿直に秀吉の叫びは届かない。

すると、無二が、

「最後に女を抱いたのはいつだ。十年も抱いていないのに、認められないか」

突っ込みを入れた。

「違う。違う」

秀吉は尚も認めない。駄々を捏《こ》ねて聞き分けのない子供のように騒ぐ。

「ああ、鬱陶《うっとう》しい」

五右衛門が切れた。秀吉の左頬に拳を突き入れ、

「うがっ」

昏倒《こんとう》させる。

秀吉は大の字に倒れた。

「何だ、此奴《しか》、小便漏らしているぞ」

蛍は顔を顰《しか》めて嫌そうに言う。

老いさらばえた小男がだらしなく失神している。

果たして、五右衛門はその右手を見た時、体が硬直した。

（この指）

秀吉の右手に指が六本ある。

（こ、此奴は）

忘れようにも忘れられぬ過去があった。

第七章　玉女掠奪

一

五右衛門は怒りに満ちた目で秀吉を凝視し続けていた。

(もう四十年近くも前のことか)

まだ今は亡き織田信長でさえ尾張の一領主に過ぎなかった頃のことである。

五歳の五郎吉《ごろきち》は恐ろしいものを見た。この世のものとは思えない美麗が五郎吉の心を奪う。

屋敷を見下ろす樹上の枝葉に身を潜め、その庭の一点を凝視していた。

隣にいる小男も唖然《あぜん》と目を見張っている。背は低いが、女好きのする良い顔立ちだった。

屋敷の庭で行水をしている若い女性を、

（天女様か）
五郎吉は見惚《みと》れる余り、足を踏み外し、落ちてしまう。
（あ、阿呆《あほう》）
小男は舌打ちした。
「曲者だ」
屋敷の武者衆が出張る。五郎吉に殺到した。
小男は、
（巻き添えを食うのは願い下げだ）
幼い五郎吉を見捨てて逃げを打つ。
五郎吉は必死で逃げた。脚が捥《も》げるほどに動かし、とにかく脇目も振らず全力で走る。
尾張と伊賀の国境を越えて漸《ようや》く、
（振り切った）
それを確信して徐々に脚速を落とす。
路傍の石に小男が座っていた。
「下手《へた》しおって」
五郎吉に声を掛ける。五郎吉に見捨てて、早々と追っ手の圏外に逃げ果《おお》せていた。
「狒吉《ひよし》さん、酷いよ」

五郎吉は恨めしそうに小男狒吉を睨《にら》む。

「下手《へた》をしたお前が悪い」

狒吉は突き放した。

「全く何でこんな小僧の世話をしなければならぬ」

不満を漏らす。

狒吉と五郎吉は伊賀の国の奥深く入って行った。

龍口の百地《ももち》屋敷の門を潜《くぐ》る。棟梁《とうりょう》の百地三太夫《さんだゆう》に、この頃、台頭著しい織田信長の本拠、尾張の情勢を報告した。子連れだと怪しまれにくいということで、五郎吉が選ばれたのである。


五郎吉の父は石川文吾《ぶんご》と言い、三太夫の一番弟子だった。

事件は文吾が不在の時に起きた。

「式部《しきぶ》、式部はどこだ」

三太夫が愛妾の式部を捜している。

「と、棟梁、こちらに」

狒吉が慌てて注進に及んだ。

そして、案内された井戸を覗《のぞ》き込むと、

「し、式部」

愛妾が底に落ちて、ぐったりとしている。

急いで引き揚げたが、既に死んでいた。

「だ、誰がこのようなことを」

三太夫は悲嘆し、怒りを露《あら》わにする。

「これが井戸の傍に落ちていました」

狒吉が見せたのは忍びの得物《えもの》、苦無《くない》だった。

「これは」

「文吾の苦無です」

「ぶ、文吾だと」

「そう言えば、おかん様もいませんね。文吾とおかん様が密通しているという噂があります」

「女房の奴め。儂《わし》に相手されず、式部を嫉《ねた》み、文吾と結託して殺して逃げたと言うのか」

「現に二人共いません」

狒吉は注進しながら、

(いるはずがない。文吾は俺が三太夫の用と偽って使いに出したのだからな。三太夫の女房もあの世だ)

心の内で嘲笑《あざわら》う。

三太夫は自室の書院の掛け軸の裏を確かめた。隠し金庫がある。開けてみると、

「ない。盗まれた」

秘蔵の銭三百両が失くなっていた。

「文吾か」

憎さが倍増する。

「近頃、考え方が違うと、棟梁に逆らってばかりいましたからな」

狒吉が助長した。

「儂が武田や北条のみならず今川《いまがわ》や浅井《あざい》と多角に手を出していることが気に入らないらしい。稼ぎも弟子共に存分に分け与えろとも抜かしていた」

三太夫は文吾の反発が十分あると裏付ける。

「追いましょう。我にお任せあれ」

狒吉が買って出た。

「頼む」

三太夫は当然に命じる。

狒吉は文吾の行き先を知っていた。

(何しろ、俺が三太夫の使いと騙《だま》して出したのだからな)

小六や権兵衛ら二十人の伊賀者を引き連れて文吾を追う。

文吾は伊賀上忍の一人、名張の真田八郎《はちろう》の屋敷へ向かっていた。

真田屋敷に入ると、八郎が立ち尽くしている。その足許には女が血塗《ちまみ》れで転がっていた。

「は、八郎さん」

文吾は一驚し、声を上げる。

「儂ではない。帰って来たら骸《むくろ》があった。おかん殿だ」

八郎は努めて冷静に状況を語った。

文吾と八郎が善後策を講じようとした時、

「八郎、文吾、お前ら」

狒吉と伊賀衆が駆け付ける。

「おかん殿が勾引《かどわ》かされたと聞き、調べていたら真田八郎と石川文吾に籠絡《ろうらく》されて密通していたという風説を耳にした。確かめに来たら、やはり真であったか」

と、問い詰めた。

「ち、違う」

八郎が強く否《いな》み、

「お、俺はお主が八郎さんにこの密書を届けろというから遣いした」

文吾が否定するが、

「密書だと、言い逃れするか」

狒吉は問答無用に、

「引っ捕らえろ。手向かいすれば、斬《き》り捨てて良い」

と、伊賀衆に指図する。

(嵌《は》められた)

文吾と八郎は目を見合わせて頷《うなず》いた。

(縛に付いても、どの道、殺される)

斬り抜けるしかない。

斬り合いになった。

「狒吉ぃ」

文吾は狒吉に攻め掛かる。

「止せ」

八郎の制止は届かなかった。

文吾は狒吉へ及ぶ前に左右から小六と権兵衛に攻められ、負傷して後退する。

軽い傷ではなかった。左脇腹から血が滴り落ちている。右腿にも深傷《ふかで》を負い、走れても
速度が出ない。

八郎と文吾は囲まれ、窮した。

(俺はもういけない)

文吾は自らの限界を覚る。

「このままでは共倒れだ。俺が食い止める。八郎さんは逃げて、五郎吉を頼む」

と、後事を託し、八郎の同意を得る間もなく、伊賀衆に突っ込み、激しく爆裂した。

「文吾」

八郎は悔しさを飲み込み、爆裂で伊賀衆が怯《ひる》んだ隙に遁走《とんそう》する。

そして、脇目も振らず、石川文吾の棲家へ駆け、

「逃げるぞ」

五郎吉を保護した。手を引いて遁走する。

五郎吉は訳もわからず手を引かれるままに駆けた。


八郎は堺へ逃げ込む。

明人の商家を頼った。

「福寛《ふくかん》さん、明へ連れて行ってくれ」

知り合いの福寛という明の商人に懇願する。

「八郎さんは数多《あまた》に彼方此方の事情を齎《もたら》してくれた。世話になった恩を返すよ」

福寛は快諾し、八郎と五郎吉は渡海し、窮地を脱した。

五郎吉は八郎と共に明を流離《さすら》って、体術や剣術、あらゆる武術を修得する。五年前、八郎が病に倒れ、客死すると、日本へ戻った。

(遠い昔のことだ)

五右衛門という名に改め成長した五郎吉は感慨深く秀吉を見下ろしていた。

秀吉は皺《しわ》の多い猿のような面で美男とは言い難い。漆《うるし》で顔の肌を爛《ただ》れさせ、人相を変えていたのだ。が、良く見れば、面影があった。

殺してやりたいほど憎い。が、

(何だ、この老い耄《おいぼ》れは)

惨め過ぎて哀れみさえ覚える。

(このように成り果てては俺のことなど忘れていよう)

虚《むな》しかった。手に掛ける気も失せる。

(死ねば、楽になる。蛍の言う通り惨めに生き永らえさせる方が如何ほどにも辛いか)

五右衛門が考え込んでいると、

「どうした」

蛍が顔を覗き込んで心配した。

五右衛門は、

「何でもない」

と、応え、

「俺は用がある。もう行く」

言い捨てて寝台に背を向ける。そして、もう秀吉などに目もくれず、晒から忍び熊手を取り出した。

荒縄は天守を登って用済みとなり、手放している。上下に身を移す道具は荒縄だけではなかった。

忍び熊手は七節の竹の筒に鉤《かぎ》の取り付けられた紐を通して繋《つな》いだ忍具である。竹筒を纏《まと》めれば棒となり、外せば縄となった。これを天井へ投げ上げて鉤を掛け、一人勝手に縄を伝い登って行く。

蛍、善之、無二は呆気《あっけ》に取られ、きょとんと見送る。

「用って何だ」

蛍は気に掛かった。

無二は、

「ふん」

と、鼻で笑い、

「仕方のない性癖よ。付き合っていたら限《きり》がない。此方が危うくなる。早く出よう」

五右衛門を扱《こ》き下ろし、蛍と善之を促す。

「そうね。最早、ここに用はない」

蛍は颯々《さっさつ》と退散をすることにした。

善之も異存ない。

五右衛門と同じように善之の持参した忍び熊手を使って天井裏へ移り、来た経路を逆行した。

二

本丸に近接する郭《くるわ》に秀吉は妻妾を住まわせている。

五右衛門は屋根裏から忍び込み、目標の居所を探した。

伏見城の普請に関わり、縄張りはわかっている。秀吉によって、どの側室がどの部屋にいるかも定められていた。

目標は別格の扱いを受けている。何故なら秀吉の子を産んでいた。

淀ノ方である。御殿に棲み暮らしている。

五右衛門は御殿の屋根裏に忍び込み、淀ノ方の寝所を目指す。

一粒種の拾は乳母を正栄尼《しょうえいに》とし、養育を淀ノ方の乳母で今は側近の大蔵卿局《おおくらきょうのつぼね》が担い、淀ノ方とは別間で大事に扱われていた。

淀ノ方の寝所の次の間に宿直の侍女二人が控えている。

五右衛門は天井裏から次の間に風の如く下り、素早く宿直二人の首筋に手刀を叩き込んで眠らせた。

静かに襖《ふすま》を開き、身を差し入れて閉じる。

蚊帳《かや》の中に淀ノ方が横臥《よこた》わっていた。

五右衛門は晒と手綱という半裸の身で淀ノ方の寝具に潜り込む。淀ノ方の裾を割り、内股に右手を差し入れ、秘所に触れた。

「ひっ」

淀ノ方は驚き、漸く目を覚ます。

五右衛門は左手で淀ノ方の口を塞ぎ、指技を使い続けた。

淀ノ方はうっとりとし、淫靡《いんび》な笑みを浮かべる。

五右衛門は淀ノ方の上に身を移し、手綱を解いて下半身を露わにした。

果たして、事に及ぶ。

「うう」

淀ノ方は小さく嬌声《きょうせい》を上げ、これまで体験したことのない快楽に酔い痴《し》れた。
五右衛門は事が済むと早、淀ノ方から離れ、手綱を締め直す。
(秀吉の最も大事なものを盗んでやった)
虚《むな》しいが、少しは溜飲《りゅういん》が下がった。
しかし、
(冴えないな)
期待が外れ、満足していない。
(帰ろう)
颯々と立ち去ろうとした。
すると、五右衛門の背に、
「中々に良かった」
淀ノ方が艶《なまめ》かしく声を掛ける。
「飼《こ》うてやっても良いぞ。側近く仕えよ」
これからも情欲を満たそうとした。
五右衛門は嫌悪する。振り向きもせず、
「母御とは随分、品が落ちるものだ。取るに足らぬ女だ」
と、吐き捨てるように言い、襖《ふすま》を開いた。

淀ノ方の眉間《みけん》に皺《しわ》が寄る。屈辱に激しい怒りが込み上げ、打ち震える。呼び鈴を手に取って鳴らし、

「曲者ぞ」

と、叫んだ。

屋敷の内は俄かに騒がしくなり、まず侍女衆が慌しく廊下を渡り、寄り集まる。

五右衛門は不敵に笑った。得物は苦無と熊手しかないにもかかわらず、侍女の群れに敢えて突っ込む。

「何と」

侍女衆は五右衛門から突っ込んで来るとは予想していなかったため面喰《めんくら》い、対応が遅れる。五右衛門の目論見通りだった。

すいすいと侍女衆を躱《かわ》しつつ適宜、肘や手刀を使って倒し、道を開いて御殿の外へ出る。

侍女衆は凌《しの》ぎ切った。

武者衆も出張って来たが、時遅く五右衛門に追い着けない。

妻妾の郭を取り囲むように重臣の屋敷が構えられていた。

五右衛門は土塀へ向けて駆け通す。

果たして、俄かに楼門が開かれた。

眼光鋭い武者が手勢を従えて立ちはだかる。

「一人か。一人を相手に御殿の者共は取り逃がしたか。情けないものだ。が、一人を相手に多勢で対しては名折れだ。儂一人で相対そう。皆、手出しするな」

手勢を制して五右衛門と対峙《たいじ》したのは石田屋敷から駆け付けた島左近であった。

(これは相手が悪い)

五右衛門は左近の怖さを知っている。

忍び熊手の紐を強く引いて竹筒を固く繋いだ。先端に熊手の付いた竹棒ができる。

左近が抜刀した。ゆっくりと五右衛門へ向けて歩を進める。

五右衛門も前に進んだ。駆け出し、徐々に速度を上げる。忽《たちま》ち左近に迫り、竹棒を突き出して熊手を見舞った。

左近は軽々と躱す。斬り返そうとしたが、既に五右衛門は竹棒を引き込み、二撃目を繰り出していた。

これも左近は躱す。

五右衛門は左近が躱す間に擦り抜けようとした。しかし、左近が五右衛門の行く手に太刀を突き出し、許さない。

五右衛門が竹棒を撃ち込む。左近が躱す。

目紛《めまぐ》るしい鬩《せめ》ぎ合いが繰り返された。

五右衛門の撃ち込みは速く強い。竹の棒でも急所を突かれれば、致命傷にもなる。
左近は心して相対した。躱しつつ五右衛門の突きの間合を計っていた。
(ここだ)
瞬間、素早く前に出る。
左近は五右衛門の突きを掻《か》い潜《くぐ》った。太刀を返し、峰で五右衛門の腹を強打する。
「うぐっ」
五右衛門が崩れる。だが、地には屈せず、堪えて退き、左近との間を取った。
かなりの打撃を食らっている。肋骨《ろっこつ》が三本折れていた。
(拙《まず》いな)
五右衛門は追い込まれる。
(これまでかな)
死をも覚悟した。
(いや)
諦めた時から転落は始まる。五右衛門は希望を捨てなかった。
だが、
(どうする)
活路が見出せない。

「終《しま》いにするか」

左近が仕上げに掛かった。五右衛門を仕留めるべく、歩み寄る。

(已む無し)

五右衛門は乾坤一擲《けんこんいってき》、仕掛けた。一瞬でも左近に隙ができれば、抜ける。それに賭けた。

左近は上段に構える。五右衛門の脳天を峰打ちして昏倒《こんとう》させ、捕らえる目論みだった。

そのため胴が丸出しになっている。

五右衛門が左近の鳩尾《みぞおち》を狙って鋭く竹の棒を突き出した。

すっ、と素早く左近は半歩右へ移る。

五右衛門の竹の棒は左近の左脇を掠《かす》めただけだった。

左近の太刀の峰が五右衛門の左側頭部に叩き込まれる。

その寸前だった。

一つの銃声が上がる。

左近は咄嗟《とっさ》に反応し、太刀を返して己れに飛来する銃弾を払い落とした。

五右衛門の望んだ隙ができる。急ぎ擦り抜けた。

銃弾を放ったのは、

「鈍《なま》ったねえ」

蛍である。土塀の屋根上にいた。五右衛門を貶しつつも既に次の弾薬を鉄砲に装塡《そうてん》し、鋼輪を回している。火縄が要らない故に水に浸かっても乾けば、直ぐに使えた。早合《はやごう》も竹筒の中に水は及ばず、弾薬は湿気《しけ》っていない。

「此奴が強過ぎるのだ」

五右衛門は弁解がましく言いつつ左近配下の武者衆へ突っ込む。

武者衆は慌てて対応したが、後手に回り、五右衛門の振り回す竹の棒に掃き散らされた。

左近は武者衆が邪魔になり、五右衛門に仕掛けられない。

五右衛門は武者衆の群れを切り抜けると、竹の棒を崩し、熊手を投げて土塀の上部に鉤を掛ける。これを手繰《たぐ》って土塀の屋根上に登り、蛍を見遣り、

「世話を掛けた」

素直に謝した。

蛍がくすりと笑う。

「思いは遂げたのかい」

と、訊けば、

「外れだ」

五右衛門は詰まらなそうに応えた。

左近が武者衆を割って前に出る。矢庭に手裏剣を放った。五右衛門に向けてではない。

手裏剣は蛍に及ぼうとしていた。

蛍は躱そうともしない。鉄砲を構え、左近を狙って撃った。

手裏剣は五右衛門が竹の棒で打ち払う。

左近は銃弾を太刀で叩き落とした。

五右衛門は土塀の上から地へ煙玉を投げ付ける。

煙が立ち、左近ら武者衆の視界を遮った。

煙は次第に収まっていく。視界が開けた時、蛍と五右衛門の姿はなかった。

三

伏見城が侵された事実は秘匿《ひとく》される。

秀吉が殴られて失神し、淀ノ方が犯されたなどという不祥事が世に伝われば、豊臣家の権威が失墜《しっつい》しかねなかった。

蛍と五右衛門、善之、無二は鷹ヶ峰の庵へ戻る。

蛍と五右衛門は顔を島左近に見られた。豊臣方の探索は静かに、しかし、厳しく遂行されている。

蛍と五右衛門が放胆でも明らさまに動くことは憚《はばか》られた。

五右衛門はすべきことを為したが、当てが外れて失望感さえ覚えている。気が抜け、何もする気が起きなかった。毎日、外へ出ず、ぼんやりと過ごしているので、豊臣方の目に付く恐れはない。

しかし、蛍は引き込んでいられる性質ではなかった。

善之は面が割れていない故、変わらず豊臣の動きを監視し続けている。

無二は秀吉の近くにいたことがあり、顔見知りもいるが、巧みに化けて巷《ちまた》を遊泳していた。

(良いな)

蛍は動きたくて疼々《うずうず》しているが、光のように目立ち過ぎる。

その蛍が焦《じ》れて動く前に茶屋四郎次郎が庵を訪ねて来た。

「江戸大納言様より御願いを承《うけたまわ》っています」

と、切り出す。

「家康様から?」

蛍が耳を傾けると、

「服部石見守《いわみのかみ》様が病に伏せられています」

悪い知らせを四郎次郎は告げた。

「えっ」

「医師が申すには一年持つか、二年持つか、とのことです」

「そ、そんな」

蛍は絶句する。

最後に半蔵と会ったのは三年前だった。その時、

「五十路《いそじ》に入った。もう老い耄れだ、と仰せでしたが……」

確かに、この時代では老境だが、元気だったことを憶《おぼ》えている。

「江戸大納言様は、見舞ってやってくれまいか、と仰せです」

四郎次郎は家康の願いを伝えた。

「是非もありませぬ」

蛍は気が気でない。

路銀は四郎次郎が用意してくれた。

蛍は急いで仕度し、翌朝早く江戸へ発つ。


蛍は京から江戸へ九日で踏み歩いた。男衆でもおおよそ十二日掛かることからすれば、紀州の山野で鍛えた健脚は三十路になっても衰えていない。

江戸は、

「変わっていないな」

蛍の率直な感想の通りであった。

家康の入府当時、本丸と二ノ丸のみだった小城に西ノ丸、三ノ丸、吹上《ふきあげ》、北ノ丸を増築し、濠《ほり》も開削したが、それからほとんど進歩がない。

(禿鼠への遠慮か)

蛍は家康の苦衷を察した。

朝鮮の役への出兵など増強する暇がなかったこともある。

蛍は三年前と変わらぬ風景に懐かしさを感じつつ江戸城西門の服部家を訪ねた。

客間に通され、ほとんど待たされることなく半蔵が顔を見せる。

「おお、ほた……いや、沙也可ではないか。どうした」

と、元気そうに蛍の来訪を喜んだ。

「あ、あの、お労《いたず》きでは……」

蛍は戸惑うばかりだ。

「何を言う。この通りだ」

半蔵は怒ったように健康を誇るが、

(老けられた)

と、蛍は泌々感じた。

「何はともあれ、折角来たのだ。ゆるりとして行け。三年も経てば、新たに加わった伊賀者もおる。久々に伊賀組の鉄砲撃ちを見てくれ。一月と言わず、二月でも三月でも見て欲しい。百右衛門も喜ぶぞ」

半蔵は捲《まく》し立て、蛍の都合など構わず、一方的に決めてしまう。

蛍は苦笑し、伏見城討ち入りにつき、

（熱《ほとぼり》を冷ますには良いけど……）

と、思った直後、

（あっ）

ある意図に気付いた。

（家康様にしてやられた）

家康は伏見での事情を知っている。蛍がじっとしているのに堪え切れなくなって動き出さぬよう上方から遠ざけたのだ。

蛍は見事に騙され、

「ははは」

笑うしかなかった。


京では――

豊臣方は上方から蛍がいなくなったことを知らず、探索の手を緩めない。

（蛍は怒っているかの。然れど、まず良かった）

家康は北叟笑《ほくそえ》む。

だが、半蔵を見舞ってやって欲しいというのは本心でもあった。

この後、二年も経たず半蔵は病死する。蛍の前では空元気を見せていたのだ。

四

秀吉が健在を世に示すよう精力的に動いている。

三月八日に秀吉が聚楽第を訪ね、秀次と対面した。その返礼に四月十日、今度は秀次が伏見城へ登り、秀吉の機嫌を伺う。

いずれも秀吉の側近くには石田正継がいた。

太閤と関白の関係は良好であり、秀吉は秀次の悪行の風聞を信じず、この国の舵取《かじと》りを任せるほど寛容と世間に思わせる。

ところが、秀次の心を凍らせる事件が起きた。

秀次の実弟で秀長の養子となり、大和大納言家を継いだ秀保《ひでやす》が横死する。

(太閤は拾の天下を危うくする恐れのある者を悉《ことごと》く消し去るつもりではないか)

秀吉の差し金ではないかと疑った。

五月、家康が江戸へ戻る。

その前にまず秀吉に帰国の挨拶をした。

家康が、

「江戸帰府をお許し頂き恐悦至極に存じます」

と、礼を述べれば、

「丞《じょう》相（大納言）が上方から離れるのは心許ないが、久しく江戸へ戻らせなかったのは儂が罪じゃ。江戸で暫し、ゆるりとされませ」

秀吉は快く送り出す。

その後、少しばかり会話した。秀吉の受け応えに変なところはない。が、

（型に嵌まり過ぎているような）

家康は違和感を覚えた。

脇にはやはり石田正継がいる。

家康は秀吉の心の不安定さを改めて覚った。

翌日は聚楽第を往訪し、秀次と懇談する。

秀次は、

「江戸殿が上方を離れると、心細く存じます」

秀吉と同じことを言った。

だが、その心は違う。

秀吉が愛想を使ったのに対し、

「唐入りが再び持ち上がらなければ良いのですが……」

秀次は衷心《ちゅうしん》から家康の不在中、天下の政事軍事が秀吉の名を借りて三成を始めとする吏僚《りりょう》の恣《ほしいまま》になることを案じていた。

家康が上方にいると、三成は遣りにくい。

「江戸殿は遠ざけられたのではあるまいか」

秀次は不安の余り思ったままを口にした。

「跡取りの藤三郎《とうざぶろう》（秀行《ひでゆき》）殿は江戸殿の婿《むこ》になる故に、江戸殿が始末に駆り出されたが、真に蒲生《がもう》家に不正はあったのであろうか。家老衆が蒲生家の石高を過少に申告し、検地を謀《たばか》ったという罪だが、信じ難い。藤三郎殿が若年であることに付け込んで言い包《くる》め、蒲生家から会津九十二万石の大領を取り上げ、江戸殿にも責めを負わせたのではないか。江戸殿が上方を離れられたら連中は動きやすい。振姫《ふりひめ》と藤三郎殿を娶《めあわ》せるよう命じたのは太閤だ」

推察を並べ立てるが、実はその推察通りである。家康は秀吉に江戸帰府の許可を謝したが、本当は豊臣方に蒲生家の責めの一端を負わされての関東下向だった。

家康は言い募る秀次に危うさを感じる。連中として暈《ぼか》しているが、敵意さえ表れていた。目を見て首を横に振り、無言で、

(滅多なことを仰せになられますな)

と、物申す。

秀次は口を噤《つぐ》んだ。

その後、気拙《きまず》くなり、家康は頃合を見て退出する。

五月三日、家康は江戸へ発った。


秀次の不安は的中する。

五月十九日、秀吉は鍋島直茂と吉川広家に肥前名護屋城に備蓄している兵糧が古くならないよう入れ替えを命じた。

兵站《へいたん》の整備は軍事の最重要事項の一つである。朝鮮への侵攻が近いことを知らせていた。

秀次は聚楽第にあって眉を顰《ひそ》め、

「また義のない戦が始まるのか」

と、思わず呟《つぶや》く。

秀次は愚かでないが、思ったことを口に出してしまうことが多い。

その近くに家臣の前野兵庫《まえのひょうご》、大場三左衛門《おおばさんざえもん》、高野左介《たかのさすけ》がいた。

五

江戸に戻った家康は成田氏長と大田原晴清《おおたわらはるきよ》を会津へ遣わし、豊臣家の下命により若松城と米沢、白河、田村、二本松、白石城、津川、梁川《やながわ》の七支城の他を取り壊しに掛かる。

不本意であり、不憫《ふびん》だった。

振姫の輿入れはまだ先だが、

（振は嫌な思いをしていまいか）

家康は娘を思い、気が鬱《うつ》す。

（近江に二万石を与えられ、存続したことがせめて救いか）

前向きに考え、娘の嫁ぎ先を適う限り支援することにした。

家康は気鬱なまま秀吉が再びの朝鮮出兵に向けて動き出していることを江戸で知る。

（厄介者のいぬ間に事を進めるか）

三成の魂胆は明白だった。

（関白が拙《つたな》いことを口にしなければ良いのだが……）

秀次の不用意な発言が多くなっていることが気に懸かる。が、上方から遥か百三十里も離れていてはどうすることもできない。

成り行きを見守るしかなく、靄々《もやもや》している気を晴らしに西門の修練場へ足を運んだ。

銃声が鳴り響く。伊賀組が余念なく鉄砲撃ちの修練に励《はげ》んでいた。

「良し、その呼吸を忘れないで」

蛍がきびきびと動き、伊賀衆に声を掛けて回っている。

家康は目を細めて近付き、

「上方から遠く離れても悪いことばかりではないな。こうして気遣いなく話せる」

と、蛍に話し掛けた。

「家康様」

蛍の顔も綻《ほころ》ぶ。

「仕組みましたね」

目を眇《すが》め、恨めしそうに言った。蛍を上方から遠ざけたことである。

家康は苦笑して、

「因果応報か。儂も同じことをされた」

と、自嘲《じちょう》した。

休憩となり、家康と蛍は修練場の隅に置かれた床几《しょうぎ》に並んで腰掛ける。

家康は気さくに、

「暑くなったな。鉄砲撃ちには酷な時候だな」

と、話し掛けた。

「はい、銃身が焼けて扱うのに難儀です」

蛍は蟠《わだかま》りなく素直に応える。

「難儀だが、其方の如く丁寧に扱えば、鉄砲も撃ち手の意のままになる」

「鉄砲を意のままにするなど慮外です。撃ち手が大事にすれば、自ずと鉄砲は応えてくれる」

「そうであったな。支配するのではなく、共に歩む。人と人もそうありたいものだ。支配しようとすれば、争いが起きる。争いが起きれば、多くの生きとし生けるものが不幸になる。国は立ち行かぬ」

「家康様はこの世から戦がなくなれば良いとお思いですか？」

「そうだな。泰平の世が望ましい。儂は戦が下手で、嫌いじゃ」

「長久手では大勝ちされました」

「動かなかった。彼方が動いて勝手に潰れただけじゃ」

「確かに」

蛍は十一年前、秀吉に煮え湯を飲ませた痛快事を思い起こし、懐かしかった。そして、家康が戦を望まぬことを確かめられ、嬉しく思う。

そこで、

「家康様が上方を離れていらっしゃる間に唐入りは決せられてしまうのではございませんか」

重大事を問うた。

「儂が上方にいたとて止められぬものは止められぬ」

家康は達観する。

ならば、

「関白様は天下一お偉い御方ですよね。関白様は唐入りをお望みですか？」

蛍は突っ込んだ。

「…………」

家康は応えない。それほど繊細な事柄だった。

秀次が形の上では最高位だが、実権は石田三成らが握っている。秀次が三成らの意に反する言動を取れば、どうなるかわからなかった。

故に、家康は明言を避ける。

蛍も察し、追及はしない。

「さて、修練を見なければ」

切り替えて修練の場に戻った。

家康は静かに立ち上がり、本丸へ帰り行く。

六

家康の憂慮は現実となる。

文禄四（一五九五）年七月三日、石田三成、前田玄以、増田長盛ら奉行衆が聚楽第に押し掛けた。

秀次の前に居並び、三成が、

「鷹狩りと号して山の谷、峰、繁りの中にて寄り寄り御謀叛談合と相聞こえ候。如何に」

問い詰める。

秀次は耳を疑った。鷹狩りはするが、談合などしていない。

「滅相もない」

否定したが、

「関白殿下は太閤殿下の思し召しに不服がある由、伺い候」

と、さらに難癖は続いた。

「何のことだ」

これも秀次は身に覚えがない。

三成はしたり顔で、

「内通がござった」

と、根拠を突き付けた。

「あっ」

秀次は思い出す。秀吉の朝鮮出兵を暗に非難した時、傍に前野、大場、高野、三人の家臣がいた。

(彼奴らか)

間違いないところだが、三成の息の掛かった三人を糾弾しても嫌疑が晴れることはない。

(物申せば、申すほど罪が上塗りされるだけだ)

秀次は申し開きもせず、言われるままに誓紙を認《したた》め、奉行衆に差し出した。


一つ躓《つまず》くと転落は加速する。

秀次が誓紙を差し出してから間もない七月八日、奉行衆がまた訪れ、伏見へ出頭するよう申し付けた。

秀次は伏見に出向いたが、秀吉への拝謁《はいえつ》も許されず、木下吉隆邸に留め置かれ、三成に、

「御対面及ばざる条、まず高野山へ登山然るべし」

とだけ告げられる。

（最早、何を言っても無駄だ。応じなければ、謀叛の心ありとされてしまう）

秀次は神妙に剃髪染衣《ていはつぜんえ》となり、伏見を出立した。

七月十日、秀次は高野山青巌寺《せいがんじ》に入り、隠棲する。

これで秀次は人外の者となり、俗世との関わりが断ち切られ、政権を握ることはなくなり、三成達の思惑通りとなった。

ところが、七月十五日、

「我が身の潔白を示さん」

秀次は自ら腹を切り、憤死してしまう。

（何たる充《あ》て付け。謀叛《むほん》の企てがあったならば、たとえ関白でも切腹は許されず、斬首になる。切腹ということは謀叛の企てなどなかったと訴えているようなものだ。これでは我らが謀叛の罪を擦《なす》り付けたと見られる）

三成は苦々しかった。

即刻、秀吉に、

「豊禅閤《ほうぜんこう》（秀次）様は命ばかりは助けるという太閤殿下のご寛容を蔑《ないがし》ろにし、勝手にお腹を召され、剰《あまつさ》え殿下が天瑞院《てんずいいん》（大政所）様の菩提《ぼだい》を弔《とむら》うためご寄進された青巌寺を血で汚されました。許し難き所業にてこれは豊禅閤様の一族、家来衆を罰し、世に関白様の悪行を知らしめるべきでございます」

と、言い付け、秀吉の怒りの壺を刺激する。

然れば、秀吉は直情に激怒して、

「孫七郎《まごしちろう》（秀次）縁《ゆかり》の者共を皆殺しにせよ」

と、命じた。

七

秀次切腹の報は早くも三日後に江戸へ届く。

七月十八日、家康は在城の家老衆を広間に集め、伝えた。

蛍は無二を彷彿《ほうふつ》させるような耳聡さで聞き付け、家康に目通りを願う。

会いたいと押し掛けて直ぐに会えるほど家康の立場は軽くない。書院に通され、一刻ほど待たされて漸く対面が適った。

蛍が行儀良く端座している。そこへ家康が現れ、蛍は頭を低くした。

家康は上座に着き、

「面を上げませ」

小姓の弥平兵衛が声を掛け、蛍は顔を上げる。

「お目通りが適い、恐悦至極に存じます」

蛍は型通りの挨拶もそこそこに、

「関白殿下がお腹を召された、と聞きました」

直截に訊いた。

「知れたか」

家康は僅かながら顔を曇らせる。できれば、思い立ったら動かずにいられない蛍の耳へは入れたくなかった。

案の定、蛍は知るだけでは済まず、

「ご一族まで類が及ぶとは真でしょうか」

そのことが気になって仕方ない。

「それも聞いたか」

家康は嘆息した。

蛍は捲くし立てるように、

「高野山へ追放された関白殿下が自ら御切腹して意地を見せられたことは天晴れな身の処し方と存じます。然れど、ご一族に何の罪がございましょう。救うことはできないのですか？」

と、訴える。

「難しいな」

家康は渋い顔をした。

「そんな」

蛍は暗然とする。が、直ぐに、やはり思い立ち、

「京へ行きます」

と、言い出した。

「行って、どうする」

家康は問う。

「行ってみなければ、わかりません」

蛍はもう、とにかく京へ行くことしか頭になかった。

「三十路になったというに相変わらず一途だな」

家康は苦笑し、

「行くが良い」

と、あっさり許す。

「えっ」

蛍は家康に止められると思っていた。許されなくとも京へ行くつもりだったが、肩を透かされて戸惑う。

「然れど、行ってみなければ、わからぬ、では成らぬ」

「は、はい」

「茶屋に指図を仰げ。それができずば、行かせぬ」

家康の条件に、

「はいっ」

蛍は嬉しそうに歯切れ良く応えた。


蛍はまた一日短縮して八日で京に着いた。

七月二十五日、茶屋四郎次郎の屋敷を忍び訪ねる。

四郎次郎は蛍の来着を待ち兼ねていた。互いの挨拶も簡単に済ませ、

「江戸大納言様ご懇意の公卿、菊亭大納言《きくていだいなごん》（晴季《はるすえ》）様より頼み事を承りました」

と、四郎次郎は告げる。

「頼み事ですか」

「太閤殿下は豊禅閤が天瑞院様の菩提寺を血で汚したとお怒りになり、一族ことごとくの死をもって購《あがな》うべしと命じられました」

「禿鼠に最早、分別はない。治部少輔に吹き込まれたのでしょう。然れど、それと菊亭大納言様と何の関わりがあるのです」

「大納言様のご息女、一の台様は豊禅閤様のご正室であらせられます」

「そうか。娘御を救って欲しいということか」

「いえ、一の台様はご正室故にお覚悟されていらっしゃいます。が、何とか姫様はお命を永らえさせたいとお望みなのです」

四郎次郎の説諭に蛍は得心した。

しかし、

「幼児一人だけですか」

蛍は物足りない。

「幼児一人でも難しいと存じます」

四郎次郎は現実を告げた。

「皆を救えるとは私も思いませぬ。大人は覚悟ができていましょう。然れど、何の罪もない幼児が巻き添えにされるのは堪らない。幼児一人の命も救えずして、生き残った甲斐もなく、あの世の父母姉に顔向けできぬ。もし適えば、他の幼児も連れ帰って構いませぬか」

蛍は切に訴える。見込みのある限り一人でも多く救助したかった。

「適うなら。然れど、一の台様の姫様が先にして、それも危ういと見れば、諦めて下さい」

四郎次郎は言いにくいが、釘を刺す。

「わかっています」

蛍も弁《わきま》えていた。

四郎次郎は頷き、

「ご一族は三十一日に丹波の亀山城から京へ移されるとのことです」

幼児救出のための情報を伝える。

それを聴いて蛍は暫し考え、

「桂川を渡らなければならない。そこで仕掛けよう」

策を思い付いた。

「四郎次郎さん、二十人ばかり都合してもらえませんか。市中で動いてもらうことはなく、全く目立たぬ仕事です」

茶屋が関わっているとわからないよう配慮もしている。

そもそも四郎次郎から依頼した仕事であった。

「承知しました」

蛍を信じて人数を出すことを確約した。

蛍は鷹ヶ峰の庵に帰り、五右衛門、善之、無二に仕事を持ち掛ける。

「儂も理不尽極まりないと思っていた」

善之も義憤し、何かできないかと考えていたところだった。正に渡りに船である。

無二も、

「私の耳も要るでしょう」

物分かりが良かった。

五右衛門は片頬を歪《ゆが》め、

「一の台ってのは秀吉も見初《みそ》めた美女らしいな」

と、大いに興味がある。

「お前、それればかりだな」

蛍は呆《あき》れた。が、五右衛門に加わってもらえるのは心強い。

八

七月三十一日、

「当家屋敷へ案内致す」

護送役の徳永寿昌《とくながながまさ》が亀山城に現れる。

一の台以下秀次の妻妾が亀山城を出て京へ駕籠《かご》で護送されることとなった。正しく十三年前に明智光秀が本能寺へ進攻した道であり、大枝山《おおえやま》を越えて行く。

一行は老ノ坂を下り、人足に駕籠を担がれ、桂川を渡った。

全ての駕籠が桂川に入った時である。突如、上流から大きな流木が三本、五本と押し寄せて来た。

「うわっ」

人足は避けるため体勢が崩れる。妻妾子女を乗せた駕籠が宙に浮いた。

「ひぃ！」

秀次の妻妾子女達の悲鳴が上がる。皆、投げ出され、川中で足掻《あが》いていた。

流木が過ぎ去り、妻妾子女は人足達に抱えられて対岸へ運ばれる。

「皆、いるか」

寿昌が慌てて妻妾子女の人数を確認させた。

「一の台様と小督《こごう》局《のつぼね》様の姫様が見当たりません」

家来が恐る恐る報告する。

「探せ」

寿昌は家来衆を総動員して下流まで探させたが、ついに見付からなかった。

桂川より遥か下流の岸辺で蛍はずぶ濡れの晒と手綱を外す。

五右衛門が目尻を下げて見ていた。

「見るな」

蛍は叱り付け、颯々と小袖に着替える。

一の台の姫が保護されていた。無二があやしている。

「お見事です」

四郎次郎が首尾を称《たた》えた。

「紀ノ川で水には慣れています。それに二度も水攻めを経れば、どうということはない。駕籠の端から赤い布が出ていたので、直ぐにわかりました。二十人の方々が巧《うま》く木を流してくれたので、隠れて泳げて仕掛けやすかった」

蛍は事もなげに言う。


仕掛けは綿密だった。

善之と無二が秀次の妻妾子女一行の動向を目と耳で追い、桂川上流の茶屋衆に告げる。茶屋衆は河流の速さを計り、木を流した。この木の二つに蛍と五右衛門がしがみ付き、桂川を下る。

流木の群れが妻妾一行に突っ込んだ。一行は混乱し、妻妾子女は川に放り出される。

五右衛門が流木に紛れて一の台の姫を救出した。

そして、もう一人、蛍が望んだ通り他の幼児を確保している。

一の台の姫は幼いが、既に物心付いた年頃で心身共に健やかだった。

「紀州に姉様が棲み暮らし、太田家の菩提を弔《とむら》っています。そこへ預けましょう」

と、蛍が案出すれば、四郎次郎も、

「そうして頂ければ、この上もない」

有り難く賛同する。

然して、

「この娘は誰」

無二が抱いているもう一人の幼児は蛍が流れるまま咄嗟に手を伸ばして抱き取った。誰の娘かわからない。それを調べるのは二の次で、

「まだ生まれて間もないわ。蛍が水を飲まないよう掲《かか》げて流されて来たけれど、ここでは何も口にできるものがない。このままでは衰えて死んでしまう」

と、無二はまだ安堵《あんど》できない状態を告げた。

四郎次郎は、

「乳の出る女性を探しましょう」

そう言って、茶屋衆を走らせる。さらに、

「身許を確かめます」

茶屋の情報網なら雑作もなかろう。

一の台の姫ともう一人の他、秀次の妻妾子女は皆、無事だった。二人欠けたことを寿昌は三成に恐る恐る報告する。

当然、

「流木が襲って来た？」

三成は訝《いぶか》った。

偶然にしては現実離れしている。

が、三成は、

「どうせ死ぬ身だ。差し支えない」

と、取沙汰しなかった。

三成にしても颯々と片付けたい忌《い》み事なのである。

果たして、八月二日、秀次の妻妾子女は三条河原で処刑された。

第八章　天変地異人為

一

秀吉の様子がいよいよおかしい。
下痢や腹痛が治まらず、食欲もなくなった。
十一月から病により伏見に引き籠り、年を越す。
明けて文禄五（一五九六）年、一月はついに秀吉の許へ大名の年初出仕がなかった。
ところが、二月になって急に回復し、奉行衆を呼び付ける。
そして、思い出したように、
「明より皇女は来たか」
と、喚いた。
三成は目を剝き、驚く。

（女のことは良く憶えているものだ）

閉口しつつも、

「未《いま》だ沙汰がございません」

三成が率直に応える。

「何と」

秀吉は目尻を吊り上げた。

「帝の后《きさき》として迎える手筈《てはず》はできているのか」

怒気を孕《はら》んだ口調で訊く。

「粛々と進めています」

三成は嘘を言った。

明の皇女が来日するはずはないのだ。小西行長と結託して有耶無耶《うやむや》にしようとしていた。そもそも和議の条件は明の沈惟敬と捏造《ねつぞう》したので実がない。それを秀吉は本気で履行させようとするかと思えば、すっかり忘れていることもあった。

（困ったものだ）

と、鼻白む。

秀吉の心はさらに不安定になっていた。操るのも苦労する。

（唐入りを仕組み、諸大名を費えさせたが、滅ばれても困る。この国の内憂外患に備えはなくてはならぬ。頃を計らって手打ちするつもりだったが……）

秀吉の不用意な発言は頂けない。

「明より皇女が来ずば、再び朝鮮へ人数を入れる」

と、言い出せば、

「殿下の御意のままに」

三成は取り敢えず秀吉の機嫌を取り、黙らせた。

二月十日、大坂城に諸大名が出仕する。

家康も登城した。

寵臣《ちょうしん》の井伊直政《いいなおまさ》が番役として付き従っている。

「太閤殿下は明の皇女が来なければ、再び兵を出すと仰せになられたと伺いました。本日はその御下知《ごげち》がございましょうか」

と、不安そうに訊いた。

家康は僅かながら眉間に皺を寄せ、

「再び唐入りとなれば、また諸大名が疲弊する。避けられるものなら避けたいものだ」

と、溢《こぼ》す。

これが聞かれているとは気付かなかった。

猿飛仁助が家康の放言を三成に伝える。

「そうか」

三成は面白くもなさそうに応えるが、内心、

(徳川はまだ海を渡っていない。然したる費えもない。徳川こそ疲弊させねば)

と、邪《よこしま》に考えた。

(再びの唐入りは……ありだな)

敏《さと》く柔軟に考えを切り替えられる。


五月八日、家康が正二位内大臣に昇進した。

蛍にとっても嬉しいことだが、

「良く石田治部少輔が昇進を許したものだ。家康様が偉くなればなるほど治部少輔にとって厄介なはずなのに」

首を捻る。

「裏がありそうね」

無二も訝《いぶか》った。

「裏があるとは唐入りにも関わるか」

それが善之にとっては最も気になる。

「関わると思って良いでしょう。江戸様を祀《まつ》り上げて唐入りの総大将に押し立てて中原《ちゅうげん》から遠ざけ、治部少輔が意のままに振舞おうとしているに違いない」

と、無二は鋭く読み解いた。

「不毛な戦がまた起きるのか」

蛍は鬱然として嘆息する。

二

六月二十七日、鈍色《にびいろ》の空から灰が降った。

そして、僅か二日後の二十九日、北西の空に彗星《すいせい》が現れる。

京の人々は凶兆に震えた。

果たして、天が変ずれば、地も異常を来たす。

閏《うるう》七月十二日、京は激震に見舞われた。

「うわっ」

「な、何だ」

鷹ヶ峰の庵にいた蛍、善之、無二は地面の大きな揺れに立っていることができない。柱や梁《はり》の軋《きし》みが止まらなかった。

「外へ出よう」

蛍が促す。庵が倒壊して柱や天井板の下敷きになるのを避けた。

やがて、揺れは治まり、蛍、善之、無二はほっとする。

「どうやら庵は持ったようだ」

蛍は倒壊を免れ、安堵した。

五右衛門がいない。

蛍は急ぎ庵に戻った。

「五右衛門」

呼び掛けつつ中へ駆け入る。

五右衛門は胡坐《あぐら》を掻いて独座していた。

「何だあ！　煩《うるさ》い」

寝起きで不機嫌な顔を向ける。

蛍は呆れ、

「地揺れくらいで死ぬ奴ではなかったな」

心配して損した。

鷹ヶ峰の四人は無事だったが、蛍は、

「家康様や四郎次郎さんはご無事だろうか」

それが気になる。

蛍、善之、無二は洛中の様子を見に行った。

御土居のあちこちに亀裂が入り、崩れているところもある。枡形門《ますがたもん》の番士も逃げ、洛中への出入りは無法になっていた。人々が逃げ出し、混乱して収拾が付かない。

「入ってみよう」

蛍は善之と共に人の流れに逆行し、洛中へ入った。

「こ、これは」

目を疑う。

寺社仏閣が無惨にも崩れ落ちていた。天龍寺、二尊院、大覚寺が崩れ落ち、方広寺の大仏も倒れている。大坂、堺、兵庫の家屋も瓦解し、被害は淡路、讃岐にまで及ぶ。

世に言う慶長伏見大地震である。

茶屋の屋敷も半壊していた。

幸い、

「おお、蛍殿、善之殿、ご無事で何よりです」

四郎次郎も生きている。

頭を巻く衣切れが赤く滲《にじ》んでいた。落下物で怪我したらしい。

「いかがですか」

蛍は心配するが、

「これしき何ともありません」

四郎次郎は気丈に返答した。

茶屋の無事は確かめられたが、

「伏見はどうなっているでしょうか」

蛍は家康の安否が気になった。

善之は、

「秀吉は生きているのか、死んだか」

それによって今後の豊臣政権が大きく変わる。

「伏見へ行ってみよう」

蛍は善之と無二を促し、伏見へ向かった。

三

蛍、善之、無二は崩れた朱雀《すざく》の御土居を踏み越えて直ぐ、

「これは」

蛍は目を見張る。

東寺の損壊が甚だしかった。外壁は瓦解し、ほとんどの講堂が崩潰している。

しかし、世に名高い五重塔は変わらず天空に向かって屹立《きつりつ》し続けていた。

五つの層を順に重ね、木材を堅く結合していないため、地震が起こっても各層が揺れを吸収して崩れないという合理的な耐震の構造ということだけなのだが、天災にも負けず、存立し続ける姿は人々に希望を与えるに違いない。その気高さに、

「私も斯《か》くありたい」

と、蛍は切に思った。


蛍、善之、無二は伏見に着き、絶句する。

伏見の惨状は洛中よりさらに深刻だった。


蛍は向島へ向かう。

徳川屋敷も倒壊が甚だしかった。

彼方此方《あちこち》が崩れ、人々は混乱しているので、中へ入りやすい。

「沙也可殿か」

後ろから声を掛けられ、蛍は振り向いた。

「元忠様、ご無事でしたか」

蛍は満面の笑みを浮かべた。

「ええ。然れど、館はこの通り、盗人や徳川家に害為そうとする輩《やから》に侵されぬよう見回っていました」

「家康様はご無事ですか」

「ええ。ご無事です」

「良かった」

「ご家来衆もご無事ですか」

「加賀爪隼人正《かがつめはやとのしょう》（政尚《なおまさ》）殿が崩れた城門の下敷きになり、亡くなられました」

「そうですか。お気の毒に」

「ともあれ、さ、中へ。殿にお会いなされ。沙也可殿のご無事な姿をご覧になれば、喜ばれましょう」

「いえ、家康様のご無事を知られただけで存分です。片付けの妨《さまた》げになりますので、帰ります故、家康様に私も無事とお伝え頂けましたら有り難く存じます」

蛍は人目を気にしている。早々に引き取った。

善之と無二は指月山にあり、余りの被害に息を呑む。

贅《ぜい》を尽くした城郭石垣は瓦礫《がれき》の山と化し、華美極まりない武具家財は悉《ことごと》く埋まっていた。秀吉自慢の天守も崩落し、跡形もない。

「非道の限りを尽くした報いだ」

善之は溜飲の下がる思いだった。

「これでは唐入りなど企てられまい」

それが何より大きい。

ところが、

「そうでもないみたいよ」

無二が水を差した。

「どういうことだ」

善之は、むっ、とする。

「秀吉の奴が喚いているわ」

無二でなくても、ほぼ全壊して大きく開けた空間では狂ったかのような秀吉の喚き声が聞こえた。が、何を言っているかまでは無二でなければ、聞き取れない。

「何を喚いているのだ」

善之は訊いた。

「天は唐に味方するか。ならば、必ず唐入りを果たしてやる……ですって」

と、無二は応える。

「何だと」

善之の目が吊り上がった。秀吉の声のする方を睨み据える。その目の色に不穏を感じた無二は善之の左頬を抓《つね》った。

「い、痛《いて》えな！　何するんだ」

善之は当然、怒る。

「今、秀吉を仕留めなければ、また海の向こうへ兵が送られる。城が崩れて備えが乱れた今なら秀吉を仕留められる。そんな顔してるよ」

「ああ、そうだ。昨年、伏見の城を侵した時、殺しておけば良かったのだ。だが、今なら秀吉を仕留められる」

「止めた方が良い」

「何でだ」

「島左近がいる。声がする。逆にやられるよ」

「だが、このような好機はもうない」

「縦《よ》しんば、左近を躱《かわ》して秀吉を仕留められたとしても何も変わらないってわかっているでしょう。唐入りは治部少輔次第よ」

無二に論破され、

「…………」

善之は憮然《ぶぜん》とし、歯軋《はぎし》りした。まだ秀吉のいる方角を睨んでいる。

「帰るわよ」

無二に腕を引かれた。

「ああ」

善之は渋々伏見の城跡から離れる。


慶長大地震の爪痕は深かった。

余震収まらぬ閏《うるう》七月二十七日、茶屋四郎次郎清延《きよのぶ》死す。

ついこの前、会ったばかりだった。

「信じられない」

蛍は愕然《がくぜん》とする。

「まだ五十二だそうよ。大地震の傷が元らしい」

無二は事情を聞いていた。

葬儀に出たいところだが、蛍、五右衛門、善之、無二は隠密ゆえに控え、黙禱《もくとう》する。

数日して若い商人が鷹ケ峰に現れた。

応対した蛍と善之に、

「私は中島清忠と申します。先代が大変お世話になりました」

と、慇懃《いんぎん》に挨拶する。

「中島さん？　先代？」

蛍は覚えがなかった。

「あ、これはご無礼仕りました。先代は茶屋四郎次郎中島清延でございます。この度、長男の私が四郎次郎の名を継ぎ、茶屋の主人となりました」

ということである。

「そ、そうですか。貴方が二代目を。そうですか」

蛍は感慨深く頷き、直ぐに悲しそうな顔をして、

「こちらこそ先代にはお世話になりました。此の度は大変なことで、お悔やみ申し上げます」

先代四郎次郎の死を悼《いた》んだ。

「壬午《じんご》の伊賀越えで内府（内大臣家康）様をお助けしたことで、茶屋は徳川様の御用商人として取り立てられました。先代は茶屋を大きくしました。悔いはないでしょう」

二代目四郎次郎は晴れがましく言う。

そして、

「先代より聞いています。私も内府様のために働きたく存じます。どうぞ、引き続き、ご助力頂けますようお願い致します」

と、丁重に願った。

「はい」

蛍と善之は声を揃えて応え、新しい四郎次郎と共に家康を盛り立てる。

しかし、豊臣政権五大老の筆頭で顕官の内大臣に昇った家康でも食い止められない時の流れが及ぼうとしていた。

四

九月一日、大坂城に沈惟敬《しんいけい》来たる。

秀吉に謁見《えっけん》を求めた。

本丸大広間に家康始め在京の諸侯が出仕している。

秀吉は都合の悪いことは忘れがちだが、厄介なことに限って憶えていた。三成と行長を呼び、

「明の皇女を帝の妃とする、勘合交易を復す、朝鮮八道のうち南の四道を此方に割譲し、他の四道および漢城を朝鮮に返す、朝鮮の王子を人質として差し出す。何一つ適えられていない」

問い詰める。

（拙《ま》い）

惟敬に報告書を偽造させた小西行長は真っ青になって三成を見遣る。

偽造は三成も共犯に近いが、思惑は情勢に合わせて刻々と変化していた。

（今度こそ家康を渡海させてやる）

それが三成にとって重要案件の一つになっている。

もう何年も秀吉の心を操ってきた。心を病んでいる秀吉の追及など流すのは雑作もない。

（弥九郎は助けなければなるまい。沈惟敬一人に背負ってもらおう）

狡猾《こうかつ》に考えた。

然れば、秀吉に対し、

「殿下のお望みを明国は蔑《ないがし》ろにしています。沈惟敬は何をしに来たのか。実のない謁見など不遜にも程がある。殿下、追い払われませ」

と、自ら仕組んだ虚偽の和議を明の所為として擦り付ける。

果たして、秀吉は巧みに誘導され、

「話はない」

と、三成の思惑《おもわく》通り惟敬を追い払った。

沙汰を言い渡され、
惟敬は、

「お待ちあれ」

恐れ慄《おのの》き、弁明の機会を求める。

しかし、

「引っ立てませ」

三成は秀吉の小姓衆に指図し、強引に退出させてしまった。

その直後、秀吉は、

「再び唐入りする」

と、声高に明言する。


この後、惟敬は日本に全く頼れる人物なく、失意のまま明に帰国した。

果して、太閤の名の下に朝鮮への再出兵が発動された。

惟敬は欺瞞《ぎまん》外交を糾弾され、万暦帝の勅命により北京で公開処刑されることとなる。

五

文禄五年十月二十七日、この年は天変地異が度重なり、不吉を払拭《ふっしょく》する意図から改元されて慶長となった。

それから間もなく、蛍に心痛い訃報《ふほう》が届く。

二代目茶屋四郎次郎から、

「去る十一月四日、服部半蔵様がお亡くなりになりました」

と、伝えられた。

「そ、そんな」

蛍は呆然とし、頭の中が真っ白になる。思わず、

「半蔵様」

その名を口にし、頬を涙で濡《ぬ》らしていた。

「これを」

四郎次郎から書状を渡される。

蛍は涙を拭い、受け取った。書状を開き、涙で霞《かす》む目で文字を追う。

遺言状だった。そこには、

「太田蛍は天下無双の鉄砲撃ちなり。伊賀組指南有難く恩義に感ず。今後とも内府様こと頼み申し候」

と、書き記されている。

短文で文字はやや震えていた。死の床で漸《よう》やく書き認《したた》めたことが良くわかる。

そこまでして蛍に言葉を残してくれた。

蛍は天を仰ぎ、

「承知しました」

固く誓う。

初代茶屋四郎次郎に二代目服部半蔵、この年、家康を支えてきた有能が次々と世を去った。蛍も一方ならぬ交誼《こうぎ》があり、大いなる功労を称え、

（安らかに）

冥福を祈る。


年明けて慶長二年早々諸大名の朝鮮出兵の仕度が慌しくなった。

然して、

「儂は朝鮮に戻る」

善之は決意を蛍に告げる。

（そう言うと思った）

蛍は予想していたが、

「儂と共に来てくれぬか。共に豊家の理不尽を打ち砕こう」

同行を請われるとは思っていなかった。

蛍は突然の請願に戸惑う。

「私は半蔵様に家康様をお護りすると誓った。家康様もご出馬されるに違いない。その警護に当たりたい。彼方の軍勢に加われば、家康様に弓引くことにもなる」

と、一旦は断わった。

対して、

「お主は敵でさえ殺さず、戦えなくする。朝鮮の鉄砲兵は未熟だ。闇雲に撃っても数撃てば当たる。徳川の将兵をも殺してしまうかも知れぬ。鉄砲撃ちの腕を上げ、その上で徳川を始めとする諸大名の将兵を殺さない術を仕込んで欲しい」

善之は不殺の思いをもって説得する。

一理あった。蛍の心を揺さ振る。

「う〜ん」

蛍は昔から悩むと唸《うな》った。そして、唸り終えた末、

「わかった。あれこれ考えても仕方ない。行こう」

必ず決断する。

「それでこそ蛍だ。お前が来てくれたら、これほど心強いことはない」

善之は手放しで喜んだ。蛍がそれだけ頼りになる戦力なのである。

続けて、

「お前たちはどうだ」

五右衛門と無二を誘った。

面倒が嫌いな五右衛門は拒むと思われたが、

「向こうには悠々と大陸を駆け回る女真《じょしん》という騎馬民族がいる。その大首長の弩爾哈赤《ヌルハチ》は女真を纏《まと》め上げ、明も一目置き、竜虎将軍の称号を与えたと聞く。大明を相手に真っ向から渡り合う弩爾哈赤に会ってみたい」

いつになく多弁で、意外にも乗り気だ。遥か北の大陸の豪族に自らと同じ匂いがした。

「異国の地はどうなっているのか。見聞きするのも良いかもね」

無二も珍しく好奇心を見せる。異国とはいつの世も女にとって魅力があるのかも知れない。

「行くか」

五右衛門が唱えると、

「行こう」

蛍も相槌《あいづち》を打つ。

蛍、五右衛門、善之、無二の朝鮮行きが決まった。

四人を拾ってくれた雇い主とも言える茶屋に一言もなく消えては義理を欠く。

だが、京は今、大地震後の復興で慌しく、茶屋も忙しい。四人で押し掛けるのは憚られ、蛍のみ茶屋を訪れた。

蛍は四郎次郎に、

「旅に出ます。暇乞《いとまご》いに参りました」

それだけ告げる。

請いも願いもしていない。ただ自らの意志を伝えた。

「ほお、旅ですか。そうですか」

四郎次郎は、何処へとも、何故とも問わず、

「路銀は足りていますか。蛍さんには良く働いて頂きました。報《むく》いとうございます」

それを訊く。

「お気遣い有り難うございます。もう存分に手当てを頂いています」

蛍は四郎次郎の優しさに涙が出そうになった。勝手な都合で茶屋の手から離れるのは気が引ける。

その気持ちが四郎次郎に見えた。

「貴女を縛ってはいけない。然る御方に諭されました。私もそう思います」

心から蛍が自由に生き抜くことを願っている。

然る御方が誰か。蛍にはわかっていた。

「その御方と四郎次郎さんの御恩、決して忘れません。いずれまたお役に立てるよう、必

ず舞い戻ります」

そう約して、茶屋を後にする。

六

二月二十一日、

「全羅道《ぜんらどう》を残さず悉く成敗し、さらに忠清道《ちゅうせいどう》やその他にも進攻せよ」

太閤の名で諸大名へ朝鮮出兵が通達された。

諸隊が肥前名護屋へ集結し、玄海灘《げんかいなだ》が軍船の群れで埋め尽くされたら、蛍たちが朝鮮に渡ることは至難となってしまう。

「早くしなければ」

善之は焦った。

朝鮮へ渡る手立てが見えていない。

「どうすれば良い」

鷹ヶ峰の庵で蛍、五右衛門、無二に苛立《いらだ》ちを見せるだけだった。

九州までの陸路は間道を抜ければ、何とかなるだろう。

しかし、

「表立てず、我らを朝鮮へ渡してくれる船主が肥前や筑前にいるだろうか」

善之は頭を痛めた。

すると、

「九州から船を出せないなら、上方から行けば良い」

蛍は事もなげに言う。

「お前、阿呆か。上方こそ、どこも豊家の息が掛かっている。下手に姿を現せば、捕らえられてしまう。特に、蛍と五右衛門は面を知られている」

善之は愚かしいとばかりに取り合わなかった。

「お前こそ、阿呆か」

蛍は憤然と返す。

「内海のことばかり考えているから船が出ないと思い込む。朝鮮は異国だろう。外海へ出る船に乗せてもらえば良い」

単純明瞭な応えだが、

「交易船にでも乗せてもらうと言うのか。確かに、交易船なら上方からでも朝鮮へ行ける。然れど、同じだ。やはり、どこも豊家の息が掛かっている」

善之は首を横に振った。

蛍は目を眇《すが》め、

「いるではないか」

当たり前のように言う。

傍で腕枕して寝そべっていた五右衛門がにやりと笑った。

無二も何やら気付いたような顔をしている。

「わかっていないのは善之、お前だけだ」

蛍は言い聞かせた。

義之は訳がわからず蛍、五右衛門、無二と見回す。

そこへ、

「納屋《なや》だ」

五右衛門があっさりと応えを吐いた。

「納屋。納屋助左衛門《すけざえもん》か」

善之は漸く気付く。が、

「しかし、露見すれば、豊家の不興を買う。納屋は手を貸してくれるだろうか」

直ぐに首を捻った。

「ここで、あれこれ考えていても始まらない。頼んでみよう」

蛍は前向きに促す。

「そうだな」

善之も笑顔を取り戻した。

蛍と善之はとにかく急ぎ南へ走る。

奉行の目を盗み、堺の濠の内へ入り込んだ。

「芝辻に口添えを頼むか」

善之はより助左衛門を説得する見込みを追求する。助左衛門と懇意の芝辻理右衛門に仲立ちしてもらうことを示唆した。

だが、

「いいえ」

蛍は同意しない。

「他人任せでは誠意が伝わらない」

心が大事と諭した。

「わかった」

善之も納得した。迷惑を掛ける相手は少ない方が良い。

翌日、蛍と善之、二人で堺へ赴いた。早暁に京を発し、未ノ刻には堺に着き、納屋を訪れる。

助左衛門は蛍が秀吉に目を付けられていると知っていた。が、気にせず、

「女鉄砲撃ちか。どうした。まあ、中へ入れ」

気さくに応対してくれる。

蛍と善之は納屋の客間で助左衛門に向き合い、

「朝鮮へ渡りたいのです」

と、口を揃えて願った。

助左衛門は、ふっ、と笑い、

「真っ直ぐだな」

と、言う。

「そういう飾らない真っ直ぐさは信用できる」

どこかで聞いた文句だった。

「信長様と同じことを言う」

蛍は思ったままを口に出す。

「へえ、あの織田信長公と同じことを儂は言ったのか」

助左衛門は興味深く訊いた。

「ええ、信長様は私に、真っ直ぐのままでいろ、と仰せでした」

蛍は懐かしく、誇らしく応える。

「そうか」

助左衛門は目を細めて蛍を見詰めた。

「良いだろう。丁度、十日後に船出するところだった。船に乗せてやろう」

これを聴いて蛍と善之は喜色を浮かべて思わず手を取り、

「有り難うございます」

畳に額を押し付けんばかりに頭を下げる。

それに水を差すように、

「だが、呂宋《ルソン》までだ」

助左衛門は此度の目的地をはっきりと告げた。

「えっ」

蛍と善之は耳を疑う。朝鮮とは掛け離れている。

「儂には儂の用がある。そのための船出だ。お前らの都合に付き合っていられるか」

助左衛門はきっぱり言った。

「そ、それでは……」

呂宋から朝鮮へはどうやって行けと言うのか、善之は糠喜《ぬかよろこ》びに肩を落とした。

助左衛門は蛍と善之の萎《しお》れた様子を見て眉間に皺を寄せ、

「終《しま》いまで聴け」

と、言い放つ。

「案ずるな。呂宋から先、朝鮮への船の手配りはしてやる。この国の内から直に朝鮮へ渡るより、もう一つ国を挟んだ方がお前らを追うている奴らの目を晦《くら》ませる」

蛍と善之は目を丸くする。

助左衛門の手並みに感心するばかりだった。

「さすがは禿鼠を騙して、ただも同然の呂宋壺を買わせただけのことはある」

蛍なりの褒《ほ》め言葉である。

「人聞きの悪いことを言うな」

助左衛門は苦笑した。美辞麗句《びじれいく》を弄《ろう》さない蛍を信用し、気に入っている。

十日後、蛍、五右衛門、善之、無二は堺から船出し、呂宋を経て納屋助左衛門の手配で朝鮮へ渡った。

七

朝鮮半島南の海岸線に三十を超える日本軍の城砦《じょうさい》が築かれている。侵攻の橋頭堡《きょうとうほ》は健在で、

「亀浦《くほ》や西生浦《せいせいほ》にはまだ日本の将兵が数多に駐留している」

朝鮮方の善之は事情に通じていた。

蛍にとっては初めての異国の地だが、

(目新しいところがない)

というのが実感である。

釜山《ぶさん》は半島の南端にあり、北部の土地と比べて温暖だった。今は日本と同じく春の盛りであり、花々も変わらない。

自然もそうなのだが、

(何かわざとらしい)

と、思えてならなかった。

高台に杉が林立している。生きた樹木なのだが、造られているように見えた。

「日本と変わらぬであろう。日本軍がそう造り直したのだ。斯く言う儂もその一人だが……」

善之は済まなそうに打ち明ける。

前の文禄の役で釜山は日本軍に占領された。日本の領地としての将来を見据え、城砦を築き、町を造成したのである。

釜山から漢城へは忠清道が直線の最短経路で百十里、江戸と京が百二十里強なので、十里ほど短く、常人の脚なら十三、四日ほどで着ける。

善之は二年ばかり朝鮮で暮らした。二年では片言だが、土地の人々に通じはする。持ち金も日本では永楽銭や小判を盗み使っていたので、朝鮮から持参した銅銭は手付かずだった。

四人の馬を調達し、食糧を仕入れた。

「これ美味しいね」

蛍が舌鼓を打つ。

「トックだ」

善之が食べ物の名を告げた。粳《うるち》を搗《つ》いて捏《こ》ねた餅《もち》の菓子で、粘りはないが、腰があり、朝鮮の人々に愛されている郷土食である。

蛍、五右衛門、無二はトックを齧《かじ》りつつ善之に導かれて忠清道を北上する。

日本軍は和議の条件を守り、一応、釜山まで兵を引いていた。漢城への道程に支障はなかったが、朝鮮軍は釜山に留まっている日本軍を警戒して殺伐としている。善之は顔見知りが多く、四人が怪しまれることはなかった。

釜山を発して七日、馬を無理なく走らせて漢城に着く。

突如、

「では、ここで別れよう」

五右衛門が蛍と善之に告げる。

「えっ」

蛍と善之には寝耳に水だった。

「ど、どういうこと？」

蛍が訊く。

「言っただろう。俺は努爾哈赤って奴に会いたいのだ」

五右衛門は確かに、そう言っていた。

「当てはあるのか」

善之が案じる。

「まあ、ないこともない」

五右衛門は平然と応えた。

「ないこともない、って。言葉も通じぬであろう。どうするつもりだ」

善之は正気の沙汰と思えない。

「何とかなるさ」

五右衛門が言い切ると、

「あははは」

蛍が笑い出した。

「五右衛門らしい」

と、愉快そうに言う。

「五右衛門らしいって、良いのか。一人で行かせて」

善之は親切心で言うと、

「一人じゃないよ。私も行く」

と、無二が告げた。

「お前とてこの国の言葉は知らないだろう」

善之は言い募る。

それを、

「良いではないか」

蛍は遮《さえぎ》った。

「五右衛門は何人にも縛られない。だろ?」

と、五右衛門に問えば、

「そういうことだ」

嬉しそうに応え、

「なるようにしかならぬ」

と、悟ったように言う。

「全く、五右衛門に掛かったら大陸も庭のように聞こえる」

善之は匙《さじ》を投げた。

無二は蛍に、

「楽しかったよ」

と、優しく微笑み掛ける。

「私も」

蛍も笑みを浮かべて応えた。

「また、会えるよね」

それを願う。

「会えると良いね」

無二はそう言い置き、五右衛門と共に行く。


蛍と善之は漢城に入った。

漢城は京大坂に及ばずも、十万人超の大都市である。

多白のハジチョゴリ（朝鮮服）を着こなした武人が駆け寄って来た。

「忠善。金忠善ではないか」

と、日本語で声を掛ける。

「えっ」

蛍は目を丸くした。

「おお、念之《ねんし》」

善之が名を呼び返す。知人のようだが、

「日本人？」

蛍は興味深く訊いた。

「そうだ。金念之はこの国の名乗りで、本名は田原七左衛門《たはらしちざえもん》と言う。この国へ渡るまで備前宰相（宇喜多秀家）の家臣であったが、儂と同じように唐入りの大義を疑い、此方へ移った」

と、善之は紹介し、

「金念之でござる」

朝鮮名で挨拶した。

「沙也可だ」

と、善之が紹介する。

「凄腕の鉄砲撃ち、頼りになる」

善之が胸を張って請け合えば、

「開城から平壌まで逃れられていた王がお戻りになられたところだ。助勢有り難い。よろしく頼む」

七左衛門は朗報を伝え、戦力の加入を歓迎した。

「そうか。王が戻られたか。それは良かった」

善之も朝鮮王宣祖《せんそ》の復帰を喜ぶ。

日本との和議が成立して三年、朝鮮は混乱から立ち直ろうとしていた。

だが、早晩、日本軍の襲来は必至である。

「朴晋《ぼくしん》殿は戻られているか」

と、善之は七左衛門に訊いた。

朴晋は善之が朝鮮軍に投降した時、受け入れ、帷幕《いばく》に加えてくれた武将である。

「うむ。戻られている」

七左衛門が応えると、

「よし」

蛍へ向き直り、

「引き合わせよう」

と、言って促した。

善之は朴晋に蛍を引き合わせる。

「女ながら日本一の鉄砲撃ちです」

善之が通訳して蛍を紹介した。

朴晋は蛍の手を取り、

「それは心強い。当方は鉄砲の扱いにおいて未熟故、是非とも教授願いたい」

と、歓迎する。

この後、蛍は善之の屋敷に落ち着いた。

善之は文禄の壬辰倭乱での活躍が認められ、正五品の地位が与えられるほどに厚遇されている。屋敷は大きく立派で、住人が一人増えても余りあった。

八

漢城に着いて直ぐ翌朝、蛍は善之の案内で朝鮮兵の訓練を見に出向く。

特に鉄砲の射撃訓練が見たかった。

朝鮮も明からの差し入れで、それなりに鉄砲の数は揃っている。

蛍は一挺、手に取り、構えてみた。

「撃ちたいか」

と、善之が訊けば、確と頷く。

善之は訓練中の鉄砲衆に、

「暫し休め」

と、朝鮮語で命じた。

壬辰倭乱の英雄を朝鮮の鉄砲衆は崇敬し、従っている。直ちに撃ち方を止め、善之の方へ向き、敬礼した。

「手本を見せる。後ろへ下がれ」

善之の指示で鉄砲衆は下がって射場を空ける。

蛍が射場に立った。鉄砲を構え、的に狙いを定めて銃爪《ひきがね》を引く。

中央を撃ち抜いた。

朝鮮に早合はない。一々弾薬を込め、火縄に点じ、また撃つ。その間、十二拍、朝鮮の鉄砲兵が目を見張る中、続け様に十連射した。

銃弾は全て的の中心を捉えている。

朝鮮の鉄砲衆は一様にあんぐりと口を開け、唖然としていた。

その鉄砲衆に対し善之は、

「儂が懇意にしている沙也可殿だ。本日より皆の指南をしてもらう」

と、訳して伝える。

朝鮮の鉄砲衆は純粋だった。金忠善の懇意と聞けば、

「よろしくお願い致します」

と、一斉に頭を下げた。

その光景を善之が満足そうに頷いて眺めていると、

「あれが沙也可殿か」

背後から朝鮮語で声が掛かる。

善之は振り向いた。

「都元帥《とげんすい》」

その小太り中年の人物を見て恐縮し、敬礼する。

朝鮮軍最高司令の都元帥、権慄《ごんりつ》であった。

「大した腕前だな」

蛍の射撃に感心して目を細める。

善之は、

「某の同族にて沙也可と申します」

と、告げ、蛍を手招きした。

蛍が気付き、駆け寄る。権慄にぺこりと挨拶する。

「権慄都元帥だ」

善之に紹介され、蛍は益々頭を低くした。

「それほどに畏まらなくても良い」

権慄の言葉を善之が通訳して蛍は頭を上げる。

「忠善が日の本一の女鉄砲撃ちがいると申していたが、真であった。それが此方に与《くみ》してくれるとは心強い」

と、高官の尊大さなく、親しく言葉を掛けた。

善之に通訳されて、

(ふ〜ん)

蛍は気に入る。姿形といい、人物がほんの少し家康に似ていて、親しみを覚えた。

「我が国は鉄砲に関して遅れている。これでは倭に敵わない。指南のほどよろしく頼む、と仰せだ」

「畏まりました」

善之を通して言われ、
蛍は意気に感じる。

「まずはこれを数多に拵えるよう通詞《つうじ》してくれ」

と、善之に告げた。

弾薬を一纏めにした早合である。

善之も早合の利き目を知っていた。

「わかった」

鉄砲衆に早合の具合の良さを説き、作り方を教える。

蛍と善之は朝鮮兵の鉄砲指南に専心し、日本軍襲来に備えた。

九

七月十日、肥前名護屋から日本軍第一陣として島津義弘に全羅道攻略の命が下される。この気配を察した朝鮮の番船が十五日、日本軍の補給路を断つべく釜山海に出張ったが、敢えなく島津の軍船に凌駕《りょうが》され、百六十艘も失った。

日本軍は釜山の南東二里に迫る唐島（現、巨済島）を確保し、朝鮮侵攻の足掛かりとし、次々と諸隊が渡海し、朝鮮に上陸していった。

蛍が指南を始めてから半年、日本より遅れていた朝鮮軍鉄砲衆の射術は遥かに向上している。日本軍の鉄砲隊に比べれば、まだまだ未熟だが、一方的な戦いにはならないだろう。

加藤清正、小西行長、蜂須賀家政《はちすかいえまさ》、宇喜多秀家、小早川秀秋らの軍勢も上陸し、兵十四万超で朝鮮を席捲《せっけん》する。

家康は大老筆頭として上方に残ったが、

（来年か再来年には大軍を送り込む。その時は唐入りを免れない）

と、三成は目論んでいた。

三成も上方に留まる。
(このところいよいよおかしい。殿下から目を離せぬ)
出征している場合ではない。
とはいえ、天下の宰相と自負する三成としては自ら指揮しないのは気が引ける。
盟友の小西行長の与力として島左近を遣わした。
斯くして世に言う慶長の役が始まる。
宇喜多秀家は、

土民を往還させること
上官を殺害し、その妻子、従類を誅戮《ちゅうりく》、家宅へ放火すべきこと
官人潜伏の密告を奨励
還住せぬ者の居宅を放火すべきこと
この榜文《ぼうぶん》に違反し倭卒《わそつ》を殺害した者については書状をもって報告すべきこと

全羅道康津県定榜文五ヶ条を掲示した。

日本軍は大陸の技能優れる者を欲している。日本へ連れ帰るため山中まで追い求めて拉《ら》致《ち》し正に採集した。

「何という傲慢《ごうまん》」

蛍の怒りは頂点に達する。

「善之、早く戦場へ出せ」

腕が鳴って仕方なかった。

十

七月十六日、藤堂高虎《とうどうたかとら》、脇坂安治《わきさかやすはる》率いる水軍が漆川《しっせん》梁《りょう》朝鮮水軍を撃破した。

八月に入り、日本軍は総大将の小早川秀秋を釜山に留め、軍を左右に分けて、毛利秀元を大将とし、加藤清正や黒田長政を擁する右軍が慶尚道《けいしょう》から北上して漢城を目指す。

同日、大将の宇喜多秀家に小西行長や島津義弘が与力する左軍は慶尚道から肥沃な全羅道を南原《なんげん》へ進んだ。

南原城は文禄の役で攻略できなかった全羅道の要衝である。

しかし、日本軍が五万六千もの軍勢で四方を囲み、猛攻を仕掛けると、明の副総兵、楊《よう》元《げん》は真っ先に逃げ出してしまい、城方の士気は甚だしく低下し、最早、戦いにならない。

全羅兵使の李福男《りふくだん》始め取り残された朝鮮軍は悉く討たれて全滅し、南原城は陥落した。

明の経略《けいりゃく》、楊鎬《ようこう》は平壌《へいじょう》にいたが、急ぎ漢城に入る。

この時、明の提督、麻貴《まき》は漢城を棄てて平壌へ逃れようとしていたが、楊鎬の出馬でそうもいかなくなった。

煮え切らない麻貴に焦れていた善之と蛍は楊鎬の入城を喜ぶ。

「忠清道の稷山《しょくざん》で日本勢を迎え撃ちましょう」

と、善之は四道体察使《しどうたいさつし》の李徳馨《りとくこう》に進言した。

徳馨は英邁《えいまい》で仁徳のある人物である。配下でも意見を良く聴き、善之からも、

「手立てはあるのか」

と、耳を貸す。

「これなる沙也可が鉄砲衆を鍛え上げました。首尾をご一見下さいませ」

善之は自信をもって薦めた。

「よかろう」

斯くして徳馨は蛍による朝鮮鉄砲衆の修練の成果を上覧する。

見分し終えた時、

「望みが出た」

半ば興奮気味に声を上げていた。

楊鎬は徳馨を信任している。その提言を採り上げ、明から精鋭の牛伯英《ぎゅうはくえい》、楊登山《ようとざん》、頗貴《はき》ら二千を選抜した。朝鮮勢の将には李元翼が起用され、蛍と善之の鉄砲衆百五十も加わ

り、水原《すいげん》から稷山に展開する。


九月七日未明、黒田長政の軍勢が稷山まで一里と迫った。

陽が昇る。稷山の一帯に明と朝鮮の軍勢が布陣していた。

黒田勢は少しも臆さず、

「掛かれ」

先鋒の将、黒田三左衛門《さんざえもん》の采が振られると、果敢に突撃を開始する。

その猛威に連合軍の前線は敢えなく崩された。黒田市兵衛《いちべえ》、後藤又兵衛《ごとうまたべえ》、毛屋主水《けやもんど》が気を吐き、連合軍を圧倒する。

「突き破れ」

三左衛門は勢いに乗って連合軍を激しく攻め立てた。

連合軍は備えが一段、二段と破られていく。

「金は何をしているのだ」

将の元翼は期待した善之の鉄砲隊が未だ動かないことに焦燥感を募らせていた。

当の善之も前線で、

「敵はもうそこまで迫っているぞ」

と、不安そうに蛍へ訊く。

「未《ま》だよ」

蛍は前方を見据えて、善之を制す。

やがて、三左衛門の最先鋒が二十間まで及んだ。

そこで、

「今だ、撃て！」

蛍は鉄砲衆に指図する。

五十発の銃弾が一斉に放たれた。

群がり来る黒田勢は格好の標的となり、倒れていく。

それでも三左衛門は怯《ひる》まず、

「次の射撃が及ぶ前に突き崩せ」

兵を鼓舞して突進し続けた。

ところが、

「何っ」

三左衛門は目を疑う。

既に朝鮮勢の鉄砲衆は射撃体勢に入っていた。

また五十発が黒田勢に襲い掛かる。

鉄砲衆は三人一組で鉄砲を扱っていた。

一、二で早合を使って弾薬を込めて火蓋を閉じ、三で火縄を火挟みに留めて撃ち手へ渡す。然して四で撃ち手が銃爪を引く。
蛍は朝鮮の鉄砲衆に三人組撃ちを仕込んでいた。早合ができたことで、銃弾と火薬をそれぞれ込めなくても良くなり、一拍省《はぶ》けている。

組撃ちは腰を据えて掛かる迎撃に有効だった。

一拍の間隔はかつての雑賀衆に比べれば、辿々《たどたど》しいが、分業により格段に射撃術は向上している。その組撃ちによって黒田勢は足が止まった。

そこへ牛伯英、楊登山、頗貴の精兵が槍、矛、大刀を操り躍り掛かる。黒田勢は崩れ立ち、潰乱した。

それでも、

「まだまだ」

三左衛門は兵を叱咤《しった》し、尚も踏み止まる。

「ならば」

蛍が馬を駆って飛び出した。

颯爽《さっそう》と乱された黒田勢へ駆け及び、

「これまでだ」

鋼輪銃を構えて三左衛門を狙い撃つ。

「あぐっ」

三左衛門は右腕を穿《うが》たれて太刀を手放し、落馬した。

黒田勢の兵が慌てて駆け寄り、三左衛門を二人で抱きかかえて漸く後方へ退く。

黒田勢の先鋒は後退したが、長政率いる本隊三千が来着した。

大将の長政の着陣により三左衛門の負傷後退で落ち掛かっていた黒田勢の士気は回復する。

長政は備えを再編成して明と朝鮮の連合軍へ仕掛けた。対して連合軍も解生《かいせい》が水原より来援し、擺寨《はいさい》、李益喬《りぼんきょう》、劉遇節《りゅうぐうせつ》も加わり、応戦する。

両軍、一進一退の攻防を繰り返し、勝敗は決しない。

そこへ、毛利秀元が兵を率いて赴援し、連合軍の側背を衝いた。

連合軍は浮き足立ち、潰乱する。

「とにかく援護して退かせよう」

蛍は鉄砲衆を督戦《とくせん》して毛利勢を抑えに掛かった。

しかし、

「銃弾は臆する者にこそ当たる。臆せずば銃弾も避けていく」

宍戸九郎右衛門《ししどくろうえもん》を始め吉見大膳《よしみたいぜん》、下瀬七兵衛《しもせしちべえ》など名うての猛将の叱咤により兵は怯まず、銃火を掻《か》い潜《くぐ》って突っ込んで来る。

蛍と善之の鉄砲衆だけでは援護が間に合わず、朝鮮勢が討たれていく。

「どうにかならぬか」

蛍が歎声《たんせい》を発した時だった。

北方から砂塵を巻き上げて馬群が駆け来たる。

馬群は一気に迫り、毛利勢に突っ込んだ。

その猛襲に強兵の毛利勢も堪らず、隊伍《たいご》を崩す。

「蛍！」

騎馬隊の将が蛍の名を叫び呼んだ。

「お、お前は」

蛍は驚き、目を見張る。

石川五右衛門であった。

「手古摺《てこず》っているじゃないか」

五右衛門が嘲《わら》笑う。

「侮るな」

蛍は気を吐き、鋼輪銃の連射を加速した。

五右衛門の操る大矛は振る度に唸りを上げ、毛利勢を倒していく。

善之と鉄砲衆も蛍に負けじと底力を見せて撃ち捲る。

五右衛門の来援で連合軍は立ち直った。諸将は兵を収集し、水原へ退いて行った。

日本勢も追撃する余力はなく、兵を纏めて天安に還る。

この日の戦いで討死は黒田勢二十九人、連合軍二百人を超えた。

蛍の指導で敵勢でも殺さぬ意識が浸透していた結果と言える。

どちらかと言えば、明と朝鮮の連合軍の負けだが、この戦いにより日本勢の漢城再侵入を阻むことができた。

第九章　慶長の役

一

五右衛門が朝鮮に現れた。

無二も付いて来ている。

蛍、善之とは半年振りの再会であった。

が、再会を喜び合う間もなく、

「経略朝鮮軍務に会いたい」

と、一手の将たる善之に切り出す。

善之は驚き、目を剝いた。

「経略は明から遣わされた軍の総指揮だぞ。易々と会えない」

と、諭す。

「お前、朝鮮の将だろう。取り次げないのか」

「朝鮮の高官を通じて取り次げないこともないが、立場が要る」

「立場？」

「それなりの地位ということだ」

「女真の大首長、弩爾哈赤《ヌルハチ》の名代ではいかぬか」

「ぬ、弩爾哈赤だと。お前、真に弩爾哈赤と会ったのか」

「ああ、会った。弩爾哈赤は古い知り合いと言わなかったか。俺は大陸で過ごしていたことがあるのだ。その頃、共に良く暴れたものだ。俺のことを憶えていてくれた」

五右衛門は事もなげに言う。

善之はあんぐりと口を開けて呆気《あっけ》に取られていた。五右衛門が大陸にいたことも、弩爾哈赤と知己であることも始めて聞く。

五右衛門と善之の話が途切れたところで、

「五右衛門、弩爾哈赤って強いのか」

と、蛍が訊いた。

「ああ、強い。大陸一だな」

五右衛門は我がことのように自慢する。

「私も会ってみたいものだ」

「ああ、機があれば、会わせてやろう」

　蛍と五右衛門が雑話していると、

「努爾哈赤が強かろうが、弱かろうが、どうでも良い」

　善之が割って入った。

「その女真の大首長が明の経略に何用だ」

　それを聞くのが先決である。

　五右衛門は語り出す。

「前の壬辰倭乱では日本勢が豆満江《とうまんこう》を越えて兀良哈《オランカイ》を侵した。加藤主計頭の軍勢だ。咸《かん》鏡道《きょうどう》を支配し、略奪を重ね、大陸を荒らした。その時は毛隣衛《もうりんえい》の首長、羅屯《らとん》が押し返したが、漸くだったようだ。日本勢が大軍を仕立てて再び攻め来れば、兀良哈は荒らされ、多くの民が死ぬ。兀良哈が抜かれれば、朝鮮どころか明が危うい。努爾哈赤は日本勢を大陸から追い払うため、明と朝鮮に力を貸しても良いと言っている」

　明と朝鮮の浮沈に関わる使者だった。

「努爾哈赤は強いと聞いている。力を貸してくれるなら心強いな」

　善之にとっては耳寄りである。

「わかった。話してみよう」

　李徳馨を通じて楊鎬に五右衛門の意向を伝えることにした。

善之が楊鎬に掛け合う間、蛍は無二と少し話せた。

「明の連中は女真を良く言わないけど、どうなの。努爾哈赤って、どんな人？」

蛍が無二に訊く。

「力は強く、武術に秀でているけど、聡明で精勤、人の情けがわかる方よ。決して野蛮ではないわ」

無二は努爾哈赤を称えた。

「頼りになる？」

「ええ、声ははっきり澄んでいて、一度聞くと忘れ難いと皆が言うわ。動きに威があり、胆も据わっていたから、若いうちに首長となっても下々は畏れ敬い、付き従ったと聞いている」

「へえ、益々会いたくなった」

「どう？　私たちと一緒に来ない」

無二は蛍を誘う。

「そうね。それも良いかもね」

蛍は心惹《こころひ》かれた。

「考えて置いて」

「ええ」

蛍は前向きに応えたが、考える間はほとんどなかった。

五右衛門の申し出に対し、誇り高き明の楊鎬は、

「女真の如き蛮族と手を組めるか。たとえ弩爾哈赤本人が願うて来ても受け付けぬ」

一言の下に斥《しりぞ》け、五右衛門に会おうともしない。


善之は肩を落として五右衛門の許へ戻り済まなそうに、

「適わなかった」

と、告げた。

五右衛門は、

「そうか」

あっさりしている。

「明が生き残る最後の手立てだったのだがな」

予言のように呟いた。

その通り明は日本軍との戦いで疲弊し、滅亡の一途を辿ることになる。

たった一日の滞在だった。

五右衛門と無二は朝鮮を去る。

「どう?　考えてくれた」

無二は蛍に問う。

蛍は寂しそうに微笑み、

「愚かなのは上で威張っている連中で、民に何の罪もない。この国の民を見捨てられないわ」

と、応えた。

「おい、行くぞ」

五右衛門が無二を促す。

「はい、はい」

無二は鬱陶《うっとう》しそうに応えたかと思うと、

「えっ」

いきなり蛍を抱き締めた。

無二らしくなく情を露わにする。

「む、無二さん」

蛍は戸惑うが、直ぐに無二を抱き締め返した。

「もう会えないのかな」

目に涙を浮かべる。

「さあ、どうかな」

無二も泣いていた。

「どこにいても、あんたが鉄砲の道を極めることを祈っているよ」

「はい」

無二は右手の甲で涙を拭い、別れを告げて蛍に背を向ける。

「おさらば」

「幸せにね」

蛍の願いに無二は右手を上げ、親指を立てて応えた。

無二は五右衛門と共に北へ帰って行く。

その後姿を蛍はいつまでも見送っていた。

二

明と朝鮮の連合軍は稷山での善戦に続き、鳴梁《めいりょう》海戦では大勝して気勢が上がる。

そのような時、肥前の鍋島直茂を将として日本勢が慶尚南道雲峰《うんぽう》から咸陽《かんよう》を経て山陰、三嘉《さんか》へ南下するという報が入った。日本へ送る職能の虜囚を連行していると言う。

前慶尚右兵使の金応瑞は、

「日本勢を叩き、虜囚を奪い返す」

遊撃隊を編成する。

これに蛍と善之も志願した。

応瑞は、

「金忠善が一手の指揮を取れ」

善之を遊撃隊の将に選ぶ。

遊撃隊は直茂ら日本勢が鼎津を渡ろうとするところを狙う。

日本軍が宜寧《ぎねい》に至り、鼎津《ていしん》を渡り出した。

善之が遊撃隊を率いて繰り出す。蛍も加わっていた。

此度は迎撃戦ではないため、組撃ちは有効でない。純粋に個々の技量が試される。

日本勢の使う銃弾は六匁《もんめ》が相場だった。しかし、朝鮮に持ち込んで来た銃弾は七割が二匁半（十瓦《グラム》弱）である。安上がりにして大量の銃弾を造り出した。とにかく数撃てば、当たる銃弾も多いという単純な発想である。

そのような無差別銃撃に対し蛍は鋼輪銃で的確に素早く日本兵の腕、脚を狙い撃ち、次々と戦闘不能にしていった。

善之にしても朝鮮に降《くだ》ったとはいえ同じ日本人を殺したくない。蛍と同じように日本兵を動けなくしていく。

だが、進歩したとはいえ、朝鮮兵に蛍と善之ほどの技量はない。狙って撃てるはずもなく、七十人余りを討ち取った。

「あれに」

善之が指し示す。

朝鮮の虜囚が引き連れられていた。鍋島家の成富十右衛門《なりどみじゅうえもん》と石井六兵衛《いしいろくべえ》が護送している。

「取り返すよ」

蛍は鉄砲衆十人を促して突出する。

蛍が撃ち、鉄砲衆五人が撃ち、蛍がまた撃ち、次の鉄砲衆五人が撃つ。

間断ない銃撃に日本勢は大量の銃弾をもってしても応戦し切れない。

蛍を含めても鉄砲衆は十一人だが、だからこそ機動性に優れていた。鉄砲衆の縦横無尽の騎馬銃撃に日本勢は攪乱《かくらん》される。

日本勢が浮き足立ったところで、透かさず、

「連れ戻すぞ」

善之が手勢を率いて虜囚を保護する。その人数は百を下らなかった。

遊撃隊は此度の策戦の一番の目的を果たす。

然れば、

「帰るよ」

蛍は鉄砲衆に声を掛け、退散した。

三

日本軍諸隊が陣地を拡張している。

加藤清正を左軍、小西行長を右軍の先鋒として進撃させ、全羅道《ぜんらどう》と忠清道《ちゅうせいどう》（半島南西）を侵略した。そして、十一月、蔚山《うるさん》に城を築く。

百五十尺（五十米弱）ほどの小山に築かれ、頂上に本丸、北に二ノ丸と三ノ丸が配され、その外側には総構《そうがまえ》が施されていく。

本丸、二ノ丸、三ノ丸の石垣は全長七百七十六間（約一・四粁）強、櫓《やぐら》が大小十二、塀は三百五十間（約六百三十米）、総構塀は千四百三十間（約二・六粁）強にも及ぶ。

城地は蔚山湾の最奥にあり、南に太和江が流れ、城下に兵船を着岸させることができる。

善之は、

「蔚山には軍船を着岸できます。城など築かれたら我らは窮します。加藤主計頭（清正）は日本軍の主柱にして、これを捕らえることができたら士気を挫《くじ》けるでしょう」

と、権慄と朴晋に進言した。

権慄が、

「落成間近となり毛利勢は釜山へ戻り、加藤主計頭は西生浦にあり、蔚山は手薄です」

と、明の将、楊鎬と麻貴に諮《はか》り、

「蔚山が窮すれば、加藤主計は慌てて戻りましょう。そこを衝きます」

清正を良く知る善之が口添えして、同意を得る。

明と朝鮮の連合軍は城普請中の蔚山へ五万七千もの将兵を差し向けた。権慄に従い、蛍と善之も加わっている。

明の先鋒の将、擺寨は、

「蔚山の倭城が落成する前に叩く」

奇襲を策した。

そして、蔚山城を奇襲する軽騎兵隊が仕立てられる。蛍と善之も鼎津の戦いでの功が認められ、加えられていた。

明と朝鮮の連合軍は兵五万七千をもって未完の蔚山城を攻める。

連合軍の摑んだ情報は正しかった。

築城を担っていた毛利秀元は兵糧武器弾薬を釜山へ移し、蔚山を退去して帰国の仕度に取り掛かっている。加藤清正は西生浦に出張って蔚山にいず、浅野幸長や太田一吉が城外の仮営に駐屯していた。

擺寨は連合軍の内一千の軽騎兵隊を仕立てて日本勢の仮営奇襲を図る。
軽騎兵隊は善之が率い、言うまでもなく蛍も加えられていた。
鉄砲衆は蛍が指揮する。戦闘を重ね、精度が上がっていた。
日本勢の浅野幸長《あさのゆきなが》にも銃声が聞こえていたが、これまでの朝鮮勢の射撃は拙《つたな》く、侮り、
「鳥撃ちか」
と、思い込んでしまう。
連合軍は無人となった仮営を焼き払った。
仮営から逃れて来た兵が浅野幸長へ奇襲を急報する。
「い、いかん」
幸長は漸く敵襲を知り、慌てて救援に向かった。
浅野勢に太田勢も加わり、連合軍を逆襲する。
すると、
「退け」
擺寨の指図で軽騎兵隊は一斉に退いた。
浅野勢が追う。
誘《おび》き寄せられた浅野勢の左右から楊登山と李如梅の軍勢が湧き起こり側撃した。
ここで、

「今よ」

蛍が頃合を計って翻《ひるがえ》り、善之が朝鮮語で、

「今こそ返せ」

喚《よば》わると、倣《なら》って奇襲隊も反転して浅野勢に襲い掛かる。

浅野勢は大崩れして未完の蔚山城へ逃げ込み、籠城となった。

四

二十三日、蔚山城の総構で持ち堪えようとする日本勢へ連合軍が総攻めを仕掛ける。

蛍と善之の指揮する鉄砲衆は冴《さ》え渡り、総構を突破した。この戦いで城方は六百六十が討死する大敗を喫す。

日本勢が混乱する中、清正が西生浦から軍船で立ち戻る。

善之が危惧《きぐ》した通り蔚山城は水路が通じていた。清正は易々と入城を果たす。

清正は惑乱している城方を見て、

「狼狽《うろた》えるな。落ち着いて構えれば、凌《しの》げる」

と、叱咤《しった》した。

清正の帰城は連合軍の思惑通りである。が、清正は善之の言う通り日本勢の主柱であり、帰還したことで城方の士気が回復した。

城方は清正の指揮の下に纏《まと》まり、連合軍を迎え撃つ。

「出過ぎるな。守りに徹せよ」

清正は将兵に専守防衛を徹底させた。


二十四日早暁、連合軍は四方から蔚山城へ攻め掛ける。

対して城方は充実した火力をもって寄せ手へ夥《おびただ》しい銃弾を浴びせ掛け、防戦した。射撃術でも日本勢は連合軍を上回っている。

連合軍は突撃を繰り返すが、城方を崩せない。

(拙《まず》いな)

蛍が案じる通り寄せ手は死傷者を続出させるばかりだった。

「手負いを早く後ろへ」

蛍と善之は無傷の兵を促し、負傷して後退する将兵の援護を優先する。

この日の戦いは連合軍の惨敗で終わった。

二十五日、明の楊元は朝鮮の権慄を呼び、

「今日、我らは休息するが、朝鮮は城を攻めよ」

と、命じる。

権慄は怒りを堪え、朝鮮軍のみで城を攻めたが、前日と同じように多数の死傷者を出して退却した。


連合軍は蔚山城を攻め倦《あぐ》み、七日が過ぎる。

善之は権慄に、

「城は仕上がったばかりで、兵糧の備え置きが乏しいはずです。城兵はおよそ一万と推察します。それが籠もり続ければ、兵糧は底を尽きます。その不利を説いて開城和睦に持ち込みましょう。和語の使える某《それがし》が説得に参りましょう」

と、持ち掛けた。

「それが上策だな」

権慄も同意し、楊元に進言する。

楊元は明軍を損ないたくなく、朝鮮軍任せで、戦略など端《はな》からなかった。説得して無血開城となるなら、それに越したことはない。

「説得が適わずとも元々で、まあ、してみれば良い」

他人事《ひとごと》のように言い、承諾した。

説得の使者に善之と田原七左衛門が立つ。

清正は会見に応じた。

「其方は以前、当家にいたな」

善之を憶えている。

「お気に留めて頂き、有り難く存じます。一度は我が主であった貴方を死なせたくなく、罷《まか》り越しました」

善之は懇篤《こんとく》に切り出した。

「儂が死ぬ？」

清正は眉間に皺《しわ》を寄せて聞き返す。

「そうです。城の兵糧はもう残り少ないと存じます。兵糧が尽きれば、飢えて死を待つばかりとなります。その前に城を明け渡し、和睦に応じて下さいませぬか」

「ほお、それは親切に」

「如何《いかが》でしょうか」

「うむ。開城は儂の一存では決められぬ。他の将と評議したい。が、虜囚の交換は直ぐにでもしたい。どうであろう。日を決めて、城外で明の将と話がしたい」

清正は物分かりが良かった。

「是非にも。然れば、立ち戻り、上に申し伝えましょう」

善之と七左衛門は交渉の進展を喜び、城を出て自陣へ戻る。

交渉の進捗は権慄から楊元へ伝わり、まずまずの首尾に気を良くした。

善之は蛍にも自慢げに話す。

蛍は眉を顰《ひそ》め、

「でき過ぎている」

疑って掛かった。

「美味過ぎる話には裏があるぞ」

と、忠告したが、

「儂の仕事に難癖を付けるな」

善之を怒らせてしまう。

だが、その後、清正から連合軍へ何の音沙汰もなく年を越し、慶長三年となった。

五

明と朝鮮の連合軍が蔚山城を包囲して十日、南方の高地に人影が群立する。

一月三日、日本勢は毛利秀元、黒田長政率いる援軍が着陣した。

その報が連合軍の陣営に届き、蛍と善之も知るところとなる。

「加藤主計に謀《はか》られたようだな。援軍が来るまで、時を稼《かせ》いでいたのだ」

蛍の嫌な予感が当たった。

「儂が甘かった」

善之は責任を感じ、

「斯《か》くなれば、早々に城を落とすしかない」

と、今にも飛び出そうとしている。

「止せ」

蛍が行く手に立ち塞がった。

「落ち着け」

窘《たしな》め、

「考えてみろ。十日も落ちなかった城が今、仕掛けて直ぐに落ちるはずがないだろう。城を攻めている内に援軍が及べば、挟み撃たれる。そうなったら勝ち目はない。退いて、陣を立て直すべきだ」

と、現状を直視して諭す。

その通りだった。善之は返す言葉がない。

善之は思い止まったが、明の将、楊鎬と麻貴は納まらなかった。

城方一万に対して五万七千の軍勢をもって攻め囲んで十日も落とせずにいる。このまま攻略できなければ、本国の覚えは頗《すこぶ》る悪くなるだろう。

さらに、

「海上に数多《あまた》の船影あり」

物見より急報された。長曾《ちょうそ》我部《かべ》水軍である。

楊鎬は堪らず、焦る余り、

「総攻めじゃ。必ず落とすぞ」

愚挙に出てしまった。

連合軍は全兵を投じて力攻めに及ぶ。

「休む間も与えず攻め立てろ」

麻貴に叱咤され、兵は突撃を繰り返す。

城方は来援間近と知って力付けられただけでなく、補給が適うことで弾薬を惜しみなく使えるようになった。寄せ手は城内へ突入するどころか、銃弾の雨を浴びて死傷者を増やしていくばかりで兵が怯《ひる》み出す。

「臆して退く者は斬り捨てるぞ」

麻貴は兵を脅して突っ込ませるが、怯《おび》えた兵に敵を凌駕《りょうが》する力などあるはずもなかった。

四日、善之が楊鎬と麻貴に、

「援軍が寄せて来たら我らは退路を断たれます。その前に退くべきです」

と、進言する。

楊鎬と麻貴は敗将の汚名を着たくなかった。退却を決めかねる。

醜い出世欲に蛍は切れ、

「兵を皆、殺すつもりですか。全滅したら愚将と罵《ののし》られ、明に戻れなくなりますよ。いや、その前に御二方の命がないかも知れません。と、通詞してくれ」

と、善之に告げた。

過激な忠告に善之は通訳を躊躇《ためら》ったが、

「早くしないと、皆、死んでしまう」

と、蛍に詰め寄られ、辿々《たどたど》しく楊鎬と麻貴に説き諭す。

楊鎬と麻貴も命は惜しい。震え上がって漸く退却と決めた。

連合軍が退却する。

しかし、楊鎬と麻貴の決断が遅れたため、日本勢の援軍が着陣してしまった。

連合軍は追い討ちを掛けられる。日本勢は城兵も加わり、連合軍のほとんどの隊は潰乱し、将兵が次々と討たれていく。

日本勢は立花宗茂《たちばなむねしげ》と吉川広家の軍勢が逃げる連合軍の左右へ回り込み、側撃した。こうなるともう連合軍は収拾の付かぬほど大崩れとなる。

その中で蛍と善之の指揮する鉄砲衆は退く間に弾薬を仕込み、

「撃て」

翻《ひるがえ》って撃ち、寄せ手の足を止めたら、

「退け」

また駆け、これを整然と繰り返し、一兵の死傷者も出さなかった。

日本勢の追撃は三十里（百二十粁）にも及ぶ。連合軍は漢城まで撤退し、討死した将兵は四千を数えた。

日本勢は大勝したが、蔚山城は敵地に入り込み過ぎて補給や援兵をしづらく、保持するのは難しい。

宇喜多秀家は、

「蔚山、順天《じゅんてん》、梁山《りょうざん》の三城を諦めるが上策でございます」

秀吉に上申したが、

「以ての外」

と、突っ返された。

この上は各城を強固に縄張りし、火器の増強、兵糧の備蓄など足場固めを第一とする。

そして、九州諸家の軍勢を在番とし、中四国の軍勢は帰国し再渡海に備えた。

六

朝鮮に渡った日本勢が艱難辛苦《かんなんしんく》の日々を過ごしているというのに、秀吉は三月十五日、木幡山に再建された伏見城から東北東へ一里、醍醐寺三宝院《だいごじさんぼういん》において花見を行う。

秀吉が、

「花見をしたい」

と、言った。

時には言うことを聞いて機嫌を取らなければ、秀吉の心を操れない。

「御意のままに」

三成は承知し、花見は奉行の前田玄以に切り盛りを任せることにした。

花見のため巨費を投じて庭を改修し、殿舎を造営し、金堂を再建し、八番の茶屋を設ける。

そして、七百本もの桜が畿内の名所から集められ、植樹された。

秀吉が何度も醍醐寺に足を運んで下見し、指示したとされている。が、このところの秀吉の心身は思わしくなく、活発に動ける状態ではない。

秀吉の健在を世に示すため三成が取り繕って盛大な催《もよお》しに仕立てていた。

花見に招かれた人数は実に千三百人を超える。醍醐寺に集ったのは諸大名の女房女中ばかりで、男は秀吉と秀頼の他に盟友の前田利家のみだった。

女性たちには一人三着の衣装が新調され、それだけで八千石近くが費《つい》やされている。

在京の大名が召集され、家康も駆り出されていた。男は花見の会場から締め出され、醍醐寺までの沿道に幕を張り、警備に当たる。

家康が粛々と警備の指揮を取っていると、三成が近付いて来た。取って付けたように恭《うやうや》しく辞儀して、

「お役目、ご苦労様に存じます」

微笑み掛け、挨拶する。

「痛み入る」

家康は微笑み返した。

「内府様には不足のお役目でございましょう」

三成の誘いだった。

ここで同意すれば、家康が花見の警備に不満を抱いていたと吹聴《ふいちょう》されかねない。

「身に余る役目でござる」

と、無難に切り抜けた。

三成は冷やかに笑い、

「殿下は来年、朝鮮への総攻めを思し召されています。内府様には総大将として海をお渡り頂くと仰せです」

と、予告する。

「それが真なら誉《ほま》れでござる」

家康は至って晴れがましく受け返した。

「それでは」

三成は毅然《きぜん》と通り過ぎて行く。

すると、元忠が駆け寄り、

「慇懃《いんぎん》だが、無礼な御方ですね」

と、言い腐す。

それを、

「他人《ひと》の耳がある。滅多なことを申すな」

家康に窘められた。

「申し訳ございません」

元忠は素直に詫《わ》びた上で、

「然れど、殿を真に唐入りの総大将とされるのでしょうか」

と、案じる。

家康は、

「さてな。そうなったら、考える」

明言を避けた。

諸大名主従の警備の中、女房女中衆が皆、宴席に着く。

宴が始まって間もなく一悶着《ひともんちゃく》あった。

女房衆の序列は一に北政所《きたのまんどころ》寧々《ねね》、二に西ノ丸淀ノ方茶々《ちゃちゃ》、三に松ノ丸《まつのまる》竜子《たつこ》、四に三ノ丸、五に加賀局《かがのつぼね》摩阿《まあ》と続き、その後に妻妾でない前田利家の室、松《まつ》が入っている。

いざこざは盃事で起きた。

竜子は淀ノ方より下位に置かれたことが気に入らない。

竜子の実家の京極家は近江源氏の流れを汲《く》み、室町幕府においては侍所の所司を襲える名門であり、淀ノ方の出た浅井家の主筋《しゅうすじ》に当たる。さらに、竜子は淀ノ方より五年も早く秀吉に見初《みそ》められ、側室として迎えられていた。

その上、

(嫡男を産んだことで北政所様の次に座っているけど、怪しいものだわ。拾を産んだのは私が閨《ねや》に呼ばれなくなった後ではないか。紀州征伐で一物に傷を負ったという噂もある。殿下は子種がないどころか、致せなくなっていたに違いないわ。拾は殿下の御種ではない。それなのに茶々が御生母様なんて笑止の至りよ)

真しやかな疑惑がある。

北政所に続いて淀ノ方が秀吉から盃を受けようとしたところで、竜子は先んじて前に出た。

当然、淀ノ方は目を剝《む》き、

「分を弁《わきま》えられよ」

と、非難して竜子を押し退ける。

然すれば、

「分を弁えるのは其方。私は貴方の主筋よ」

竜子がさらに前へ出た。

この諍《いさか》いに北政所は眉を顰め、窘めようとしたところ、

「歳の順からすれば、私が先」

と、松が進み出て、秀吉の盃を受けてしまう。

淀ノ方と竜子は呆気《あっけ》に取られ、見過ごすしかなかった。

「さすがはお松様」

北政所は松の機転に感心し、嬉しそうに笑う。

この時、秀吉はきょとんと視線を宙に彷徨《さまよ》わせていた。ただ盃を授けるだけの行事が竜子の暴挙で狂い、思考が乱麻《らんま》のようにもつれている。

そのような秀吉を見て北政所は、
(もう長くないかも知れない)
と、覚った。
北政所ほど秀吉の状態を知る者はいない。三成と図って世を騙《だま》していた。
賢《さか》しらで佞智《ねいち》に長《た》けた三成は好かないが、
(豊家のため)
と、割り切っている。
(然れど、そろそろ後のことを考えなければなるまい)
新たな体制を構築する必要に迫られていた。

七

四月二十日、秀頼が六歳にして従二位権中納言に上る。
官位を高めて権威付けを急ぐ意図が表れていた。
(いずれ家康を越えさせる)
それを三成は目論んでいる。内大臣家康まで二階級で届く。
その三成に寝耳に水の打診があった。

「唐入り宰領の功により筑前、筑後の二ヶ国を与えると殿下は仰せになったそうだ」

と、同じく奉行衆の増田長盛より伝えられる。

現在、石田家の知行は近江佐和山《おうみさわやま》十九万四千石であった。それが筑前と筑後を領するこ
とになれば、五十万石を超える。

喜ぶべきところだが、三成は、

(少し目を離した隙を衝かれた)

抜かったことを反省し、

(家康の画策か)

と、まず疑った。

三成を九州へ遠ざけ、秀吉、秀頼から切り離す。そうすれば、

(豊家は家康の思うままだ)

邪推した。

果たして、三成は秀吉に呼ばれ、

「筑前、筑後を治めよ」

と、告げられた。

これに対して三成は、

「筑前、筑後にあっては殿下の御為に働けませせぬ。また、佐和山にあってこそ東国の抑え

が適います。どうか、殿下の御側近くに置いて下さいませ」

と、阿《おもね》るように秀吉への忠義心を述べる。

秀吉は己れに忠なる三成に感じ入り、

「相判った。近くにいろ」

と、容易に指図を覆した。

三成は秀吉の心を操ることに慣れている。猿回しの如しであった。


五月に入り、三成の操る猿がいよいよ危ない。

甚だしい腹痛を発し、治まらなくなった。

秀吉の侍医、施薬院宗伯法眼《やくいんそうはくほうげん》が付き切りで診《み》ている。

伏見城の控えの間に三成を始め五奉行が詰めていた。

三成は延命を願う。誠忠からではなく、

(今、死なれたら、家康を朝鮮へ渡らせられない)

その目論みが崩れるからだった。

六歳の秀頼の方が傀儡《かいらい》にし易い。秀吉が信長の死後、三法師を担いで政権を乗っ取ったように三成も秀頼を利用する。

だが、偏った命を出せば、幼君を誑《たぶら》かしたと糾弾される恐れがあった。唐入りの人選だけでも秀吉の存命中に決めて置きたい。

宗伯は診立てに従い、薬を調合して秀吉に飲ませた。が、一向に良くならない。それどころか悪化していくばかりだった。

在京の大名が代わる代わる登城して秀吉の様子を伺う。そのためか、

「太閤殿下ご危篤《きとく》」

という噂が立った。

伏見城下は俄かに騒がしくなる。


秀吉は日に日に衰えていった。

七月十五日、在京の諸大名が大老の前田利家の屋敷に呼ばれ、参集する。

利家は秀頼の傅役《ふやく》として、

「中納言（秀頼）様に対し忠誠を誓う起請文《きしょうもん》を差し出して頂きたい」

諸大名に求めた。任意ではなく、強制である。

起請文は、秀頼に対する奉公は秀吉に対してと同然とすること、秀吉の定めた法度《はっと》及び置目《おきめ》に違背せぬこと、公儀の秩序を守り朋輩同士で遺恨を持たず争わぬこと、私的な徒党を立てぬことなど五ヶ条から成っていた。

諸大名は末尾に名を署して花押《かおう》を書き判し、内大臣家康と大納言利家に宛《あ》てる。

三成も認《したた》め、家康と利家に差し出した。

(何故、家康に誓詞を差し出さなければならぬ)

豊臣政権において家康と双璧を成す利家の指図であるから従った。秀吉の死後、家康に対抗するため利家の名は必要である。

それにしても、

(忌々《いまいま》しい)

抑え切れなくなり、

「我々は江戸内府様と加賀大納言様に対して誓詞を差し出しました。内府様は如何に」

と、問い質《ただ》した。

家康は泰然と三成を見遣り、

「誓詞の宛てを我と加賀大納言殿に致したのは、太閤殿下より我らが中納言様を盛り立てるよう仰せ付けられたが故にござる。我と加賀大納言殿は太閤殿下に対し差し出します」

と、率直に応える。

三成の無遠慮な物言いにも角を立てず、薄っすら微笑みすらしていた。

利家は見過ごすことができず、

「治部、口が過ぎる。温和な内府殿でなくば、怒鳴り付けられているぞ」

と、窘める。

「いえいえ」

家康は利家を抑え、

「さすがは筑州の大封を諦めてまで、太閤殿下の側近くに仕えたいと願った治部少輔殿でござる。誠忠から訊かれたのでございましょう」

と、三成を庇《かば》った。

だが、これで、

(やはり、儂を九州へ追い遣ろうと仕組んだのは家康か)

三成は確信する。

「お褒め頂き、有り難く存じます」

顔で笑って、心の内では苦々しく思いながら、退出した。

三成の九州転封を秀吉に吹き込んだのは家康ではない。三成と同じく奉行の浅野長政であった。奉行筆頭は長政であるにもかかわらず、差し置いて首座のように振る舞う三成を疎《うと》ましく思っている。北政所寧々の義兄であり、秀吉とは小身の頃からの仲間だった。その言葉を秀吉が聞き入れてもおかしくない。ただ、長政は秀吉の心が不安定とは気付いていなかった。身内の親しさを利して説いている。

三成は長政の仕業とは知らず、

(必ず地を這《は》わせてやる)

家康への敵愾心《てきがいしん》を益々強めた。

八

病に倒れてから秀吉は心が安定するようになった。
三成は昼夜、秀吉の側に詰めている。
（死が近付き、憑《つ》き物が落ちたか）
と、思うしかない。
思考が自立すると、心を操れなくなるが、
（最早、後事を案ずることしか頭になかろう）
高が知れた。
（然れど、もう先は長くない）
家康を朝鮮へ渡らせる見込みも消えつつあることが口惜しい。
八月五日朝、
「遺言したい」
秀吉は出仕した三成に告げた。
「御意。直ちに大老、奉行へ遣いを出し、呼び寄せましょう」

三成は仕事が早い。

五大老、五奉行の屋敷へ使者を走らせ、遺言を認める祐筆《ゆうひつ》を手配した。

やがて、徳川家康、前田利家、毛利輝元、上杉景勝、宇喜多秀家の五大老が秀吉の許に呼び出される。秀家は朝鮮から帰国した直後で秀吉の重篤を知り、驚き、駆け付けた。

この五人が秀頼を盛り立てて豊臣政権を担う。


遺言が伝えられた。

家康は三年在京し、領地に所用があれば、秀忠を江戸へ遣わすこと。

奉行衆においては前田玄以、長束正家の他、三人の内一人を伏見城留守居とし、家康は常に伏見にあって纏めること。

大坂城留守居は奉行衆三人の内二人とすべきこと。

秀頼が大坂城へ入った後、諸大名の妻子を大坂へ移すこと。


さらに、秀吉は家康と利家を枕頭に呼び、特に言い置いた。

まず、家康には、

「内府殿ほどの律儀者はいない。この先、秀頼を必ず盛り立ててくれるであろう。それ故、御孫の千姫がご成人の折には秀頼に娶《めあわ》せてもらいたい。羽柴と徳川が身内となり、内府殿に秀頼を支えて欲しい。頼み申す。頼み申す」

と、哀れなほど繰り返し懇願する。

次いで利家には、

「其方とは三十年、いや四十年にも及ぶ朋輩《ほうばい》だ。どうか秀頼の傅人《もりびと》になってもらいたい」

古くからの仲をもって頼み込んだ。

そして、秀吉は疲れて眠る。

次に秀吉が目を覚ました時、

「佐吉……、佐吉」

三成を若い日の名で呼んだ。

隣の間に控えていた小姓が走り、詰め間の三成に告げる。

三成は急ぎ廊下を渡り、秀吉の寝所に入った。

「殿下、治部少輔でございます」

と、秀吉に告げる。

「佐吉か」

秀吉がか細い声で訊いた。

「は、はい。佐吉でございます」

三成は古い名で呼ばれて少し戸惑ったが、直ぐに応える。

「佐吉、幾つになった」

秀吉は頰の削《そ》げた顔を三成に向けて訊く。

三成は側近くにいたが、秀吉の状態を目の前で見て、

（これはもう……）

最期《さいご》が近いことを覚りながら、

「三十九歳になります」

訊かれたことを応えた。

「そうか。其方を寺から貰い受けたのは十五歳の時であった」

秀吉の頭脳が正常どころか、過去のことを良く憶えている。

（人は死が近付くと昔のことを思い出すと言う）

三成は不思議に思わなかった。

「はい」

と、返事する。

秀吉は左腕を掛布から出して三成の左手を取り、

「二十四年か。良く仕えてくれた。礼を申す」

と、沁々《しみじみ》言った。

「勿体《もったい》のうございます」

三成は右手を秀吉の左手に添える。

すると、秀吉は少し上体を起こして右手を三成の右手に添え、

「秀頼のことも頼むぞ」

涙を流した。

「は、はい」

三成は心が震える。

秀吉は三成に目を掛け、引き立ててくれた。その恩義に邪心なく感謝し、思わず落涙し、

「必ず」

と、応える。

秀吉は頷き、

「遺言を書く」

と、言う。

「それは先日、仰せになられたことを祐筆が認めていますが……」

三成はやはり惚《ぼ》けているかと思ったが、

「儂自ら書き残したい」

ということだった。

三成は小姓に硯《すずり》と筆、紙を運ばせる。そして、自ら墨を磨《す》り、筆先に付けて紙と共に秀吉へ手渡した。

秀吉は力なく蚯蚓《みみず》の這ったような字を書いていく。

返々《かえすがえす》、秀より（秀頼）事、たのミ申候
五人のしゆ（五大老）たのミ申候
いさい五人の物（五奉行）ニ申わたし候
なこりおしく候、以上
秀より事、なりたち候やうに、此かきつけ候
しゆとして、たのミ申し候
なに事も此ほかにわおもひのこす事なく候かしく

八月五日
いへやす（徳川家康）
ちくせん（前田利家）
てるもと（毛利輝元）
かけかつ（上杉景勝）

秀いへ　　（宇喜多秀家）
まいる

秀吉は書き終えると力尽き、三成に紙と筆を渡して目を閉じた。

その余りにも後事を憂える遺言状に、

（豊家の天下は必ず某が守り奉ります）

三成は他意なく誓う。


然して、八月十八日、秀吉死す。

享年六十二。

権謀術数の限りを尽くして天下人まで上り詰めたが、この十年余りは脳が侵され、操り人形の如き生涯であった。

三成は複雑な心境である。

精神が不安定な秀吉は言動がしばしば変わり、扱いにくかった。が、豊臣秀吉の名は天下を支配する上で不可欠だった。

秀吉の名の下に朝鮮出兵を敢行し、諸大名の地力を削ぐことも適う。

その秀吉の威は最早、借りられない。

（秀頼を天下人として名を高めていくだけだ）

割り切って次を見据えた。

秀吉の死は五大老と五奉行の他、秘匿《ひとく》される。それが明と朝鮮に知れたら、ここぞとばかりに攻勢を仕掛けられ、日本軍は窮地に陥るからであった。

秀吉がまだ生きていると世間に思わせるため骸《むくろ》は伏見城内の暗所に安置される。

九

朝鮮へ渡った日本軍は隙を衝かれぬよう半年ほど守りに徹している。

しかし、明軍も本国から漸く増援が適い、八月、反攻を策した。

日本軍も連合軍も八月十八日に秀吉が死んだことを知らない。それどころか、奉行衆は同二十五日、島津忠恒《ただつね》や鍋島直茂に、秀吉快気、と通達していた。

九月に入り連合軍は東路、中路《ちゅうろ》、西路《せいろ》、水上の四軍を仕立てて半島を南下する。

蛍と善之は権慄に従い、西路を進んだ。此度、権慄は蔚山城でなく、順天城の攻略を託されている。

大将に相当する総兵の劉綎《りゅうてい》は、

「敵将の小西の軍勢は強い。正面に当たっても破り難い。謀《はかりごと》をもって小西を誘き出し、伏兵をもって仕留め、倭軍の頭を潰す」

という謀略を策した。

明も朝鮮もことごとく同意したが、善之は、

「如何に日本の勝手で攻め来たろうとも、そのような卑怯《ひきょう》な手は我が軍の正義を廃《すた》らせる」

と、権慄を通して諫言《かんげん》したが、劉綎は聞く耳すら持たない。

「ならば、私が行く」

伏兵を志願したのは蛍だった。

「他の者であれば、小西摂津を殺してしまう。私なら殺さず生け捕れる」

ということである。

劉綎は行長に書状を出した。

「明日、順天旧城の近くで会見し講和を結ぶべし。我自ら単騎で貴公を迎えに参る」

この書状を行長は読み、頷く。文禄の役でも一軍を任されながら適当なところで戦いを終結に導いた。此度も、

「多くの血を流すことなく、終戦できれば重畳《ちょうじょう》。講和は望むところだ」

と、劉綎の申し入れに応じる。

これに、

「謀《はかりごと》の匂いがします。思い止まれた方がよろしかろう」

と、松浦鎮信《まつうらしげのぶ》が忠告した。

行長は、

「向こうから停戦を言い出して来た。受けるべきでしょう」

聞き入れず、交渉に臨む。


九月十九日、行長は単身、会見の場へ向かった。

果たして、行く手には蛍を始め伏兵が潜んでいる。

行長が近付いた。

伏兵が沸き起こる。

その時、一陣の疾風が流れ込んだ。

「これは」

蛍は咄嗟《とっさ》に危険を察し、引き下がる。

疾風は伏兵を吹き飛ばした。

「このような卑怯な手を使うとは我ら日本勢を非道とは言えぬな」

島左近が馬上、怒号する。

凄まじい迅《はや》さで馬を疾駆させ、剛槍を振り回して伏兵を吹き飛ばす。伏兵のほとんどが左近の目にも止まらぬ槍捌《やりさば》きで倒されていった。最早、伏兵の態勢は全くに崩れ、逃げ惑う。

左近は生き残っている蛍や善之を睨《にら》み据えた。

（これはいけない）

蛍は覚る。失敗《しくじ》って挽回しようとしても巧く立ち回れないことが常だった。未練を捨て、

（止める）

それしかない。

蛍は銃弾を放つ。透かさず善之と共に後方へ走った。

銃弾を払い除けるには槍は向かない。

左近は太刀を抜き、銃弾を弾《はじ》いた。

善之が撃ち、走る。

これも左近は凌《しの》ぎ、進んだ。

次にまた蛍が撃ち、走る。

それでも徒歩と騎馬では差が詰まるばかりだった。

他に生き残っていた伏兵が左近に横槍を付ける。

左近は少しも動ぜず、槍を躱《かわ》し、伏兵を屠《ほふ》った。

蛍は駆けながら、

(仕方ない)

一手を画す。

立ち止まって翻《ひるがえ》り、

「ご免なさい」

と、言って、銃弾を放った。

銃弾は左近の乗馬の首を掠《かす》める。蛍が謝ったのは馬に対してであった。

馬は慄《おのの》き、前脚を高々と上げて左近を振り落とそうとする。

左近は堪えたが、馬はもう昂奮して走れる状態ではなかった。

左近は馬を諦めて跳び下り、駆ける。

剛槍を操り、伏兵を斬り払っていった。

しかし、蛍、善之との差はもう大きく開いている。

敵勢は討ち取られたか、逃げ去ったか、最早、いない。

左近はもう追わなかった。立ち戻り、行長に、

「お怪我《けが》はございませぬか」

と、訊く。

「さすがは石田家にこの人ありと謳《うた》われた島左近だ。治部少輔は此方へ渡らずも、左近を

与力として遣してくれて助かった」

行長は心から礼を言う。

十

劉綎の謀略は潰《つい》え、本格的な攻城戦となった。連合軍は水陸から激しく攻め立てる。しかし、日本勢の城砦は強固に進化し、連合軍が猛攻しても動じなかった。時に機を計って討ち出し、連合軍に多大な被害を与えて退く。

死傷者は連合軍にこそ多かった。

鉄砲は野戦や守城に威力を発揮するが、撃ち上げとなる攻城には余り向かない。蛍と善之の鉄砲衆は討って出る城方を凌ぐことくらいしか出番がなかった。

連合軍の順天攻城は捗々《はかばか》しくなく、十月になって中路軍が泗川城に拠《よ》る島津義弘の軍勢に大敗したという報が届く。西路軍も撤退を余儀なくされた。

中路軍の敗退により三軍の同時攻撃は頓挫し、蔚山城を攻めていた東路軍も兵を退く。

優位に立っていた日本勢だったが、突如、小西行長から劉綎へ和議が申し入れられた。奉行衆から撤退命令が出たのである。

秀吉の死をまだ知らぬ劉綎は明と朝鮮の諸将に、

「このまま戦っても死傷者を増やすばかりだ。倭軍の申し越しを受け入れ、一旦、退くのが良い分別と心得る」

と、告げた。

諸将も軍勢の疲弊を憂え、同意する。

小西行長率いる日本勢は撤退し始めたが、十一月、朝鮮水軍の主将、李舜臣《りしゅんしん》が、

「太閤が死んだらしい」

という情報を掴み、

「倭軍は動じている。今こそ叩くべし」

海上を封鎖した。

だが、泗川から撤退してきた島津義弘や立花宗茂は連合軍による海上封鎖を知り、水軍を仕立てる。

日本水軍と連合水軍は十一月十八日の夜、露梁《ろりょう》海峡において開戦した。

連合水軍は明の副将、鄺子龍や朝鮮の主将、李舜臣を始め多くの将を失い、敗走する。

連合水軍による海上封鎖が解け、日本勢は続々と海を渡り返し、帰国して行く。

権慄率いる西路軍は日本勢を追い討ちする余力がなかった。

元々朝鮮にとって勝っても全く利のない不毛な戦いであり、

（戦いが終わるならそれで良い）

と、将兵も民も思っている。

秀吉の死は有り難かった。

蛍の耳にも漸《ようや》く入り、
ぽつり呟《つぶや》く。

「死んだのか」

驚きはしない。いつとは特定できなかったが、予想はできていた。

仇敵《きゅうてき》が死に、気が抜ける。

だが、何もしないでいられる余裕はなかった。

（乱になる）

蛍は断言できる。

その渦中に家康がいることは間違いなかった。

（治部少輔はあの手この手で仕掛けて家康様の追い落としを謀るだろう）

家康が失脚すれば、天下は三成の意のままとなる。

（三成の天下を良しとしない大名は多い。再び乱世となりかねない。今、天下を纏められるのは家康様を置いていない）

何としても三成の陰謀を阻止しなければならなかった。

「帰ろう」

帰国を決意した。

第十章　家康策動

一

蛍は日本へ帰る。

帰国のための船の手配は善之がしてくれた。

いよいよ朝鮮を発つ日、

「餞別《せんべつ》だ。これをやる」

善之は変わった鉄砲を蛍に手渡す。

「こ、これは」

蛍は目を大きく見開き、その鉄砲を受け取った。

心が震えている。

鋼輪銃に出会ってから七年、さらに進化した鉄砲を求め続けてきた。鉄砲の産地と言われる土地のほとんどに足を運んだ。が、鋼輪銃を超える鉄砲に廻《めぐ》り逢えていない。

それが今、目の前にある。

短銃の中央に蓮根のような円柱の鋼《はがね》が埋め込まれていた。弾倉回転式八連発銃、後にリボルバーと呼ばれる最古の型である。

「一年前に南蛮で造られたと言う。この国に渡って来たのだが、使い方を習得するため儂《わし》に預けられた。八発纏《まと》めて弾薬を込められるので、さらに早撃ちが適うのだが、お主の鋼輪の鉄砲よりさらに高値のため、この国の軍では採り上げられず、儂に下げ渡された」

善之は淡々と経緯を話す。

蛍は目を凝らして回転連発銃を見詰めつつ、

「然様に稀少な鉄砲をどうして私にくれる。その前に何故、戦いで使わなかった」

疑問を質《ただ》した。

「難がある」

「それは」

「試してみろ。お前ならわかるはずだ」

善之は蛍を射場へ誘う。

射場では鉄砲衆が修行に励んでいた。

鉄砲衆は蛍と善之が現れると、一同、射撃を止めて礼を取る。

蛍が来朝した時とは心技共、雲泥の差で進歩していた。

蛍は満足そうに頷《うなず》き、

「上達したね」

少ないながら憶えた朝鮮語で声を掛ける。

善之も朝鮮語で、

「蛍が試し撃ちをする。見て損はない」

と、言って、射場を空けさせた。

鉄砲衆は蛍の射ち方を二年間、見てきた。その技量に心酔している。見たくないはずがなかった。固唾《かたず》を呑んで蛍の射撃に見入る。

蛍は八連発銃を手にした。弾倉に八発の弾薬を込める。

然して、構え、銃弾を撃つ。弾倉を回す。撃つ。回す。撃つ。回す。撃つ。回す。撃つ。回す。撃つ。回す。撃つ。

慣れない鉄砲の故か。蛍をして的こそ外さなかったが、七発全て中心から逸《そ》れた。

蛍は弾倉を回し、最後、八発目に漸《ようや》く中心を撃ち抜く。

八発撃つのに十二拍しか要しなかった。

鉄砲衆は目を見開いたまま立ち尽くし、絶句している。

蛍は鉄砲衆にいくつか覚えた朝鮮語で、

「有り難う」

と、射場を貸してくれた礼を言い、

「元気で、励みなさい」

別れを告げて、善之と立ち去った。

鉄砲衆は整列する。

「有り難うございました」

辿々《たどたど》しい日本語で指導に感謝した。

蛍と善之は歩きながら試し撃ちを許する。

「どうだ」

善之が訊いた。

「撃つ時に反動で少し手振れする。八発続けて狙い定めるのは至難だ」

蛍は応える。

「ふん。それはお前なら適えるだろう」

「励むだけだ。難儀は他にある」

「わかっている。日本の鉄砲とは銃弾が違うのだ。椎《しい》の実のような形をしている」

「それについては心当たりがある」

「芝辻に頼むか。あそこなら拵《こしら》えられるかも知れぬな」

「最も難儀なのは八発続けて撃てるということだ。それが利であり、不利でもある」

「お前にとっては初めて手にする鉄砲でも掌《たなごころ》だな。そうだ。一度仕込めば、八発続けて早撃ちできるが、撃ち尽くすと、さらに八発と火薬を仕込む時が掛かる。お主は一発を十二拍で込められるが、その数倍を要すということだ。その間にやられてしまう」

「惜しいな」

蛍も残念がるが、

「それでも目覚しい鉄砲だ。真にくれるのか」

使い道を模索したい。

「お主なら使い方を見出せるだろう」

善之は喜んで譲った。そして、

「世話になった」

心から朝鮮のために戦ってくれた感謝の意を表す。

日本軍は去った。が、明の国情は甚だ怪しく、内憂外患を孕み、その余波を朝鮮に及ぼしかねない。戦乱が起こるのは必至と言えた。善之も戦いに身を投じることになる。

「死ぬなよ」

蛍は願うばかりだった。

日本とて天下人の死後、国は揺れるに違いない。乱が起きる。その渦中に蛍は帰って行くのであった。

「お主もな」

善之も願い返す。

二

日本勢全軍が撤兵した。

家康も朝鮮に渡ることなく、肥前名護屋から上方へ戻っている。三成は徳川家を疲弊させようとしたが、家康は一兵も損なうことがなかった。

そして、戦いの熱の冷めた慶長四年二月、蛍は朝鮮の商人の手引きで一度、呂宋に渡り、南風を待って呂宋から帰国する。

帰国した蛍はまず京の茶屋四郎次郎を訪ねた。

「おお、ご無事で何よりです」

四郎次郎は蛍の生還を喜ぶ。

「今のこの国のこと聞かせて下さい」

蛍は情報通の四郎次郎に願った。

「太閤殿下が亡くなられた後は内府様を筆頭に大老の方々とお奉行衆が中納言様を盛り立

て、法を立てて司《つかさど》り、政を行っていらっしゃいます」

「大老？　奉行衆？」

「大老は江戸内府様、加賀大納言（前田利家）様、備前中納言（宇喜多秀家）様、安芸中納言（毛利輝元）様、会津中納言（上杉景勝）様、奉行は浅井弾正少弼（長政）様、石田治部少輔様、長束大蔵大輔（正家）様、増田右衛門尉（長盛）様、徳善院法院（前田玄以）様でございます」

「その人たちが今の天下を動かしているということですか？」

「大老の方々とお奉行衆は朝鮮へ渡られた皆様のご帰国にお力を尽くされていらっしゃいました。皆様がご無事で戻られることより大事なことはなく、余念なく御心を合わせて当たられていました」

「そこは治部少輔も自儘《じまま》にできないでしょうね」

「そこまでは良かったのですが、事が起きたのは年明け早々でございます」

「二月前ということですか」

「はい。お奉行衆が内府様を糾《ただ》されたのです」

「糾すって、家康様は何をされたのですか？」

「徳川家が伊達家、福島家、蜂須賀家、加藤家、黒田家と勝手に縁組したという疑いです」

「縁組がご法度《はっと》なのですか？」

「御大名と御大名は御上のお許しなく縁組ができないことになっています」

「御上って、禿鼠が死に、最も上の方は家康様ではないですか」

「大崎少将（伊達政宗）様のご息女の五郎八《いろは》姫《ひめ》様は内府様の御六男辰千代《たつちよ》（忠輝《ただてる》）様が娶《めと》られることとなり、清須侍従（福島正則）様のご養子八助《やすけ》（正之）様には福島左松平因幡守（康元）様のご息女満天姫《まんてんひめ》様が、蜂須賀阿波守（家政）様のご嫡男千松丸《せんまつまる》（至鎮《よししげ》）様には小笠原上野介（秀政）様のご息女万姫《まんひめ》様が、加藤主計頭（清正）家には水野和泉守（忠重）様のご息女かな姫様が、黒田甲斐守（長政）家には保科弾正忠（正直）様のご息女栄《えい》姫《ひめ》様が娶わせられることになりますが、いずれも内府様のご養女として嫁がれます。つまり、内府様の私事の婚儀ということになります。然れば、物事の取り決めは大老の方々とお奉行衆合議の上とされています。他の大老の方々とお奉行衆に諮《はか》られなかったのは拙《まず》かったかも知れません」

「それで、その後、どうなったのですか？」

「一月十九日、中老の生駒《いこま》雅楽頭《うたのかみ》（親正）様、中村式部少輔（一氏《かずうじ》）様、堀尾《ほりお》帯刀《たてわき》（吉晴）様に相国寺の西笑承兌《せいしょうじょうたい》和尚様が問罪使として内府様の御屋敷へ出向かれました。然して、承兌和尚様は、勝手な婚儀は太閤殿下の御遺命に背《そむ》く、逆心なき旨、確かな返答なからずば、大老を降りて頂く、と告げられました」

「で、家康様は何と」

「縁組については手落ちがあったことをお認めになられたが、それをもって逆心とは如何に、確証を示されよ、と仰せになられました」

「問罪使の方々は何と」

「方々は応えられず、承兌《じょうたい》和尚様は役目上、仕方のない問い合わせにつき、ご事情を伺えたら引き取られると折れられました」

「家康様のご事情は？」

「御遺命をお忘れになったとのことにございます」

「それで問罪使の方々は引き下がられたのですか？」

「はい」

「それで終《しま》いですか」

「いいえ、婚儀に言い掛かりを付けられた清須侍従様や加藤主計頭様、黒田甲斐守様は元来、石田治部少輔様とはお仲が悪うございます。大層憤《いきどお》られ、ご昵懇《じっこん》の浅野左京大夫（幸長）様、丹後少将（細川忠興）様、加藤左馬助《さまのすけ》（嘉明《よしあきら》）様もご同心になられ、治部少輔様許すまじと気負われ、今にも戦に及ぶ成り行きでした」

「治部少輔は、へいくわいもの、と呼ばれ、一言一言が勘に触りますからね。同じことを他の方が言えば、違ったでしょう」

「仲立ちされたのは加賀大納言様です。大納言様が病苦を押されて大坂より伏見の内府様の御屋敷へ出向かれて他意なきことを確かめられました。これにて御誓書を交わされ、内府様は伏見向島へ退かれることとなり、治部少輔様たちに仰せ渡されました。加賀大納言様に内府様が他意なきと仰せになられ、向島へ退かれましたら治部少輔様たちも矛を収めざるを得ません。その上で、内府様も大坂へ出向かれ、加賀大納言様にご答礼され、一件は取り敢えず落着致しました」

四郎次郎の解説を聴いて、

(家康様は治部少輔を怒らせようとしているのではないか)

蛍は感じる。

(これで治まるとは思えぬ)

そう思えてならなかった。

「必ず世は乱れる。収められるのは家康様しかいません。家康様の役に立ちたい」

蛍の望むところである。

「それはよろしうございます」

四郎次郎は喜び、蛍を家康に引き合わせる段取りをした。

日を経ずして、蛍は伏見の向島に構える家康の屋敷に呼ばれる。

「おお」

家康は蛍の健《すこ》やかな姿を見て声を上げた。

「無事であったか」

目を細める。自らは渡海しなかったが、朝鮮の軍勢に沙也可という凄腕の鉄砲撃ちがいると聞いていた。蛍ではないかと思ったが、それを問おうとしない。これまで、どこで何をしていたかも訊かない。

「変わらぬのお」

家康は蛍を十代の頃から知っている。もう三十路に入ったと存じ置くも、変わらず若々しいと思った。少し日焼けしているが、肌の艶は二十代と言っても通じる。

「羨《うらや》ましいことだ」

自らの老いを感じた。

家康は五十八歳になっている。秀吉の享年まで四歳しかない。

だが、

(太閤のように不摂生ではない)

自他共に認めるように健康には努めて留意していた。小太りで五尺二寸(百五十七糎強) 足らずの体軀《たいく》だが、歳の割に引き締まっている。

「家康様こそお変わりなく。鷹狩などでお身体を鍛えられて養生され、生薬にも通じていらっしゃると聞き及びます」

と、蛍は世辞なく言った。

「嬉しいことを言ってくれる」

家康は素直に喜ぶ。淀みなく純粋な蛍に対しては飾りも捏《おもね》りも謀りもなく、接することができた。

「争いが起きる」

と、自ら仕組もうとしている近未来を確言する。

「はい」

蛍は疑うことなく、真っ直ぐに受け止めた。

「また手を貸してくれるか」

「はい」

「有り難い」

「また鷹ヶ峰にいますので、御用があれば、いつでもお呼び下さい」

蛍は確約した。

三

蛍は堺の芝辻家を訪れる。

言わずもがな八連発銃用の銃弾を調達するためだった。これまでの仕事料で資金には困らないが、既存はなく、特注となるので、造れる技術が求められる。

堺政所は相変わらず石田三成の兄、正澄が務めていた。が、秀吉の死後、慌ただしく秀頼の側近に列し、奏者番《そうじゃばん》となり、堺にいることは少ない。京の商人、茶屋四郎次郎の遣いとして難なく堺へ入れる。

芝辻清右衛門は他界していた。

理右衛門は、

「今際《いまわ》でお前に会いたがっていた」

と、蛍に告げる。

「そうか」

蛍は俯《うつむ》き、清右衛門の死を悼《いた》んだ。根来の津田照算と並び蛍の技量以上に人となりを愛してくれた恩人である。八十歳を超える齢《よわい》からすれば、寿命が尽きてもおかしくなかったが、その死は余りにも悲しかった。

理右衛門に墓へ案内してもらう。

蛍は墓前で合掌して黙禱《もくとう》し、

(鉄砲が邪《よこしま》に使われぬ世となるよう励みます)

と、誓った。

墓参の後、芝辻家へ戻る。

「これを」

蛍は理右衛門に八連発銃を見せた。

「ほお」

理右衛門の目の色が変わる。鉄砲鍛冶としての血が騒いだ。

繁々と見回し、構造を確認する。

「話には聞いていたが、これがそうか」

感動を抑えられなかった。

「造れるか?」

と、蛍は訊く。

「誰に物を言っている」

理右衛門は心外とばかりに嘯《うそぶ》いた。しかし、

「できる。が、造っても売れぬ。お前に遣った鋼輪の銃より高く付く。それに八連発でき

ても次の八発を込めるのに間が空く。戦場で実の用に足るか」

と、不合理を説く。

蛍は頷き、

「わかっている」

と、認め、

「戦場で役に立つか、どうか、試してみねば、わからぬ。銭はある。お前にこれを預ける故、造ってみてくれ。できたら、お前の手持ちとし、この先、新たな優れた鉄砲を産み出す手掛かりとしてくれ。そして、私が欲しいのは銃弾だ。鉄砲の仕組みがわからなければ、銃弾も造れぬであろう。私はこの鉄砲を試したい。できるだけ銃弾を造ってくれ」

試作を求めた。

「よかろう」

理右衛門は即答する。

「儂とて、この鉄砲は気になる。どういう仕組みか見て、この手で仕上げてみたい。三月の後来てくれ。銃弾を揃えて置く」

「よろしく頼む」

銃弾の都合が付いた。

四

家康と三成が政略を仕掛け合っている。

この段階で蛍の出る幕はなかった。一人、修練を積む。

そのような不穏な情勢の中、閏《うるう》三月三日、豊臣政権で家康と双璧を成していた大納言前田利家が逝《い》く。秀吉の死後、僅かに八ヶ月のことだった。

大立者の利家によって抑えられていた加藤清正ら武断派の箍《たが》が外れる。

清正と三成は元来、反りが悪かった。秀吉に目を掛けられていることで権勢を振るい、横柄で驕慢《きょうまん》な三成は清正のみならず武断派に嫌悪されている。三成も武骨で粗野な武断派が疎ましかった。

朝鮮の役では渡海した清正と名護屋に駐留した三成の思うところが違い、対立してしまう。

三成は清正の非を並べ立てて秀吉に報告した。それが元で清正は召還されて謹慎を命じられたのである。

「讒言《ざんげん》で故太閤殿下を惑わし、我らを貶《おとし》めた治部少を討つべし」

清正は三成に対して意趣ある有志を糾合した。

福島正則、細川忠興、浅野幸長、加藤嘉明、黒田長政、蜂須賀家政、藤堂高虎も朝鮮の役で功を上げながら過少に報告され、憂き目を見ている。

池田輝政は朝鮮の役に出征していないが、家康を敵視する三成を良しとしなかった。輝政の室は家康の娘、督姫《とくひめ》である。

清正ら九将は加藤屋敷に集まった。

天満の加藤屋敷から備前島の石田屋敷へは半里ほどでしかない。

この穏やかならざる事態は秀頼の近臣、桑山治右衛門《くわやまじえもん》によって石田屋敷へ急報された。

三成は昵懇《じっこん》の佐竹義宣の援けを得て玉造の宇喜多秀家の屋敷へ逃れる。

これで収まるはずもなく、九将は大坂中を虱潰《しらみつぶ》しに追及した。が、見付からない。

三成はさらに伏見へ逃げ延びていた。伏見城の治部少丸に拠《よ》る。

慶長大地震で倒壊した伏見城は木幡山に移して指月の城郭を大きく上回る規模で二年前に再建されていた。

三百五十尺弱（約百五米）の木幡山一帯を城域とし、本丸は東西百十間、南北百六十五間にも及ぶ。本丸の西北に天守閣があり、西方に二ノ丸、北東部に松ノ丸、南東部に名護屋丸を配していた。

治部少丸は伏見城西ノ丸の西隣にあり、濠が廻らされていた。九将と手勢で攻略できる砦ではない。

　九将は伏見在勤の奉行、増田長盛と前田玄以に三成の引き渡しを求めるが、拒絶され、険悪な状態となった。

「内府に訴えよう」

　清正が代表して伏見向島の家康を訪ねる。

　小姓が清正の来訪を家康に告げた。

　家康は何用か、わかっている。

「書院で待たせて置け」

　と、言い付けた。

　その上で、奥にて、

「さて、どう裁くか」

　謀臣の本多正信に諮《はか》る。

　実は、清正の駆け込みより早く、三成より佐竹義宣を通して九将との調停を請われていた。三成は利用できるものは何でも利用する。前田利家亡き今、清正や正則を抑えられるのは家康しかいないと割り切っていた。恩を受けたとは思わない。大老として騒ぎを鎮めるのは当然の役目と怜悧《れいり》に考えたから家康に頼んだだけだった。

「見殺しにしますか」

正信は応える。

「これ。滅多なことを言うな」

家康は苦笑した。

「では、生かして置きましょう。暫し」

正信は容易に前言を翻《ひるがえ》す。本意ではなく、少し戯《ふざ》けただけだった。

「暫し、な」

家康は片頬を歪める。

「ここで治部少輔に死なれたら、それだけのことですからな」

「そう。それだけだ」

「生かして、殿を快く思わない輩《やから》を纏めさせましょう」

「そして、一気に叩き潰すか」

家康は蛍には見せぬ凄みのある笑みを浮かべた。

書院で清正が瞑目《めいもく》し、端座して待っている。眉間に僅かだが、皺を寄せていた。内心は苛立《いらだ》ってはいるが、面に出さぬよう努めているのだ。

襖《ふすま》が開き、家康が姿を見せた。

清正は頭を低くし、

「御目見得、忝《かたじけな》く存じます」

と、礼儀正しく挨拶する。

「お待たせしましたな」

家康は首座に腰を下ろした。

「用件を伺いましょう」

大度《たいど》を示す。

清正はずばり、

「増田右衛門尉と徳善院法院に治部少輔を差し出すようお指図頂きたい」

と、請願した。

家康は頷き、神妙な顔で、

「お腹立ち、ご尤《もっと》もと存ずる」

清正に同情する。

「おわかり頂けますか」

清正は漸く笑顔を見せた。が、

「わからいでか。然れど……」

家康が打ち消すような表現をすると、また清正は顔を曇《くも》らせる。

「儂は大老であるが、大老は一人ではない。儂一人で決める訳にはいかぬ。他の大老の存念も訊き、公正に決めたい。二、三日、時を頂きたい」

家康の言うことは正当であった。大老の判断として間違っていない。

清正も、

「よろしくお願い致しまする」

と、承知するしかなかった。

五

家康は大老の毛利輝元、上杉景勝と協議するため大坂へ足を運ぶ。

協議と言っても、家康の考えに同意を得るだけのことだった。

腹心の井伊直政などは、

「主計頭たちが騒ぎを起こしたために上方は危なかしくなっています。二大老のご同意を頂くだけなら、殿が御自らいらっしゃらずとも、名代を立てれば済むかと存じます」

と、諫《いさ》める。

家康は意に介さず、

「豊家の大老と一人の奉行の処分を決めるのに名代では礼を失する」

そう言って斥《しりぞ》けた。

尚も、

「ならば、殿が筆頭である故、この伏見へお呼びなさいませ」

直政が食い下がると、

「豊家の大本は大坂であり、此方が出向くのが筋であろう」

家康はもう決めていた。

「それに、もう一人、会って置きたい御方がいる」

寧《むし》ろ、そちらの方が大事なようだ。


家康が舟に乗り込もうとした時である。

「おお」

家康は声を上げ、顔を綻ばせた。

岸に蛍が跪《ひざまず》いて控えている。

「御供致します」

と、願い出た。

秀吉はもういない。蛍が大坂城に入っても気にする者はいなかった。

家康は素早く、

「何やら良からぬ噂があるようだな」

勘付く。

「家康様に害を加えようとする動きがあります」

と、蛍は告げた。

「そうか」

家康は驚かないが、

「殿、やはり大坂行きは思い止まられた方がよろしうございます」

直政が蒸し返す。

「案ずるな。天下一の鉄砲撃ちが付いている」

家康は図らずも蛍の推参を出しにして大坂行きを押し通した。

「して、その動きとは如何に」

それが訊きたい。

家康を九将駆除の頼みの綱にしている三成でないことは推察できた。三成と懇意の大名の手出しもなかろう。

「秀頼側近のお一人より茶屋さんに密告があったとのことです。大坂へ家康様がいらっしゃると聞いた側近衆の別の一人が良からぬことを考えているらしいのです」

蛍は四郎次郎から言い含められたことを家康に告げた。

茶屋は上方での家康の耳目と言って良い。四郎次郎には大坂城中に内通者がいた。

「良からぬこととは儂を殺《あや》めるということか」

家康が訊けば、蛍は無言で頷く。

「それで四郎次郎は其方を遣《つかわ》したか」

「はい」

蛍が応えたところで、

「鉄砲使いはお前だけではない」

と、言って、鉄砲を抱えた武者が現れた。

「源左衛門殿」

蛍が名を呼ぶ。

武者は、

「父の名跡を継ぎ、今は服部半蔵だ」

と、傲岸《ごうがん》に窘《たしな》めた。

「そうか。御父上はご立派な御方だった。御名に恥じぬよう励みなされ」

蛍に言われて、

「儂は父を超えてやる」

新たな半蔵は不遜に返す。

蛍と半蔵の間に険悪な空気が漂った。

「そこまでにされよ。殿の御前ですぞ」

仲裁に入ったのは内藤元忠である。

「元忠様」

蛍は驚き、俯《うつむ》いた。

半蔵は無言で元忠を睨み据え、家康の御座舟を護衛する前の舟へ向かう。

「恥ずかしいところを見られた」

蛍は恥じ入るばかりだった。

元忠は爽やかな笑顔を見せ、

「また、共に家康様の警護を全うしよう」

再会を喜ぶ。

「はいっ」

蛍は朗《ほが》らかに頷いた。

その蛍と元忠を家康は目を細めて見ていた。

六

家康一行は未明に伏見を発ち、淀川を下って行く。

半蔵が前備《まえぞなえ》の舟に乗り込み、蛍と元忠は後ろを護った。半蔵の伊賀組百人衆は五十人ずつ左右に分かれ、沿岸の街道を固める。

下鳥羽、淀、山崎と進む内、陽が高くなっていき、汗ばむほどの陽気になった。

伏見から十里、川下り故、御座舟は午《ひる》過ぎ天満に着く。

家康はまず秀頼と淀ノ方の機嫌を伺った。

七歳の秀頼は、

「内府、大儀」

と、一つ覚えの言葉を掛ける。

淀ノ方は冷やかに、

「内府殿、愚かな騒ぎのためご苦労に存じます」

と、心なく一応、労《いたわ》った。

「それでは、これにて評定《ひょうじょう》へ参ります」

家康は早々に淀ノ方の前から退く。

家康の来坂は先立って書状で予告されていたため、毛利輝元と上杉景勝は既に登城して、奉行衆が政務を執る本丸表御殿に入っていた。

大老の輝元と景勝の他、中老の堀尾吉晴と生駒親正、奉行の浅野長政と長束正家がいる。

もう一人の中老、中村一氏は体調を崩し、臥《ふ》せりがちで来ていなかった。

奉行は三成が当事者であり、増田長盛と前田玄以も伏見で九将を抑えている。

家康は主席大老として上座に座った。

「大儀にござる」

まず六人を労《ねぎら》い、

「お集まり頂いた儀は加藤主計頭ら九将と石田治部少輔の諍《いさか》いの始末の評定にござる」

と、参集の主旨を述べる。

言わずもがな六人共わかっていた。

「治部少輔を主計頭や清須侍従に差し出すのは埒外《らちがい》と存ず」

家康は清正ら九将の非を唱えた上で、

「然れど、主計頭や清須侍従にも一分がござる。そもそも治部少輔は奉行にもかかわらず九人もの大名が得心せぬような取り計らいをしたことに端を発している。九人を引き揚げさせる条件として、治部少輔には奉行を辞させ、隠居の上、佐和山で慎ませることで如何か」

と、私見を告げる。

これは評定ではない。家康の考えに大老、中老、奉行を同意させるだけだった。

輝元と景勝も三成を害そうとする九将の過激な振る舞いは許し難い。

毛利家の謀僧、安国寺恵瓊《あんこくじえけい》、上杉家の家宰、直江兼続《なおえかねつぐ》と三成は昵懇でもあった。三成の命を救うことは吝《やぶさ》かでない。その手立てとして家康の提言よりなしとも覚った。

「よしなに」

「よしなに」

両所共、家康の申し出に賛同する。

中老二人と奉行二人も異存はなかった。

斯くして、

「然れば、我が加藤主計頭らを説き諭し申そう。石田治部少輔への言い渡しは堀尾帯刀先生《たてわきせんじょう》殿と生駒雅楽頭殿、中老のお二人にお願い致す」

と、家康が言い、取り決めは四半刻も掛からず終わる。

七

家康は西ノ丸へ移った。

秀吉の寡婦《かふ》、寧々がいる。最早、北政所ではないが、天下への影響力は多分にあった。

蛍と元忠は詰所を出て、家康に付き従い、狙撃に備える。

「城内で事に及ぶような真似はすまい」

家康は苦笑するが、

「気を抜かれてはなりませぬ」

と、元忠は真顔で諫《いさ》めた。

「そうです。私なら狙い所が幾つかあります」

蛍が同調する。

家康は息の合った二人に好感を持ちつつも、

「其方ほどの撃ち手がいるか」

と、決め付けた。

家康たちは楽しそうに話しながら西ノ丸に着く。

寧々はまだ落飾せず、亡夫の仏事を滞《とどこお》りなく済ますことに専心していた。秀吉の遺骸は尚も伏見城の暗所になり、これを然るべく埋葬したら出家するつもりでいる。

家康は寧々を秀吉亡き後、豊臣政権浮沈の鍵を握る人物として重視していた。尾張の出で、加藤清正や福島正則を童の頃から知り、成長を見届けている。清正や正則も寧々を母のように慕っていた。

（この女性を味方に付ければ、何事にも心強い）

家康は強《したた》かに考えている。

秀吉の死後、何かにつけ、労りの声を掛け、気の利いた進物などで励ましもしていた。

この日、家康は寧々と向き合う。信長から秀吉には勿体ないと言われた美貌は巧く年を取り五十二歳ながら肌艶《はだつや》も良く、

「ご機嫌麗《うるわ》しゅう存じます」

世辞なく言った。

寧々は目許に笑みを湛え、

「内府殿もご健勝のようで何よりです。然れど、二人共、少し太りましたな」

と、戯《たわむれ》も交えて返す。

(もう七ヶ月か。落ち着かれたようだな)

家康は寧々に生来の快活さが戻ってきているような気がした。

「鷹狩などして体を搾《しぼ》っているつもりなのですが、それで腹が空き、飯を食い過ぎてしまいます。堪忍が足りませぬな」

我が事を反省し、寧々については窶《くたび》れていないことを喜ぶ。

寧々は済まなそうな顔をした。

「虎たちが面倒を掛け、申し訳ありませぬ。寧々が怒っていたとお伝え下され」

清正たちの騒動について我が子の不祥事の如く謝る。

寧々は三成と豊臣家の天下を護持することで協調し、秘中の秘まで共有していた。その三成を救うため家康が奔走していることに安堵する。

寧々も秀吉亡き後の天下を支えられるのは家康を置いてないと思っていた。

（佐吉の智恵に内府の胆力が合わされば、豊家は安泰。滅びなければ良い）

望むところである。

三成と九将の騒動の裁定は、

「内府殿のよろしきように」

家康に一任した。

これにより家康は独断でなく公平性を確保する。

さらに、

「大坂は賑やか過ぎて落ち着きません。藤吉殿の骸を埋葬したら、京へ移って風情を楽しみながら静かに暮らしたいと思っています」

寧々は暗に大坂城の西ノ丸を空けると言う。

家康が大坂城の西ノ丸に入れば、天下の統治を宣言したも同然で、鎌倉幕府で言う北条の執権《しっけん》に匹敵《ひってき》した。

それを寧々は認める。

「忝い」

家康は深々と頭を下げた。

（この女性にだけは手を出さぬことにしよう）

豊臣一家で唯一滅ぼさない存在ということである。それが政道を任せてくれた寧々への報いだった。

この後、家康は寧々の期待を裏切り続けていくことになる。

家康は手際良く秀頼と淀ノ方に挨拶し、大老、中老、奉行と評定した上、寧々の同意まで取り付けた。

しかし、もう陽は西に傾いている。大坂から伏見への復路は上りとなり、下りの往路のように半日では行き着けなかった。

大坂城番で秀頼の傅役の一人、片桐且元《かたぎりかつもと》の屋敷に厄介となる。

この年一月十日、秀頼が五大老五奉行に伴われて伏見から大坂に遷《うつ》った際にも、屋敷のない家康は本丸下の片桐家に二泊していた。

且元は秀頼の側近衆ながら、

（この先、天下は徳川内府の手に落ちる）

と、予見し、近付いている。

茶屋四郎次郎へ家康暗殺の恐れがあると知らせたのも且元だった。

「某と同役の石川掃部《いしかわかもん》（頼明《よりあき》）の姿を見ません。掃部は丹波忍びの流れを汲み、凄まじい膂力《りょりょく》があります。小石混じりの砂利を桶《おけ》に溜《た》め、毎日、十指を何度も突き入れて鍛えています。得物なくとも抜き手で人を殺せます。お気を付けあれ」

と、忠告する。

「忝い。心しましょう」

家康は秀頼の側近衆の中に協力者がいることを心強く思った。

八

家康は大坂での用を済ませ、翌日未明、檜皮葺《ひわだぶ》き屋形二階建ての御座舟で淀川を遡上《そじょう》して伏見へ帰り行く。

蛍と元忠は家康の求めにより同乗して警護に当たった。来た時同様に半蔵は伊賀組を従えて前の舟に乗っている。

御座舟は北へ上り、長柄《ながえ》で東へ針路を変じた。

「河岸から狙い撃ちできるか」

と、元忠が訊く。

「人の別なく撃つのであれば、誰かしらに当てることはできましょう。人を定めて狙い撃つことはできません。当たったとしても偶々《たまたま》です」

蛍は現実を説き明かした。

「沙也可殿でもできぬのなら、何人も適わないであろう」

元忠は狙撃のないことに胸を撫で下ろすのだが、

「大筒で舟ごと狙われたらどうしようもないですが……」

蛍は別の可能性を仄《ほの》めかす。

「それは大変だ」

元忠は正面に受け止めて恐れた。

蛍は、くすり、と笑う。

「何がおかしい？」

元忠は少しむっとした。

「ご無礼仕りました」

蛍は謝り、

「元忠様は真っ直ぐで良い方ですね」

と、褒める。好きな人柄だった。

「そ、それは、どうも」

元忠は照れる。

「大事ありません」

蛍は話を戻した。

「えっ」

「大筒など沿道に据えたら人目に付き、撃つ前に阻まれます」

「そ、そうか。そうだな」

「そうです」

元忠は改めて安堵する。

それでも、ならば、

（どう仕掛けて来るか。石川掃部は家康様を狙うために城から姿を消したのではないのか。いや、これほどの好機はない。必ず狙って来る）

蛍は訝《いぶか》られてならなかった。


徳川の御座舟は江口の津を過ぎ、鳥飼の津へ向かっている。

蛍の悪い予感が当たった。

淀川は守口の辺りに下島や外島など中洲が多く、船足が鈍る。

刹那《せつな》、右岸の河畔《かはん》に人数が張り出して一斉に火矢を放った。数多の火矢が御座舟の屋形に突き刺さり、忽《たちま》ち炎上する。

乗っていた面々は慌てて川へ飛び込んで火を逃れた。が、次々と矢を射込まれ、這《ほ》う這《ほ》うの体で左岸へ漸く逃れる。

果たして、その中に家康はいなかった。

「東市正《いちのかみ》（片桐且元）に礼をせねばならぬな」

家康は陸路、文禄堤に整備された街道を騎行している。

右を向けば、御座舟と護衛舟が燃えているのが見えた。川に夥《おびただ》しく矢が射込まれ、家康の家来衆が逃げ惑っている。それは十人でしかなかった。

「無事、逃げ果《おお》せて欲しいものだ」

家康は願うばかりだ。

「水練の達者を選びましたので、逃げ果せましょう」

元忠は並行しながら安堵させた。

「東市正の忠言に蛍の勘が儂を救った」

それに従い、家康は水路から陸路へ切り替えたのである。

蛍、元忠に半蔵は騎馬で、伊賀組を含む徒士《かち》衆《しゅう》と家康を警護していた。

家康一行は順調に京街道を進み行く。

枚方《ひらかた》を経て、淀へ。淀を過ぎれば、伏見はもう目と鼻の先である。

（ここまで来れば）

元忠は襲撃を躱《かわ》したと思ったが、

（いや、まだまだ）

油断しない。

次の瞬間、覆面兵が湧き出た。一行に襲い掛かる。三十人は下らなかった。

「来たか」

元忠は素早く反応して馬上、槍を振るい、襲い来る敵兵を打ち払う。

それに徒士衆は倣《なら》い、刀槍をもって敵勢を迎え撃った。

敵勢は打ち払われても巧みに凌ぎ、臆《おく》せず何度も仕掛けて来る。

混戦となり、味方を傷付ける恐れがあるため伊賀組は容易に銃撃できなかった。

蛍は揺れる馬上、慎重に敵勢を狙い、確実に脚を止めている。

ところが、

「何を躊躇《ためら》う。撃て、撃て」

半蔵は構わず乱射していた。

「止せ」

蛍が非難しても半蔵は止めない。

さすがに伊賀組も銃撃を躊躇っていた。正直、半蔵に付いて行けなくなっている。

然して、半蔵の撃った銃弾が味方の腕を掠《かす》めた。大事には至っていない。しかし、これが家康の目に入った。

「慮外者《りょがいもの》」

厳しく半蔵を叱責する。

「うぐっ」

半蔵は歯噛みして乱射を止めた。


元忠たち刀槍の武者は波状に仕掛ける敵勢に手間取っている。

そこへ前方より一団が猛然と駆けて来た。

「あれは」

蛍は先導に見覚えがある。

「まさか」

と、思った島左近だった。

手勢を率いて敵勢を切り崩しに掛かる。

左近の剛槍が唸《うな》りを上げる度に敵勢は地に伏していった。

島勢の救援を得て、元忠ら警護衆は息を吹き返す。家康を護り通していた。

ところが、警護衆の反抗を凌ぎ、混戦を擦り抜け、確実に家康へ近付く一陣あり。

素手で小姓衆を払い除け、家康に迫った。

石川頼明である。

頼明は得物を持っていない。が、それで十分だった。

家康は視線を横に流し、目を剥く。が、構わず、騎走し続けた。

死まで覚悟していない。身構えてもいなかった。

頼明が右手刀を作り、家康へ跳び付こうとした時である。

一発の銃声が上がった直後、

「うぐっ」

頼明の右腕に激痛が走った。銃弾で撃ち抜かれている。

蛍であった。家康の周囲には小姓衆がいたので、少し離れていたが、蛍にすれば、銃撃する程好い距離である。

「おのれ」

頼明は蛍に覆面から覗かせている目を向け、睨み付けた。が、直ぐに、

「その鉄砲にもう銃弾はない」

と、北叟笑《ほくそえ》んで、家康へ跳び掛かり、左手刀を突き出す。

刹那、二発目の銃声が上がり、頼明の左腕が穿《うが》たれていた。

蛍は八連発銃を初めて実戦で使ったが、成果は上々である。

頼明は両腕をだらりと垂らし、仁王立ちして蛍を睨んだ。

蛍は馬を止め、

「気付けよ。家康様は抗《あらが》いもされなかった。鹿島新当流《かしましんとうりゅう》の一の太刀も遣える達人だぞ。私の撃ち方の妨《さまた》げにならぬよう動かれなかったのだ」

と、嘯《うそぶ》く。

家康も難を逃れ、馬を止めていた。

「大将は戦場において進んで槍働きするものではないからのお」

飄然《ひょうぜん》と言う。

頼明は目を血走らせて地団駄を踏んだ。悔しくて仕方なかったが、武器の両腕が傷付いては如何《いかん》ともし難い。

「良い気になるなよ。男勝り。いずれ仕返す」

捨て台詞を吐いて川へ駆け、跳び込んだ。

一味も不首尾に気付き、颯々と泳ぎ去った。

襲撃者は覆面をしていたが、正体は且元の密告で知れている。しかし、一味の死者は名もない忍びであり、証拠にならなかった。

（恐ろしく仕込まれた忍びの衆だな）

蛍は伊賀衆を知っている。一味の動きから忍びと見抜いた。

敵襲を撥《は》ね返し、家康一行は息を吐《つ》く。

左近は憮然として平然と馬首を返し、手勢を従えて伏見へ戻り行く。

その背に、

「其方が石田家にその人ありと謳われた島左近か」

と、家康が声を掛ける。

左近は馬を翻して家康と目を合わせ、頭を下げた。

「助かった。礼を申す」

家康は心から感謝した。

左近が次に頭を上げた時、もう再び馬首を返して騎行し、振り返ることはなかった。

家康は覚っている。

「治部少輔の兄、木工頭《もくのかみ》も秀頼君の側近衆であったな」

石川頼明の情報が三成にも伝わるはずだった。頼明が家康を狙うと知って、慌てて左近を出動させたのである。家康に仲裁を頼っている今、

「儂に死なれては困るだろうな」

可笑《おか》しみすら感じた。

左近が蛍の横を通り過ぎる。

「良い腕だ」

と、評した。

蛍とは幾度か相見《あいまみ》えて顔を憶えているはずだが、何も言わず、去り行く。

(何故、このような立派な武士が治部少輔などに仕え続けているのか)

蛍は首を傾《かし》げた。

「さあ、儂らも帰ろう」

家康は蛍たちを促して文禄堤を帰途に着く。

その日、無事、伏見に帰城し、休む間もなく、直ぐに騒動の収束に取り掛かる。

九

家康が三成への処分通告の使者に選んだのは中老の堀尾吉晴と生駒親正だった。家康に対する門責の仕返しと言う訳ではなく、中立的立場であり、最適だからだ。

特に吉晴は戦場で勇猛のみならず、温和で誠実な人柄故に人望があった。秀吉の家臣団の中でも尾張の頃から仕えていた最古参であり、影響力も大きい。周旋《しゅうせん》には打って付けと言えた。

家康に意を含まれた吉晴と親正は治部少丸に赴き、三成と向き合う。

「此度は難儀されたな」

と、まずは慰労した。

「痛み入ります」

三成は丁寧に頭を下げる。

「さて、此度の始末だが、江戸内大臣殿は安芸中納言殿、会津中納言殿、そして、北政所様にもご存念を伺われ、お決めなされた」

吉晴が公正な裁定であることを前置きした。

「お骨折り忝い」

三成は素直に感謝する。

吉晴は結論を告げ始めた。

「まず主計頭ら九人の仕儀は理あらずして引き揚げさせましょう」

と、九将の非を述べる。

（まず）

三成はその言葉が引っ掛かった。

果たして、

「然れど、九人も訳なく癇癪《かんしゃく》を起こすほど道理のわからぬ愚者ではござらぬ。貴殿の振る舞いにも難があったのではござらぬか」

と、吉晴は筋道を立てて三成を諭す。

三成は黙って聴いた。

「騒ぎを鎮めるためには九人にも得心のいくよう裁かなければなりませぬ」

「……………」

「伏見にあっても大坂にあっても九人の視野に入り申す。ここは奉行を辞し、隠居して佐和山へ退かれよ。隼人正殿が奉行を継げるよう計らいもしよう」

吉晴が一通り宣告すると、

(家康は儂を京大坂から締め出し、政を思いのままにするつもりだ)

三成は思い知る。然れば、

「某は内府殿と同じように故太閤殿下より直々に秀頼様を盛り立てるよう仰せ付けられています。佐和山へ引き取っては、それが適わなくなり申す。隼人正はまだ十三歳にござる。とても奉行など務まりませぬ」

と、抵抗した。が、

「とにかく、このままでは騒ぎは収まらず、秀頼君の御為になりませぬ。それこそ故太閤殿下に顔向けできませぬ。何、九人の熱が冷め、落ち着いたら、また復する道もありましょう。ここは分別されよ」

吉晴は言い聞かせる。

秀頼のためならず、秀吉の遺志に反す、と言われて、抗い続けたら、三成が真に悪者とされてしまう。折れるしかなかった。

「それでは委細《いさい》お任せし申す」

と、渋々応じる。

その裏には、

(左近がいる)

信頼できる代行者がいるからだった。


堀尾吉晴と生駒親正が三成に処分を言い渡した翌日、家康は清正だけでなく、九将を伏見向島に呼ぶ。

広間に九将が居並び、家康が上座に据わる。

「各々方《おのおの》に申し渡す」

厳《おごそ》かに切り出した。

「大名同士の諍いは太閤殿下の遺訓に悖《もと》る。騒ぎは秀頼君のためならず。各々にも務めがあろう。それを蔑《ないがし》ろにするは以ての外、早々に持ち場へ戻られよ。これはこの家康のみの裁きにあらず。安芸中納言殿、会津中納言殿、そして、高台院様もご同意である」

と、きつく命じた。

九将は目を剝く。が、三成と同じように、秀吉と秀頼に背くと諭され、二大老に加え、秀吉の寡婦まで同意であると言われたら、返す言葉が見付からなかった。

「し、しかし」

清正が異を唱えようとしたところで、

ここで、

(押したところで、少し緩める)

家康は巧い。

「治部少輔については奉行を辞させ、隠居させ、佐和山で慎ませる」

と、告げた。

九将に厳しく言い付けたところで、三成に一定の罰を与える。そうすると、九将も少しは溜飲を下げ、失脚した三成をさらに追い詰める気にはならなくなった。

その上で、

「これにて一件は落着とするが、異存あれば、この後は儂がお相手致す」

凄みを利かせ、九将を黙らせる。

「内府公の仰せのままに」

清正が承知の意を表して、会見は終わる。

九将は伏見から大坂へ引き揚げた。

閏三月八日、三成の嫡男隼人正重家《しげいえ》の出仕が認められる。

閏三月十日、三成は佐和山へ発った。

閏三月十三日、家康が伏見城の西ノ丸に入る。そして、

「加賀大納言殿亡き後、秀頼君の後見が空いたままである。豊家の天下に不都合である故、加賀大納言殿の御遺志をこの家康が継ぐ」

と、宣言した。

三成が退いた今、豊臣政権で家康に逆らえる者はいない。三成と九将の騒動を収めた手腕に諸大名は感服し、家康こそ天下の経略を担《にな》えると期待している。

斯くして、家康は事実上の総裁となった。

三成の失脚から三日、前田利家の死去からも十日でしかない。

これを佐和山で聞いた三成は、

（ついに老獪《ろうかい》の本性を顕《あらわ》したか。良いだろう。今のうちに己が盛りを喜んでおけ。必ず舞い戻り、叩き落としてやる）

決意を新たにし、復権を期す。

第十一章　天下分け目

一

秀吉が死して九ヶ月、遺骸は塩漬けにされ、伏見城の暗所に安置されたままでいる。
慶長四年四月、漸《ようや》く方広寺の東方の阿弥陀ヶ峰《あみだがみね》山頂に廟所《びょうしょ》が落成した。
十三日、秀吉の遺骸は埋葬され、十六日に朝廷より豊国乃大明神《とよくにのだいみょうじん》の神号が与えられる。
十八日に遷宮《せんぐう》の儀が執り行われ、廟所は豊国神社と命名された。
斯くして、秀吉の死は公然の事実となる。
秀吉が他界し、三成も失脚して予定されていた朝鮮への再々出兵は沙汰止《さたや》みとなった。
多大な出費や人の遣り繰りに悩まされていた諸大名は心を安んじる。
そのような中、徳川家に慶事あり。

六月十一日、嫡男の秀忠と淀ノ方の次妹、江《ごう》の間に姫が生まれた。子々《ねね》と名付けられた姫を家康は大層可愛がる。

蛍は鷹ヶ峰から伏見に移っていた。秀吉亡く、三成も去った今、何ら憚ることはない。家康の計らいで向島に一庵を構え、内藤家とは近所付き合いをしている。

蛍は元忠と連れ立って家康の許へ祝いに出向いた。

相変わらず髪は後ろに束ねて、派手さこそ抑えているが、色合いの程好い小袖で着飾っている。三十四歳であるからして大人になったということか、元忠のせいか、蛍にも女らしさが出て来た。

家康は喜んで応接し、

「孫は格別ぞ」

目尻を下げ放しである。

「これを」

蛍は雛《ひな》人形を差し出した。

「これは？」

家康が訊く。丁寧に手入れされているが、かなり古びていた。穴も空いている。

蛍は懐かしそうに雛人形を見詰め、

「信長様に頂いた雛人形です。禿鼠の紀州攻めの折、孫一の銃弾から私を救ってくれました」

と、語った。

家康は大きく目を見開き、

「そのような大切な人形を手放してはならぬ」

と、辞《いな》んだが、

「子々様は信長様の大姪《おおめい》様です。私よりお持ちになられるに相応《ふさわ》しいと存じます」

蛍は心から譲りたいと願う。秀忠の長女、千も信長の大姪だが、生まれた時、蛍は日本にいなかった。

「わかった。大切にさせよう」

家康は有り難く受け取り、

「代わりに儂も其方に雛人形を授けることとしよう。その人形を其方の子にも受け継いで欲しいものだが、二人はまだ連れ添わぬのか」

その話題を振る。

「あ、いえ」

元忠が戸惑った。

「そ、そのようなこと。私は元忠様より六歳も年上です。似合いませぬ」

蛍も顔を真っ赤にして首を横に振る。

家康はぶすっとして、

「於江も秀忠より六歳年上じゃ。不似合いと言うか」

問い質《ただ》した。

「い、いえ、それは……」

蛍が返答に困っていると、

「沙也可殿は某には勿体《もったい》ないほどの女性だ」

元忠が援《たす》けに入る。

「そんな。私など……」

「いえ、いえ、真に沙也可殿は若々しい」

蛍と元忠が言い合っていると、家康は呆《あき》れ顔で、

「早う連れ添え」

命じるように言い付けた。

蛍と元忠は家康の方へ向き直り、目を伏せて固まった。

「総見院《そうけんいん》（信長の法名）様の雛人形が子々へ受け継がれたように、儂が贈る雛人形も其方らの子から孫へと受け継いで欲しいものだ」

家康は沁々《しみじみ》と言う。幼い頃に父母が離縁し、長きにわたり今川家の人質となっていた家康は親族への思い入れが強かった。

その家康が子々を政略に使う。蛍の贈った人形は子々の守り雛となるのであった。

二

八月、家康は上方在留の諸大名に、

「唐入りも収まり、豊家天下は今、安泰である。一度、国許へ帰り、多年の労を癒しては如何であろうか」

と、帰国を認める触れを出す。

いずれの大名も長く国を空け、仕置きが滞っていた。大いに喜び、家康の正しく身も心も太っ腹に感じ入る。

加賀百万石を継いだ前田利長へも、

「御父上が亡くなってから国許へお帰りになっていませんな。国許の様子を見て変わりなきを確かめるのも領主の務めでござる。一度、お帰りあれ」

と、懇篤《こんとく》に勧めた。

利長は忠言を有り難く思い、勧めに従って帰国してしまう。

九月七日、家康は重陽《ちょうよう》の節句を秀頼と共に祝うため大坂城に登った。この時、奉行の増田長盛より前田利長が家康の暗殺を謀っていると耳打ちされたと言う。奉行の浅野長政や秀頼側近の大野治長ら豊臣家に近しい者も加わっていると告げられた。

家康の謀《はかりごと》である。本多正信が流した空言《そらごと》だった。

長盛は家康の覚えを良くしたく、流言を信じて伝えたのである。

利長は亡き利家より、その死後三年は国へ戻るな、と遺言されていたにもかかわらず、家康のお為ごかしに騙《だま》されたことを悔やむが、遅かった。

「加賀を懲《こ》らしめる」

家康は前田家の征伐を宣言する。

利長は身に覚えがない。埒《らち》もない言い掛かりに前田家主従は憤り、一度、迎え撃つ決意をした。が、母芳春院《ほうしゅんいん》に説得され、家康に恭順する。潔白の証明として芳春院を人質として江戸へ送るなど屈辱的な条件を受け入れた。

この時、前田家の世継ぎとなる男児と子々の縁組が纏《まと》まっている。家康は孫娘を利用した。

石田三成に前田利長と、豊臣家を擁護する勢力が上方から消えていく。

秀吉の寡婦、寧々も閏《うるう》三月に家康の訪問を受けた際に予告した通り、九月になると大坂城西ノ丸を出た。古くから仕える孝蔵主《こうぞうす》たちと共に京の太閤御所へ移り棲む。

家康は堂々と大坂城西ノ丸に入った。伏見在番とする秀吉の遺言に反するが、今の大老や奉行では阻めない。

さらに、家康は越権して大名への加増や転封を乱発した。

佐和山で慎む三成の神経を逆撫でするように大老の強権を発動し捲っている。


蛍が大坂城に家康を訪ねて来た。

家康は少し嫌な顔をする。来意はわかっていた。が、

「会おう」

承知する。

蛍は西ノ丸に通された。書院で待つ。

家康が現れた。上座に腰を下ろし、

「其方の出番はもう直ぐだ」

と、告げる。

「戦が近いということですか」

「そう思ってもらって良い」

蛍は読み取った。

「手を尽くされた甲斐があったというものですね」

蛍は皮肉っぽく言う。

（やはり気に入らぬか）

家康は策謀に蛍が反感を抱くことをわかっていた。

「天下を纏めるためなのだ」

大義を楯《たて》にする。

「仲間が、民が死ぬのはもうたくさんです。世に戦がなくなり、鉄砲は獣撃ちの術《すべ》を競うばかりになれば良い」

蛍は一応、矛を収めた。

三

慶長五年に改まり風雲急を告げる。

「会津に不穏な動きあり」

家康が深刻に言い立てた。

根拠はある。

上杉家は当主景勝が八月に帰国してから前田慶次郎《まえだけいじろう》、車猛虎《くるまたけとら》、上泉泰綱《かみいずみやすつな》ら剛勇で知られる浪人を多数召し抱えていた。

上杉家に換わって越後の領主となった堀秀治《ほりひではる》から、

「上杉は越後に家来衆を残し置き、領民に一揆《いっき》を煽《あお》ろうとしている」

と、訴えもある。

さらに、阿賀《あが》川畔の神指ヶ原《こうざしがはら》に新たな城を築こうとしていた。

「会津に割拠し、豊家の天下を揺るがす意図に相違なし」

家康は事を荒立てる。

景勝の名代として年賀に来坂した藤田信吉《ふじたのぶよし》に対し、

「会津中納言殿自ら釈明に来られるよう伝えよ」

と、寛容に告げた。

信吉が急ぎ帰国して景勝と筆頭家老の直江兼続に伝えたところ、

「いつから徳川の手先になった」

と、罵倒され、取り付く島もない。信吉が家康から銘刀青江直次《あおえなおつぐ》を下賜されたことなどで内通の疑惑が生じていた。

信吉は会津を出奔し、景勝は釈明に上坂するどころか、神指城の建築を進める。

四月一日、家康は直臣の伊奈昭綱《いなあきつな》と奉行増田長盛家臣の河村長門を問罪使として会津へ遣わした。軍備を解き、異心がなければ、大坂へ上り、釈明せよと、景勝と兼続に通達する。

対して、兼続は、豊臣家に対し異心はない、讒言《ざんげん》を信じるな、神指ヶ原築城は阿賀野川の水運に便が良いためで軍事目的ではない、など反論を連ねた返書を認めた。

そして、

「内府様または中納言（秀忠）様が会津へ下向されるらしいが、万端、その際に仕合い候」

と、挑戦を追って書きし、送り付ける。

景勝と兼続は家康の挑発に乗ってしまった。

梅雨の最中、大坂城西ノ丸にも雨が下《した》しる。

「源氏が平氏を討つ決意をしたのもこの頃だったな」

家康は小書院から外を眺め、想い起こしていた。徳川家は源氏を称している。

「その源氏を平氏がまた討ちました。見事に嵌められましたな」

顧問僧の南光坊天海《なんこうぼうてんかい》が沁々と言う。本能寺の変から山崎の戦いの当時、信長と秀吉は平氏を名乗っていた。

「平氏に討ち返されぬよう心せねばならぬな」

家康は気を引き締める。

この平氏とは石田家で三成だった。源氏の上杉家に仕掛けながら実は眼中にない。

「会津に兵を出す」

と、天海に告げた。討つとは言っていない。

上杉家から世に言う直江状なる過激な返書が家康の許に届いたのは五月三日のことだった。

家康は西ノ丸に奉行の増田長盛を呼ぶ。

「斯様《かよう》な書状が来た」

と、長盛に見せた。

長盛は読み下し、眉を顰《ひそ》める。

「会津に兵を出す」

家康は天海に告げた同じことを長盛へ言い渡した。

確かに上杉は物騒だが、長盛一人で諾否を決め兼ねる。

「大蔵大輔（長束正家）と民部卿法院（前田玄以）に諮《はか》ります」

と、留保し、二奉行と協議することにした。

直ぐに奉行三人で話し合い、

「上杉家は会津百二十万石の太守故、一戦にでも及べば、大乱を招きかねません。天下諸侯が一枚岩で幼い秀頼君を盛り立てていかねばならぬ折、ここは穏当に済ませるが分別かと存じます。何、上杉は遠国で威を張っているだけで、此方《こちら》が相手にしなければ、上げた拳《こぶし》の遣り場に困り、構えを解きましょう」

という結論を出し、家康に伝える。

家康は顔を強張らせ、

「それでは示しが付き申さぬ」

一喝した。

「豊家の権を軽んじている証ぞ。見て見ぬ振りをすれば、幼君ではやはり何もできぬと侮られるだけである。秀頼君が貶《おとし》められぬよう礼を知らぬ蛮族を叩いて豊家の武威を天下に示《し》すに如かず」

論破し、説き伏せた。

大老と言えば、上杉景勝は此度の騒動の当事者である。宇喜多秀家は内紛で家中が治まっていなかった。毛利家は小早川隆景亡き後、舵取《かじと》りとなった吉川広家が家康を仰いでいる。

最早、家康は何人《なんぴと》にも止められない。

四

会津征伐の陣触れに先立ち、家康は福島正則、加藤嘉明、細川忠興の三将を呼んだ。

「各々方に先鋒を任せたい」

と、厳《おごそ》かに告げる。

「有り難き幸せ」

三将は同じく受諾した。

家康は満足そうに頷《うなず》く。その心の内では、

（太閤恩顧のこの者共を先鋒に据えることで、天下に我らが豊家の官軍であると知らしめられる。特に、清須侍従は太閤とは縁続き故、使える）

恐ろしく強《したた》かに智恵を働かせている。


六月二日、家康は諸大名に会津征伐を陣触れした。

同六日、在坂の大名を大坂城西ノ丸に召集し、評定を開く。出征の主旨を説き、

「よろしいかな」

確認するだけだった。

否む大名は一人もいない。形ばかりの軍議だった。

この後、諸大名を帰し、奥に引き取って股肱《ここう》の臣のみに諮る。

本多正信、本多忠勝、井伊直政、それに天海であった。

「陣割りせよ」

と、任せ切る。

(どうせ、会津を手前に引き返すことになる)

筋書きはできていた。

とはいえ、そのようなことを今は諸大名に言えるはずがない。それぞれの進路を伝えなければならなかった。

股肱の臣は皆、有能である。程なく諸大名は五道に振り分けられた。

仙道口　佐竹義宣
信夫口　伊達政宗
米沢口　最上義光
津川口　前田利長　堀秀治

「江戸に参集するよう指図せよ」

と、家康は言い付ける。

「何日までに集めましょうや」

直政が指示を仰いだ。

「遅れるな、で良い。それで馳《は》せ参じるか、否かで心根が計れる」

家康は疑い深くなっている。

「して、殿はいつ出馬されます」

「近々に秀頼君へ出陣を告げる。それから間もなく関東へ向かう」

家康はこの陣に天下取りを賭けていた。

五

蛍は大坂城西ノ丸に呼ばれる。

少しは女らしくなったのも束の間だった。髪を後ろで束ね、膝上まで裾を切った質素な色合いの軽装で登城した。

家康は書院で蛍と対面し、

(儂への当て付けか)

気が引ける。謀略を仕掛けて一戦に及ぼうとしている家康に対し、平和な姿ではいられないと身をもって示しているように思えた。

その心を顔に出さないよう努めて、

「会津へ征《い》く」

と、告げる。

「そうですか」

蛍は表情を変えず言った。

「また付いて来てくれるか」

家康は笑みを消し、自信なく訊く。蛍が策謀の数々を好かないことに気付いていた。

だが、

「思《おぼ》し召《め》しのままに」

蛍は受ける。

「良いのか」

家康は尚も尋ねた。

「はい。この世から戦を失くすための戦と信じることにしました。従わず、人伝《ひとづて》に聞くだけでは善し悪しを見誤ります。この目で確《しか》と見届けとう存じます」

蛍は外連味《けれんみ》なく応える。家康に対する不信感は全く消えた訳ではないが、一旦、胸に仕舞い、言葉通り己が目で真実を確かめようとしていた。

「有り難い」

家康に笑みが戻る。が、直ぐに真顔となり、

「元忠は伏見に残る」

と、告げた。

「そ、そうですか」

蛍は残念そうに言う。

「父親の家長《いえなが》に伏見の留守を任せている。元忠には付いて来てもらいたかったのだが、父を援けたいと願う故、許した」

家康は訳を明かした。

「家康様がお留守の間に治部少輔らが兵を挙げたら伏見も危ういのではないですか？」

蛍は三成の挙兵が家康の狙いと察しているが、元忠の身を案じる。

（この娘、相変わらず物が良く見える）

家康は蛍の先を見通す眼力に前から一目置いていた。蛍の言う通りなのだが、

「わからぬ」

と、応える。

「伏見など目も呉《く》れず、儂との決戦に専心して備えるかも知れぬ。また、兵を挙げることもないかも知れぬ」

曖昧《あいまい》にして確答を避けた。

蛍は黙って恨めしそうに家康を見ている。

「申した通り元忠は自ら望んで伏見に残る。東《あずま》行きの途上、伏見に立ち寄る故、元忠に会ってやるが良い」

家康は言い訳した上で蛍と元忠が心を通わす機会を与えた。

六

六月十五日、家康は本丸に伺候《しこう》し、秀頼に出陣の挨拶をする。

「会津中納言が上坂せず、秀頼様への出仕を怠るは叛心《ほんしん》ある証でございます。斯くなる上はこの家康が豊家天下を揺るがす巌《いわお》を取り除きに参ります」

豊臣家公認の官軍であることを掲《かか》げるためだった。

「苦労に存ずる」

秀頼は側近に教えられた通り型通りに返す。

家康に二万両が下され、征伐軍は官軍となった。

蛍は家康の警護役として会津へ向かう。その中には伊賀組を率いる服部半蔵正就もいた。

六月十六日、家康は伏見城に立ち寄る。

留守居の鳥居彦右衛門《とりいひこえもん》に与力の内藤家長と松平家忠も交えて千畳敷の奥座敷で夕餉《ゆうげ》を共にした。

「金一（内藤家長）は無双の弓手にて、三河の一向一揆の折などは何人射倒したか知れぬほどの見事さであった」

「又八（松平家忠）は城普請の名手にて、小城だった浜松の城を立派に設えてくれた。高天神《たかてんじん》攻めの折は幾つ付け城を築いてくれたか知れぬ」

家康は家長と家忠の功を称える。

家長と家忠は家康が憶《おぼ》えてくれていることに感動し、

「伏見のことは我らにお任せ頂き、憂いなく会津を征伐して下さいませ」

と、忠誠を誓った。

家康は翌十七日も伏見に留まる。

この晩は彦右衛門のみと夕餉を取った。

彦右衛門は家康がまだ竹千代と呼ばれ、今川家の人質だった頃からの側近で付き合いは五十年に近い。家康にとって主従を超えて友とも言える存在であった。

その彦右衛門を伏見に残す。

（治部少は上方を制すため伏見城を奪い取ろうとするだろう）

蛍には取り繕ったが、確信していた。

(その相手は彦にしか任せられぬ)

彦右衛門に対する信頼は厚い。

(だが、残してやれる兵は少ない。彦は良く持ち堪えてくれるだろう。そして、儂への忠義から死んでも屈しないだろう。やがて城は落ち、討ち死にする)

それもわかっていた。

だから、今生の別れに彦右衛門と酒を酌み交わす。

「我らは今のところ手勢が足りぬ故、伏見に残す兵は三千ばかりにて彦には苦労を掛ける」

家康は詫《わ》びた。

すると、鳥居彦右衛門は首を横に振り、

「我らのことはお構い召さるな。殿が天下を取るには一兵でも多い方がよろしうござる。治部少輔が大軍を寄越して来たら抗おうともついには城に火を掛け、討ち死にするよりない故、多くの兵を残すは無駄というものでござる」

と、言い返した。

「そうか」

家康は泣き笑いして頷き、

「今宵は過ごそう」

手ずから鳥居彦右衛門に酒を注ぐ。

二人は水入らずで夜更けまで飲み、昔話に花を咲かせた。長く苦楽を共にしてきた家康と彦右衛門の話は尽きない。

やがて、

「明日の道中に障ります。もう休まれませ」

彦右衛門は家康の身を案じ、退出した。

三方ヶ原《みかたがはら》の戦いで負傷した脚を引き摺《ず》りながら廊下を踏む音がする。その音は次第に小さくなり、聞こえなくなった時、

「ううっ」

家康は涙を流し、嗚咽《おえつ》した。

蛍が警護のため次の間に控えている。嗚咽が聞こえた。

(天下を纏めるためには大事なものを捨てることも忍受しなければならないか。情を捨て、泥を被り、際どいことも厭《いと》うては適わぬのだろうな)

蛍は理解し、蟠《わだかま》りを解く。

家康が寝床に就いた後、蛍は元忠の部屋を訪《おとの》うた。

ある覚悟をもって白い襦袢《じゅばん》に身を包んでいる。豊乳を晒で抑えることなく、胸許の膨らみを見せ付けていた。

蛍と元忠は端座して向き合う。

「お情けを頂きたく存じます」

蛍は殊勝に両手を揃えて畳に付き、頭を下げて請い願った。

「沙也可殿」

元忠は思い女の夜這いに感動している。

「いえ、私の真の名は蛍と申します」

と、蛍は打ち明けた。

「蛍」

「はい、太閤秀吉の一物を撃った雑賀《さいか》の生き残りです。それ故に蛍の名では家康様のために働くことが憚《はばか》られました」

元忠は一瞬驚いたが、直ぐに破顔して、

「蛍殿か。良い名だ。打ち明けてくれて有り難う」

素直に受け止める。

そして、元忠は蛍を引き寄せ、肩を抱いた。共々ゆっくりと褥《しとね》に倒れていく。

元忠は多少経験していたが、蛍は言うまでもなく未通だった。初めての交わりは怖い。

震えていた。それに、

「ん」

元忠は気付く。

(何と可憐な)

愛《いとお》しく、大事に思った。

然れば、

「このまま休もう」

と、告げる。

「えっ」

蛍は肩透かしを食った。

「いずれ某など足許にも及ばぬほど良い方に出逢えよう。その時まで大切になさい」

元忠は言い聞かせる。

(死を覚悟しているのだ)

蛍にはわかった。元忠は蛍を幸せにできぬと覚り、未通のまま別れようとしている。

「いえ、私のような男勝りを女として扱って下さるのは元忠様だけです。閨《ねや》に忍んで何もなくば、女として情けのう存じます。どうか、元忠様の想い出に加えて下さい」

切に願い立てた。

「蛍殿」

元忠はもう堪らず、蛍の肩を強く抱き締める。

「では、参る」

この夜、蛍は元忠と結ばれた。


翌朝、家康は伏見を発つ。

蛍と元忠はもう言葉を交わすことなく、離れて見詰め合い、互いに頷いた。

(死なないで)

蛍は心から願う。

七

家康は六月十八日、近江の水口城《みなくちじょう》に立ち寄ることになっている。

城主の長束正家から昼餉《ちそう》を馳走したいと願い出られていた。東進の経路からやや外れるが、

「断われば、儂は胆が小さいと世に嘲笑《あざわら》われる」

家康は受けて少しばかり遠回りする。

正家が三成と打ち合わせ、城内で家康を取り押さえ暗殺を目論んでいた。左近と三十人の刺客が城内で待ち受けている。

(豊家の天下を安んじるには家康を除くに如かず)

左近はそう信じていた。


家康が石部に差し掛かった時である。

甲賀衆の篠山理兵衛《ささやまりべえ》が駆け付け、側近の本多正純に、

「水口に不穏な動きがござる」

と、急告した。

この頃、家康は正純を重用している。側近の喜多村弥平兵衛は江戸に残して来た。

正純は神妙に、

「仔細《しさい》を聴かせて頂こう」

情報を望む。

仔細と言っても、

「島左近が水口の城に入って行くところを見た者がいます」

それだけだが、理兵衛は手の者の実見を伝えた。

理兵衛の手の者と言えば、甲賀忍びである。情報は信用できた。

そして、それだけで十分、

「良く知らせてくれました」

正純は理解する。

左近が水口にいるということは家康を狙おうとしていると見て間違いない。

正純は直ちに家康へ報告した。

「然様か」

家康は眉を曇らせる。

「小吉（成瀬正成）、水口へ遣いして大蔵少輔に寄らぬ旨、伝えてくれ。理由は其方に任せる」

「はっ」

何も言わずに行き去るのは非礼故、遣いくらいは出す。成瀬正成は家康の使番であった。

直ぐに変更した。

正成は命を受け、

「大膳と五人ばかりで良い」

根来大膳が根来衆を率いて水口へ向かう。

蛍は大膳に近寄り、

「島左近の智勇は群を抜いている。気を付けて」

と、言い置く。

「承知している」

大膳に抜かりはなかった。


正成が水口城に及び、正家に家康の不参を告げた頃、徳川勢は頓宮《とんぐう》に至っている。

左近の策謀は未遂に終わった。

と、皆、思った。

その中で、

(あれも六月だった)

蛍と家康は同じく、十八年前を思い起こしている。

(一筋向こうの加太《かぶと》越えだったが……)

本能寺の変後、蛍は家康を護衛して伊賀の山中を横断した。何度も行き来している道だが、急いで峠を越えるのは久々である。

伊賀から志摩へ越える道は勾配が厳しく、脚が鈍るため狙われやすい。左近の仕掛けを躱《かわ》しても油断のできない難所だった。

先手の蛍は鋼輪を巻き、半蔵は鉄砲に弾薬を込めて火縄を点《とも》し、何時でも撃てる体勢で山林道を上る。

「ん」

蛍は鼻が利く。火縄が燃える臭いを嗅《か》ぎ取った。

六月は南風が吹く。故に北から流れる臭いは嗅ぎ難かった。

目を閉じた。臭いの先を辿《たど》る。

北に微かな焦臭さを感じた。

（そこだ）

蛍は馬を止め、銃身を振り向き様、銃爪《ひきがね》を引く。

樹上から物体が落ちた。

銃声が上がって初めて、

「敵か」

半蔵は気付く。伊賀組は緊張して鉄砲を構え、家康を囲んで楯《たて》となった。

蛍は鉄砲に早合で弾薬を込め、鋼輪を巻きつつその樹へ向かって駆ける。

樹の下に鉄砲を見付けた。樹上にいた射手が蛍の撃った銃弾を受けて手放したのだ。

かさかさと樹々の枝が揺れている。失敗《しくじ》った狙撃手が樹から樹へと跳び移っていた。逃げ足が速い。

蛍は様子を探る。他に狙撃手の気配はなかった。徳川勢に気取られぬよう少数で樹上に潜んでいたらしいが、一人とは大胆と言うか、余程、腕に覚えがあるようだ。

馬を下りて鉄砲を拾い上げる。

「これは」

八咫烏《やたがらす》の紋が入っていた。

それは雑賀の鈴木家の紋である。

雑賀の鉄砲撃ちに狙われては命がいくつあっても足りない。蛍が狙撃に気付かなければ、家康の命は儚《はかな》かった。一撃で退いたのは蛍の銃弾で利き腕が傷付き、二発目を撃てなかったと推量できる。

善之ではない。朝鮮に帰化しているし、豊臣方に加担するはずがなかった。

「まだ生き残りがいたのか」

蛍は敵でも正直、会ってみたいと思う。

八咫烏の鉄砲を持って馬に跳び乗り、家康の許へ戻って行った。

「真、頼りになる」

家康は目を細める。信頼は絶大だった。

半蔵はまた蛍に遅れを取る。苦々しい顔をしていたが、

「伊賀組は儂を庇《かば》うてくれた。それで良い」

家康に宥《なだ》められ、心を落ち着けた。

家康に避けられた水口城では、

「内府に疑われた」

正家が真っ青な顔で震えている。家康は暗殺の疑いだけで前田利長や浅野長政を失脚させていたが、

「慎みだけでは済まぬかも知れぬ」

狼狽《うろた》えるばかりだった。

「お、お主が内府を亡きものにすると言って押し掛けるからだ」

左近の所為にする。

「こうなることも織り込んでござる」

左近は他にも手を打っていた。

そこへ猿飛の仁助が空気の如く現れて左近に耳打ちした。

「そうか」

左近は徐《おもむろ》に立ち上がる。

「ど、どこへ行くのだ」

正家が問い質した。

「もう一手も不首尾でござった。然れば、もうここに用はござらぬ」

鈴鹿峠での狙撃は左近が仕掛けたのである。

「不首尾で済むか。責めを負え」

正家は言い募った。

「この上は我が殿が兵を挙げた時、共に戦うまででござるよ」

左近は厳然と言い及ぶ。

八

徳川勢は順調に東海道を進軍し、七月二日、江戸城に入った。

同日、大老の宇喜多秀家が決起し、大坂へ向かう。

家康が上方からいなくなり、

「内府が去り、備前中納言が来る。今こそ起《た》つ時ぞ」

三成が復活した。

まず佐和山にいながら奉行の増田長盛と長束正家へ諸大名の妻子を大坂城に連行して監禁するよう指示している。諸大名が家康に与《くみ》せぬようにする一手だった。

三成はいよいよ腰を上げ、大坂に臨む。

奉行を退いた身としては手を打つのも長盛、正家、そして、前田玄以を介さなければならなかった。歯痒《はがゆ》いが、仕方ない。

七月十七日、前田玄以、増田長盛、長束正家の奉行衆に家康弾劾《だんがい》の檄文《げきぶん》と罪悪十三箇条を挙げた内府違ひの条々を諸大名へ発出させた。家康が秀吉の遺訓を違えたことが書き連ねられている。

同日、大坂城に留まっている徳川勢を追い出し、大老の毛利輝元を迎え入れて総大将に祀《まつ》り上げた。この輝元を総帥《そうすい》とする軍勢を西軍とすれば、家康率いる東征の軍勢は東軍となる。

細川伽羅奢《がらしゃ》が人質になることを拒み、玉造の屋敷で果てたのもこの日だった。

この一事が三成を動揺させる。

「細川家のように大坂城に押し込められることを拒み、自決する妻妾が次々と出れば、大名は我らに対して敵意を剝き出しにし、必死になって戦うであろう」

人質策を止めてしまう。世の評判が悪くなることも避けたかった。

左近は主君の決定に黙って従うだけだが、

(半端に策を引っ込めては敵に侮られるだけだ)

三成の据わらぬ胆に先行きの不安を覚える。

左近の危惧《きぐ》を余所《よそ》に三成は軍事を開始した。

「まず畿内隣国の内府に与すると思われる諸城を押さえる。手向かえば、兵馬に問い、攻め取るべし」

これを奉行衆の呼び掛けに応じて大坂へ参集する諸将へ総大将の輝元から指図する。

その後については、

「これを知って内府が兵を転じ、江戸で割拠すれば、此方の軍勢が東下して城を囲む。西上して決戦に及べば、三河尾張にて迎え撃つ。それだけのことだ」

と、三成が左近に戦略を語った。

悪くない。が、

(戦は生き物だ。思惑通りにいかぬことが多い)

左近は三成の決め付けが気になった。

然《さ》りとて、左近の献言でも聞く三成ではない。何一つ文句も言わずに三成の指図を遂行する左近だからこそ信頼し、重用できた。


三成の策が動く。

伏見城を攻略すべく、大坂城西ノ丸で評定を行った。

西軍は宇喜多秀家、小早川秀秋、島津義弘、毛利秀元の四将が軍配を執り、伏見城の四方から攻め囲む。総大将の輝元、奉行衆は素より三成と小西行長も加わり、長曾我部盛親、吉川広家、安国寺恵瓊といった名士も顔を見せていた。

城方の兵力は二千三百、これを四万の軍勢で攻めれば、一拉《ひとひし》ぎと皆、思うところである。

しかし、増田長盛が、

「伏見城は堅牢の上、兵糧武具の備えも存分でござる。然して、これに籠もる鳥居彦右衛門らは内府もたのむ武辺者ばかりで、容易に抜き難いと存ずる。まずは城を明け渡すよう申し送ってみては如何でござろう」

理路整然と具申した。これに、

「血を流さず、城を取れるに越したことはない。受け入れられずとも元々で、取り敢えず使者を送るくらいは苦しうない」

宇喜多秀家が同意すれば、諸将も異議はない。

西軍方は長盛の家臣、山川半平を使者に立てた。

鳥居彦右衛門は城を明け渡せば、将兵の助命を確約するという条件に対し、

「御口上は承《うけたまわ》った。然りながら、内府より堅固に守れと仰せ付けられている。内府直々の下命ならばいざ知らず、各々方から御指図により城を開くことは致しかねる。尚も明け渡しをお望みとあらば、兵馬を差し向けられるがよろしかろう」

敢然と撥ね付ける。

斯くして伏見城の戦いの火蓋は切って落とされた。

九

西軍が伏見城を攻囲する最中、東では七月二十一日、家康が江戸を発ち、会津へ向かう。その軍勢に二十四日、下野小山で伏見から鳥居彦右衛門の放った使者が追い着き、

「石田治部少輔、挙兵」

と、伝えた。

「何と」

家康は驚いた振りをするが、想定通りである。

「評定を開く」

急ぎ諸将を小山城に集めた。

評定に先んじて、

「清須侍従と対馬守を呼べ」

本多正純に命じて福島正則と山内一豊を秘かに呼び出す。この二将と個別に密会して評定の段取りを打ち合わせた。

蛍はいつも通り家康の陣所を警護している。陣幕の外にいたが、正則と一豊がそれぞれ幕の内に入って行くのを見ていた。

（清洲侍従は秀吉の子飼いにして豊家恩顧の筆頭と言っても良い。これが真っ先に味方となれば、諸侯は皆、靡《なび》くだろう。何か吹き込むつもりか）

家康の魂胆を察し、眉を顰める。

然して、世に言う小山評定が開かれた。

家康は厳然と諸将を見渡し、

「上方で石田治部少輔が毛利中納言を総大将に立てて兵を挙げた」

と、伝える。

評定は騒然となった。

家康は、

「儂は直ちに兵を返し、逆賊を討つ。皆は大坂方に付くも良し。遠慮なく、陣払いされよ」

と、冷厳に言い放つ。

諸将は騒《ざわ》めく。大坂方と敵対すれば、豊臣家に弓引くことになりはせぬかと戸惑った。

その時、唐突に福島正則が立ち上がり、

「この福島正則、内府に従い申す」

きっぱりと声を上げる。

諸将は度胆を抜かれ、定まりかねていた思考が誘導された。

正則の大胆な発言に乗せられて次々、

「我も」

「我も」

と、立ち上がり、家康支持を表明する。

大方の将が同調したところで、次には山内一豊が立ち上がり、

「某の城は上方への道中途上にあり、ことごとく内府へ献じ奉ります」

また思い切った提言をした。

これで東海道上の諸将は城地を差し出さざるを得なくなる。

「有り難い」

家康は膝を打って大いに喜ぶ。

狂言が筋書通り進んだだけだった。

蛍は評定の様子を聞き、

(思った通り)

だったが、首を横に振る。

(今、迷っている間はない)

天下を纏め、戦を失くすためと信じて不満を飲み込んだ。

蛍の思いは家康に通じている。

家康は評定の後、一人になり、

（儂も太閤に陣羽織を着せぬと言わされた。同じではないか）

自嘲し、己れを責めていた。

（最早、後戻りはできぬ。勝って天下を纏め上げなければならぬ）

改めて胆に銘じる。

十

東軍が会津から取って返す。

その最中、伏見では鳥居彦右衛門以下二千三百が西軍四万の攻勢に堪えていた。

西軍は七月十九日から攻撃を開始し、二十一日、外濠まで詰め寄り、有り余る火力で激しく撃ち捲くる。

それでも城方は頑強に抗戦し、十日も凌いでいた。

三成と左近は大坂から佐和山に移って美濃進出の軍備を整えていたが、一向に伏見落城の知らせが届かない。

「左近、見て来てくれ」

三成は左近に様子見を指示した。

左近は馬を飛ばして伏見に駆け付ける。

伏見城の攻防は東方の小栗栖《おぐるす》の山から良く見える。

(これは)

左近は目を疑う。

半日傍観していたが、矢弾の応酬だけで寄せ手は突入の気配が見えない。

左近は急ぎ佐和山に戻り、

「諸将は家来衆を失うのを惜しみ、矢弾の撃ち掛け合いに終始しています。あれではとても伏見の城は落ちませぬな」

と、報告した。

三成は耳を疑う。

「信じられぬな」

「美濃への仕度は某が致します故、ここは殿が伏見へ出向かれて諸将の尻を叩くに如かず。尻を叩くと申しても、丁寧に諭して言い聞かせられませ」

「うむ。そうしよう」

左近の進言を聞き入れ、三成は手勢だけで伏見へ赴いた。

三成は伏見の戦況を見て、

（左近の言う通りだ）

顔を顰《しか》める。

直ぐに西軍諸将を集めた。

「城方二千ばかりに対し四万で攻め囲んで十日も落とせずにいるとは情けなし。各々方の武門は世に嘲笑われますぞ」

三成は左近の忠告を忘れて頭ごなしに言い渡す。

諸将は返す言葉がなかった。

「面目ないことだ」

と、応えたのは猛将、島津義弘である。

諸将は目を醒まし、七月三十日から猛攻を仕掛けた。

三成が佐和山へ戻った後、西軍の攻め方は一変する。城方は強攻に戸惑うことなく、落ち着いて応戦した。

内藤家長と元忠、元長の父子は西ノ丸が持ち場である。しかし、元忠はより寄せ手が迫る三ノ丸に出て松平家忠を援けていた。

西からは毛利秀元の軍勢が攻め立てる。

元忠は鉄砲隊を指揮していた。

「まだまだ、堪えよ」

逸る兵を抑えて毛利勢を城郭の間際まで引き付ける。毛利勢が十分な間合に入ったらば、

「それ撃てぃ」

撃ち方を命じた。

一組目が撃ち終えると、二組目に換わる。これを繰り返し、毛利勢を寄せ付けない。

「蛍殿の教え、存分ですぞ」

元忠は晴れやかに叫んだ。


西軍は攻勢に出たが、城方の堅固な防戦に手を焼いている。

その陣中に、家康を付け狙う石川頼明がいた。蛍に撃たれた両腕の傷はもう癒えている。

(確か大蔵少輔の下に甲賀者がいたな)

それを思い出す。

長束正家の陣に押し掛け、

「其処許《そこもと》の手の者に甲賀衆がいたと存ずる」

と、切り出した。

「鵜飼藤助《うがいとうすけ》という者がいるが、それが何か」

正家は頼明の問う意図が見えない。

「城内にも甲賀衆がいます。甲賀衆は甲賀衆に任せる。如何か」

と、提言した。

「然様さな」

手詰まりだった正家は採用し、藤助に城内の甲賀衆への寝返り説得を指示する。

松ノ丸に深尾清十郎、名護屋丸に岩間光春がそれぞれ甲賀衆を率いて籠っていた。

藤助は松ノ丸と名護屋丸に矢文を射込む。内応しなければ、国許の一族を滅ぼすと脅した。

清十郎と光春は一族の命には代え難く、亥中（午後十時）を期して城内に火を放ち、城壁を八十間（百五十米弱）余りも破壊して西軍の将兵を引き入れる。

こうなっては防禦も虚しく、続々と乱入して来る西軍勢に城方は為《な》す術《すべ》なく討ち取られていった。

島津義弘の軍勢が治部少丸を抜いて三ノ丸に及ぶ。

松平家忠は自ら槍を振るって群がり寄る島津勢を突き払い、奮戦したが、左脇腹を抉《えぐ》られて失速し、力尽きて討ち死にした。

守将の鳥居彦右衛門は手勢二百を鼓舞して西軍の突入を三度、押し返す。

「我一人にても敵を討ち、死するぞ」

雄叫び、鬼神の如く西軍の将兵に立ち向かって範を示せば、家来衆も死兵と化して戦い、三百五十人ことごとく散った。

鈴木孫一の養子、孫三郎が寄せ手に加わっている。城方の骸《むくろ》を跳び越えて、彦右衛門に迫った。鉄砲を構えて、

「竹に宿り雀の紋所は鳥居彦右衛門殿と見受け申す。これまでにござる。お腹を召されよ」

と、自決の機会を与える。

彦右衛門は力尽きていた。銃弾に斃《たお》れるを良しとせず、静かに端座して、

「この首取って功名とせよ」

と、介錯《かいしゃく》を頼み、切腹して果てる。

孫三郎は彦右衛門の首を掻《か》き切った。

「これで鈴鹿の失敗《しくじ》りを取り戻せたか」

鈴鹿峠で家康を狙撃しようとしたのは孫三郎である。

内藤家長は家康に称賛された通り弓矢の達者にて迫り来る西軍の将兵を次々と射掛けて仕留めていった。だが、ついに矢が尽き、家人の原田勘右衛門に、

「元忠が討って出る。其方はこれに乗じて囲みを切り抜け、関東へ向かえ。この始末を殿に伝え申すのじゃ」

と、言い含め、送り出す。

果たして、

「突っ込め。寄せ手の目に物見せよ」

元忠が手勢を率いて討って出た。勇猛果敢に突き出し、西軍を押し返す。

勘右衛門は西軍の隙を縫って囲みの外へ出て走り抜けた。

家長は櫓上から勘右衛門の脱出を見届け、安堵する。然れば、櫓に火を放ち、自尽した。

城外に出た元忠は西ノ丸の櫓《やぐら》が燃えるのを見て、

(逝《い》かれたか)

父の死を覚る。

元忠は弟の元長に、

「お前はまだ十六歳だ。我らに付き合って死ぬことはない。落ち延びろ」

と、言い付けた。

「いえ、内藤家は政長の兄がご健在故、安泰です。私も兄上と父上の仇《かたき》を討ちたい」

元長は切に願う。

「そうか。わかった」

元忠は許し、斯くなれば、

「皆の者、名を惜しめ。内藤の武門を見せ付けろ」

十六人の陣頭に立って西軍の奥へ奥へと突き入り、猛威を振るった。

刹那《せつな》、疾風が舞い込む。

次の瞬間、元忠の肢体が馬から離れた。地に転がる。

石川頼明の仕業だった。元忠を仰向けにして上に乗り、冷たく見下して手刀を左胸に突き入れる。

元忠の心臓は止まった。

内藤勢は将を失い、動揺する。仕事を済ませた頼明はもうそこにいなかった。

家老の安藤定次が、

「元忠様を後ろへ」

兵に命じた。その上で、

「何をしている。兄の仇を取るぞ」

元長が気を吐き、内藤勢は突進を再開する。

その行く手には鉄砲隊が待ち受けていた。

一斉に銃撃され、内藤勢もことごとく討ち果てる。

原田勘右衛門は小栗栖の山上にて一部始終を見届けた。伏見城に向けて手を合わせ、黙《もく》禱《とう》した後、駆け去る。

八月一日、伏見城は西軍の手に落ちた。

十一

会津征伐軍諸将は小山で反転し、西へ向かう。

八月五日、家康は江戸に戻っている。

江戸で徳川勢が軍備を整えているところへ遣いが来た。

内藤家長が放った原田勘右衛門である。

家康は来意を察し、重く受け止めた。直に会って伏見城攻防の仔細を聴く。

「苦労であった。金一郎（政長）に早う知らせてやれ」

労い、間もなく解放した。

家康は自ら西門の鉄砲修練場へ足を運ぶ。

蛍と半蔵が伊賀組の指南を務めていた。

「蛍殿、殿の御成りでござる」

弥平兵衛が蛍に声を掛ける。

蛍は家康に駆け寄り、片膝を跪いて辞儀した。

「苦しうない。楽にしてくれ」

と、家康に許され、蛍は立ち上がる。

家康は神妙な顔で、

「伏見が落ちた」

と、告げた。

「そうですか」

蛍は顔色を変えずに応える。

家康はただ、

「無念じゃ」

とだけ言った。

「はい」

蛍は家康の沈んだ様子から元忠の死を察する。が、毅然《きぜん》と、

「お知らせ頂き有り難うございます。持ち場に戻ります」

そう言って指南に戻って行った。

家康はもう何も言わず、静かに踵《きびす》を返す。

蛍は健気に指南を続けた。

定刻となり、棲家へ帰る。

隣の内藤家に勘右衛門が家長と元忠、元長の死を知らせたばかりだった。

元忠はもういない。

「ううっ」

蛍は慟哭した。


八月六日、石田三成は美濃垂井へ兵六千七百を進め、十日、大垣城を接収する。

八月十一日、福島正則が居城の清洲に戻る。

東軍諸隊を迎え入れ、家康の指示を待つ。

だが、家康は江戸から動かず、指示も来なかった。

「内府は何を考えている」

正則は不満を口にし、他の将たちも同じ思いである。

そこへ家康の使者、村越茂助が来着した。

ここぞとばかりに正則は、

「内府は何故、ご出馬されぬ」

と、茂助に詰め寄る。

茂助は平然と、

「各々方が未だに清洲を出ぬは大坂方へ寝返ろうとしているからではないか。各々方が大坂方の城へ仕掛け、向背を明らかにされれば、上様もお越しになろう」

言い放った。

諸将の怒りを買うような物言いだったが、正則は哄笑《こうしょう》し、

「良う申した。我が心胆を示すべく、美濃へ攻め入ってくれよう」

と、宣言する。

諸将は評定を開いて美濃攻めの持ち場を決め、二十二日、出陣した。

東軍の進撃は凄まじく、美濃の諸城を薙《な》ぎ倒すように落とし、二十三日、難攻不落の岐阜城も一日で制圧する。

岐阜城攻略の報を受けた家康は、

「皆の武功天晴れでござる」

と、褒め称え、

「然れど、この後は赤坂まで陣を進め、儂が参るまで、決して手出しされるな」

使者を走らせて釘を刺した。

(尻を叩き、後には退けぬようにしたところで抑える。巧いものだ)

蛍の心に感嘆と嫌悪が入り混じる。

八月三十日、蛍は家康に呼ばれる。

本丸書院に通されると、家康の下座に茶人が端座していた。

家康は蛍を見付け、

「これへ」

手招きする。

蛍は家康の御前に座った。

家康は茶人を、

「神崎竹谷《かんざきちくこく》と言い、鳥居彦右衛門の側近く仕えていた。治部少輔方の兵に捕らえられたが、茶人故に許され、解き放たれた。儂に彦右衛門の最期を聴かせてくれた。この後、江戸に留守居として残した彦右衛門の倅の新太郎（忠政）や下野の宇都宮に上杉への抑えとして留め置いた内藤金一郎（家長）の倅《せがれ》の左馬助（政長）にも父親の最期を話してもらうが、発つ前に元忠の最期を聴かせてもらうが良い。竹谷、よろしく頼む」

と、言って引き合わせる。

蛍としては元忠の死を信じたくない故、聴きたくなかった。が、聴き知らなければ、元忠の武門を次世代に伝えることは適わない。

「よろしくお願い致します」

蛍は竹谷へ向き直り、頭を下げた。

竹谷は元忠の最期を語る。

蛍は涙を堪え、聴き取った。

最期の下りで、

「元忠殿はついに力尽き、石川掃部なる忍びの者の手に掛かり、討死されました」

と、竹谷は伝える。

(あの男だ)

蛍は石川掃部を知っていた。家康を付け狙う忍びを退けたことがある。

蛍はついに涙を流すことなく、

「有り難うございました」

気丈に礼を述べた。

第十二章　関ヶ原に躍る

一

九月一日、ついに家康は兵三万を率いて江戸を発つ。

蛍も家康の警護として加わっていた。

家康が東海道を西進する間、東軍方の伊勢安濃津城、丹波亀山城、近江大津城が西軍に攻め落とされ、秀忠は信濃上田で真田昌幸に翻弄《ほんろう》され苦戦して足止めさせられている。

そして、

「内府は上杉、佐竹という北の勢威がある上は動けない」

と、三成は見込んでいた。

東軍諸勢は家康がいなくても美濃を進撃し続けている。

「ただの寄せ集めだ」

西軍諸将は高を括《くく》り、大垣城《おおがき》に集結して東軍を待ち受けた。

ところが、西軍諸将の予想に反し、十四日、東軍諸隊の待つ赤坂に、厭離穢土欣求浄土《おんりえどごんぐじょうど》
その旗指物《はたさしもの》が現れる。

西軍諸将は家康という大立者のいない東軍を恐れていなかった。しかし、家康が着陣したとあっては別である。

正常だった頃の秀吉でさえ一目置いた智謀、屈強の三河武士三万という武力、家康という巨大な存在は西軍諸将を震撼《しんかん》させた。

家康は小高い岡山に本陣を置く。

西軍諸将は勝ち目の薄さを感じている。

「陰嚢《ふぐり》が縮こまっていては働けませぬ。小さくても一勝すれば、味方の士気は高まりましょう」

左近は三成に進言し、手勢を率いて雨の中を出撃した。

家康が岡山の本陣から西を望めば、伊吹山の頂が紅く色付き始めていた。

眼下に杭瀬川《くいせがわ》が流れている。

その対岸に敵勢が現れた。左近の手勢である。

対岸には東軍の駿河府中城主、中村一氏の陣代で実弟の一栄《かずしげ》が陣取っていた。その目の前で左近は、

「田を刈れ」

と、兵に命じる。

西軍方は大胆に川向こうで刈田を始めた。

「おのれ」

一栄は怒り、手勢を率いて島隊へ突っ掛かる。

揉《も》み合いとなった。

「許すまじ」

中村隊と相備えの有馬豊氏も加勢する。

「出て来よった」

左近は北叟笑《ほくそえ》み、

「退け」

兵を退かせた。

「追え」

一栄と豊氏は兵に追わせる。

これを見ていた家康は、

「拙《まず》いな」

腰を浮かした。

「罠《わな》だ」

その読みは的中し、中村隊と有馬隊が杭瀬川を渡ったところで伏兵が湧き起こり、攻め立てられて潰乱する。

蛍が立ち上がった。表に飛び出し、

「付き合って」

馴染みの鉄砲衆を促し、走る。布施孫兵衛以下、気心が知れている。

小雨が降っていた。

蛍の鋼輪銃は火縄を使わない故、射撃に障りない。

孫兵衛たちも木綿の火縄を一度硝石《しょうせき》で煮て、乾燥させて漆《うるし》を塗り、雨中でも使えるように工夫している。火蓋も革の雨覆いで包んでいた。

杭瀬川の左岸では宇喜多勢の明石掃部《かもん》も加わり、中村隊と有馬隊が大崩れしている。

蛍と鉄砲衆三十人は右岸に及んだ。渡れば、難戦に巻き込まれ、二の舞になる。自らはともかく、鉄砲衆には渡河を強いることはできない。

川幅は十間（約十八米）余りだった。十分に射程圏内である。

中村隊は家老の野一色助義《のいっしきすけよし》が討ち死にし、有馬隊と合わせて四十人余りの死者を出していた。このままでは潰滅必至である。

「此方から援護する」

蛍は鉄砲衆と共に対岸の敵勢を撃ち、中村隊と有馬隊の杭瀬川渡り返しを援護した。

連射する。

蛍は早合を込めて鋼輪を巻く。

孫兵衛と鉄砲衆も早合を込め、火縄を点じて十五拍で、また構えた。

「早い」

蛍は目を細める。教えは孫兵衛から鉄砲衆に伝わっていた。

「撃てっ」

蛍が撃ち、鉄砲衆も撃つ。

これにより島隊の攻勢は抑えられ、中村隊と有馬隊は何とか退却することができた。

左近は追って来ない。蛍と鉄砲衆に狙い撃ちされることがわかっている。蛍を見据えて不敵に笑い馬首を返した。

蛍は掌を握り締め、左近の後ろ姿を見送る。


夜になった。

山間《やまあい》では朝霜が降りるほどの時候である。

寒い秋雨の降る中、家康は岡山を離れ、中山道を西へ向かった。

夜間は暗く、伏兵を潜ませやすい。蛍たち警護隊は十分に警戒して家康を護り進む。

家康は馬の手綱を捌きながら警護する蛍に、

「六月の頃なら蛍が数多に見えた」

と、和んだ。杭瀬川は蛍の群生地である。

「へえ」

自らの名の付いた生物と会いたかった。


西軍は東軍の動きを注視している。

「佐和山を抜き、京へ上るつもりか」

三成は素早く反応した。

「近江へ抜けさせるな」

諸隊に東軍の行く手を待ち構えるよう伝令する。

西軍は東軍に先んじて三成が笹尾山、宇喜多秀家が天満山、小早川秀秋が松尾山を押さえ、中山道を睥睨《へいげい》する完璧に近い鶴翼《かくよく》の陣を布《し》いた。

「やはり、そう来たか」

家康の予測通りである。

にもかかわらず家康は鶴翼に包み込まれるような桃配山《ももくばりやま》に陣取った。

「これでは敵陣の懐中です」

蛍は布陣の不利を指摘する。

すると、家康は、

「初めは良い気にさせておくさ」

意に介さなかった。

東軍七万四千、西軍八万が関ヶ原に布陣する。

二

九月十五日、決戦の刻が来た。

この日の関ヶ原は小雨止むも霧が深い。五十間（約九十米）先は全く見えなかった。

敵を目視したら即、斬り合い、組み合い、そして、撃ち合いが始まる。

果たして辰ノ中刻（午前八時）過ぎ、前進する松平直吉と井伊直政の軍勢が島津隊に接触し、戦いの火蓋は切られた。

共に武勇を誇る東軍福島正則と西軍宇喜多秀家の戦いは激烈を極める。やや宇喜多隊が押し気味だった。しかし、福島勢の劣勢を見た筒井定次の軍勢が宇喜多勢を側撃すると、東西両軍入り乱れての混戦となり、一進一退の攻防が続く。

石田三成の軍勢は黒田長政、細川忠興、加藤嘉明の三段掛かりで攻められながら、島左近を始め舞兵庫、蒲生頼郷といった名将の活躍で善戦している。

左近は手勢を率いて猛撃して黒田勢を突き崩し、田中吉政の軍勢も潰乱させていた。その凄まじさに東軍方は浮き足立ち、怯みさえする。

長政は鉄砲頭の菅六之助と白石庄兵衛に、

「横合から撃て」

と、命じた。

鉄砲衆五十は山手から島隊の左へ回り込む。

左近の嫡男信勝は猛進に攻め付け、無防備だった。鉄砲衆の格好の的となり、狙われる。

「いかん」

左近が身を呈して信勝を庇った。

甲冑《かっちゅう》は鋼で固めれば、それこそ鉄壁だが、重くて動きが鈍る。故に、左近は機動性を優先し、そこそこの防備で戦いに臨んでいた。銃弾を凌ぎ切れない。

銃弾は左近の兜《かぶと》の隙に飛来し、頭部を掠めた。血飛沫《ちしぶき》が上がる。

出血は甚だしく、左近の顔中に流れ、視界が閉ざされた。その上、脳震盪《のうしんとう》を起こしている。

左近は二兵に左右を支えられて已《や》むなく退かざるを得なかった。

これを見た長政は、

「良し、突っ込め」

と、兵を鼓《こ》舞《ぶ》して石田勢に猛攻を仕掛ける。

石田勢のみならず西軍は主軸の左近が退き、戦力低下を否めない。

だが、舞兵庫や蒲生頼郷が奮戦し、黒田勢と互角以上に渡り合っていた。


巳ノ刻（午前十時前後）に入り、霧も晴れる。視界も開けた。

しかし、戦いは膠着《こうちゃく》し、勝敗の行方は混沌《こんとん》としている。

そのような中、西軍は北天満山の小西勢が東軍の寺沢、一柳、戸川、浮田の軍勢に撃ち破られ、潰走して戦線から離脱してしまった。早々と西軍は六千の兵力を失ったのである。

蛍は家康の警護役として東軍本陣近くにあり、戦況を注視していた。その見るところ、

（様子見の将が多い）

という感想である。

そのやや北に陣取っていた島津義弘は三成の不遜な態度が許せず、前進要請に応じない。ただ身に降り掛かる火の粉を払い除けるだけだった。

そして、桃配山《ももくばりやま》の背後、南宮山《なんぐうさん》の毛利勢も動かない。

毛利家当主の輝元は西軍の総大将として大坂に鎮座していた。毛利勢は輝元の養子、秀元が率いて関ヶ原へ出張っている。

その先手の吉川広家は家康に通じていた。これが出払わなければ、後陣は動けない。毛利勢一万六千が機能していないのである。

長曾我部盛親、長束正家、安国寺恵瓊の諸勢は南宮山の北東に進み、東軍の池田輝政と浅野幸長の軍勢に仕掛けていた。銃撃の応酬から時に討って出るが、どちらも決め手がない。

「何をしているのだ」

三成は笹尾山から戦況を見据え、眉間に皺を寄せて焦れていた。開戦時には東軍七万四千に対し西軍八万とやや優位だったが、大半が動いていない。

「督促せよ」

三成は狼煙《のろし》を上げさせた。

これに長束正家が気付き、安国寺恵瓊を介して毛利秀元へ加勢の使者を差し遣わす。

秀元は伏見城攻めにも加わり、西軍の将として戦う意志はあったが、身内に阻まれていた。

「兵を差し向けたくても先手が動かず如何ともし難い。今、兵には弁当を使わせている」

と、返答する。

後に、宰相殿の空弁当、と揶揄される西軍に対する背信行為であった。

正家と恵瓊は愕然とし、毛利家の二心を疑う。然れば、自らも動けなくなった。

伏見攻め以来、石川頼明が長束の陣中にいる。隙あらば、家康を暗殺しようとしていたが、蛍たち警護衆の備えが固く、付け込めずにいた。

ならば、

「毛利勢が内府の後背を衝けば、一溜まりもない。それを阻む吉川侍従を除けるか」

と、正家が問う。

「吉川にはお面杉原盛重の後を継いだ忍びの棟梁《とうりょう》、杉原景保があり、その下には天下屈指の忍びと謳われた佐田彦四郎の弟子、佐山彦太郎と丸山三九郎がいる。一筋縄ではいかない」

大胆不敵な頼明をして躊躇《ちゅうちょ》させた。

南宮山を動かせない。

(家康の手はここにも届いている)

それでも西軍は踏ん張っている。

負傷し後方で養生していた左近は、

「今こそ大筒を出しませ」

と、三成に進言した。

「よかろう」

三成は許諾し、大砲五門を柵内へ運ばせる。

砲弾が放たれた。東軍の将兵が怯《ひる》んだところへ蒲生頼郷、舞兵庫、北川十左衛門、石田家自慢の勇将が猛然と突き入る。東軍の前線は三町（三百三十米弱）ほども押し返された。

東軍は劣勢とまでいかないが、難渋している。

戦況を打開するには、

「陣を進める」

家康が思い切って三成の陣取る笹尾山へ五町三十間（約六百米）の近くまで前進した。

総大将が自ら敵中深く入り込んで死地に身を置き、覚悟を示して東軍諸勢を奮い立たせる。

（これが家康様の凄みだ）

蛍は素直に感心した。

改めて身を引き締め、警護に当たる。

家康の無言の叱咤《しった》に東軍諸将も触発された。

特に、

「御大将の御覚悟に応えずば武門の恥ぞ」

直情の福島正則は気を吐き、兵を煽《あお》る。

東軍は西軍へ激しく討ち込みを掛けた。

それを西軍は大半が不動にもかかわらず、良く凌ぎ防ぎ、突き返す。

東軍も西軍もまだ決め手がなかった。

三

陽は南天に届こうとしている。

開戦より二刻が過ぎても勝敗は見えなかった。

南宮山の毛利勢だけでなく、全く動かない大軍勢がある。

小早川秀秋率いる一万五千六百が松尾山を下りずにいた。

松尾山は戦線の南に聳《そび》えている。小早川勢が駆け下りて、東軍を衝けば、勝負は決すると言っても過言ではない。

「徳川内府は豊家より天下を簒奪《さんだつ》しようとしています。中納言様は豊家の御一門随一の大家であらせられます。秀頼君の御為に故太閤殿下の御遺訓に背く内府を討たれませ」

と、三成に懇々と諭され、秀頼が元服するまでの関白職と二ヶ国の加増に食指が動き、西軍方にいる。

ところが、家老の平岡頼勝は黒田長政と縁戚であり、その誼《よしみ》で秘かに家康へ通じていた。同じく家老の稲葉正成も同意である。二家老は三成の不人気を諭し、多くの大名が家康に付くと説いた。

秀秋も強かである。

（いずれに勝ち目があるか、様子を見る）

と、考え及び、今、松尾山で戦況を傍観していた。

（西の陣が押している）

秀秋は西軍が優位と見る。三成から家康へ、それがまた家康から三成へ、気が変わりつつあった。


三成が頼むのは南宮山と松尾山だけではない。

西からの朗報を待っていた。

総大将の毛利輝元は豊臣家の象徴、秀頼を担いで関ヶ原へ出馬する手筈《てはず》になっている。

（内府に与《くみ》している豊家恩顧は秀頼君の御姿を見たら、どうするであろう）

考えるだけで喜悦した。

戦えなくなるに違いない。

それに、

（秀頼君を見たら身内の金吾が動く。安芸中納言が来れば、一門の安芸宰相と吉川侍従も従わざるを得ない。難儀は一気に片付く）

三成は輝元が秀頼を連れて関ヶ原に現れるのを心待ちにしていた。

大坂と関ヶ原は四十里足らず、石田三成の本拠の佐和山、長束正家の本拠の水口、この緒戦で攻略した大津と早馬を乗り継げば、二刻で走破できる。

大坂城には三成の兄、正澄の嫡男、右近と二男の主水が詰めていた。秀頼を担いで毛利輝元が出陣となれば、関ヶ原の三成へ速報することになっている。

巳《み》ノ刻も半ばに近付いていた。

（もう待てぬ）

三成は焦れる。

そこへ主水が自ら大坂から逓伝《ていでん》式に馬を乗り継いで駆け至った。

表情は厳しい。朗報でないことが知れた。

「朝早くから安芸中納言は根気良く説得されましたが、御袋様が秀頼様の御出馬をお認めになりません。秀頼君を御身の危うき戦場へ担ぎ出すなど以ての外とご立腹、癇癪《かんしゃく》を起こされ、手が付けられません」

と、告げる。

（あの女狐、やってくれたな。全く。秀頼君の御出馬は豊家にとってどれほど大事か、わかっていない。豊家を滅ぼすつもりか）

腸《はらわた》が煮え返る思いだった。

（だが、何とかしなければならない）

三成は努めて冷静に、

「安芸中納言殿に今一度、秀頼君の御出馬を説得されるよう伝えてくれ」

と、主水に託す。

これから往復で四刻、

（そう易々と終わる戦ではない）

希望を交えて思うことにした。

四

東軍にとっても芳《かんば》しい戦況ではない。

本陣を進めた家康は爪を嚙み、

「金吾め、何をしている」

動かぬ小早川秀秋に対し怒りを顕わにする。

その罵言が蛍の耳に入った。

蛍は家康に近寄って片膝付き、

「理屈は要らない。銃弾に問えば良いのです」

と、凄みさえある献言をする。

家康は驚いた。

「脅すのか」

と、問う。

「はい」

蛍はきっぱり応えた。

「拗《す》ねて敵方に付いたら何とする」

側近の本多正純は眉を顰めて危惧する。

家康はさらに、

「駆け引きを厭わぬのか」

と、訊いた。

「戦が長引けば、それだけ多くの人が死にます。早く戦を終わらせるためです」

蛍なりの結論である。

「よし。脅かしてやれ」

家康は膝を打って蛍の出した応えを用いることにした。そして、

「孫兵衛を連れて行け。十挺や二十挺の銃声では嚇《おど》しにならぬ。五十挺も率いて金吾を震え上がらせるのだ」

と、付け加える。

「はい」

蛍は鉄砲衆の持ち場へ走った。

鉄砲頭の布施孫兵衛は蛍の顔を見て笑みを浮かべ、

「師匠」

と、呼ぶ。

「家康様のお言い付けで松尾山に銃弾を撃ち込みます。五十人ほど孫兵衛殿のお目に適う鉄砲衆をお選び下さい」

と、直截《ちょくせつ》に告げた。

「面白い」

孫兵衛は朗笑し、従う。

蛍と孫兵衛は鉄砲衆五十人を引き連れて松尾山へ向かった。

松尾山の山頂では、

「ん？」

秀秋が向かい来る小勢に気付く。

小勢の行く手には脇坂安治の軍勢一千が陣取っていた。が、安治も日和見《ひよりみ》し、勝ちそうな方へ加勢しようとしている。仕掛けられなければ、動かない。

小勢は阻まれることなく、松尾山の北東山麓に並んだ。

蛍が銃口を山上に向けて鉄砲を構える。孫兵衛以下鉄砲衆も倣った。

「撃てっ」

蛍が撃つと、鉄砲衆も続く。

松尾山は千尺足らずだが、撃ち上げで銃弾が届くはずなかった。が、山林に止まっていた野鳥は驚き、一斉に飛び立つ。

果たして、家康の言ったように五十挺の銃声は並ならず、

「ひ、ひっ」

秀秋は息を呑み、目を見張る。

「撃てっ」

蛍と鉄砲衆は連射した。

これを十度、十五拍間隔で、けたたましく銃声が鳴り響けば、

「な、内府が怒っている」

秀秋は震え上がり、

「山を下りなければ。そう差配せよ」

泡を食って平岡頼勝に命じる。

頼勝は使番《つかいばん》を出し、小早川勢全兵に急ぎ下山し、西軍を衝くよう指図した。

一万五千の軍勢が一斉に山を駆け下り、西軍に向かって突撃する。


小早川勢は松尾山北麓に陣取る大谷吉継の軍勢を急襲した。

吉継は秀吉が正常な時、百万の軍勢を預けて戦わせてみたいと目を掛けた智将である。病んで輿《こし》に乗っての采配だったが、智略は衰えず、秀秋の寝返りを予測していた。松尾山の北麓に流れる藤川の対岸に伏兵を潜ませ、小早川勢が及ぶと一斉射撃を見舞う。

小早川勢は潰乱し、大谷勢の東に布陣していた脇坂安治、朽木元綱、小川祐忠、赤座直保の四隊も東軍に寝返り、形勢は再逆転した。

最早、大谷勢に戦況を覆す余力はない。吉継は自尽し、大谷勢は潰滅した。

五

前線から戦況を伝える使番が家康に勝勢を告げる。

「大勢は決したな」

家康は確信した。

蛍は家康の警護に戻っている。

(これで終わる)

終戦を待ち望む。


西軍は毛利秀元と島津義弘が動かず、長曾我部盛親、長束正家、安国寺恵瓊が動けず、小西行長は早々と敗退し、小早川秀秋と四将が寝返り、崩壊した。

最早、軍として成り立っていない。

その中で宇喜多秀家は孤軍になりながらも奮闘し、持ち堪えている。

だが、一万七千もの兵は次々と討ち死にして減る一方だった。秀家自ら敵陣に突入して裏切り秀秋へ討ち込もうとしたところ、家老の明石掃部に諌《いさ》められ、大坂へ退き、秀頼を奉じることとする。


宇喜多秀家も撤退し、左近が身を呈して救った嫡男信勝も討ち死にした。

西軍の事実上の主宰である石田三成は戦況を見据え、

「これまでだな」

この期に及んで騒いでもどうにもならず、傍観者のように呟く。

大坂の秀頼へ出馬を願いに遣わした甥の石田主水は戻って来ない。

(儂も死に、歯止めが利かなくなったら、茶々殿、貴女は自ら豊家を滅ぼしてしまうだろう)

恰《あたか》も預言者のように思考した。

左近が回復し、三成の傍らにいる。

「然様にございますな」

同意し、

「この上は如何なされますや」

善後策を問う。

「落ちる」

三成は即答した。

「内府は己が私欲のため戦に及んだ。大義がない。儂には豊家天下を護り奉るという大義がある。大義は廃れず、秀頼君が御座《おわ》す限り必ず諸侯は目を醒ます」

落ちる謂《いわ》れを裏付ける理屈を捏《こ》ねる。

左近はただ聴き、

「然れば、殿軍《しんがり》を務めましょう」

と、死を覚悟して請け合った。

宇喜多勢の撤退で石田勢は東軍諸勢に寄って集《たか》って攻め立てられている。しかし、一人、蒲生頼郷は三成を落ち延びさせるため死にもの狂いで戦い続けた。

頼郷の嫡男、十郎が敵中で討たれる。

「先に逝ったか。親不孝者め。が、誉れに思う。然れば、儂も名を惜しもう」

頼郷は残った手勢を率いて敵陣へ突き入った。

馬上、太刀を閃《ひらめ》かせて振り回しながら敵中で猛威を振るう。獅子奮迅《ししふんじん》の働きで暴れ捲くり、馬が傷付けば、徒歩立ちになって突進し続けた。

織田有楽斎《うらくさい》の軍勢と出遭う。

頼郷は助命の仲立ちをするとお為ごかしに言う有楽斎を馬から突き落とし、織田勢の中へ討ち込み、槍衾《やりぶすま》に掛かって討ち取られた。

六

蒲生頼郷が討たれ、石田勢は潰滅寸前となる。

笹尾山には三成が落ちた後、尚も島左近が陣取っていた。

「旗を降ろせ」

左近は石田家旗本の兵に命じる。

その上で、

「儂はこれより徳川内府の陣へ討ち込む。死を覚悟せねばならぬが、付き合う者はあるか」

突撃する兵を募った。

すると、

「御供」

兵は挙って願い出る。

猿飛仁助と甲賀衆二十四人も加わっていた。

「儂は家人に恵まれた」

左近は嬉しそうに笑う。

しかし、旗本の兵には、

「其方らはゆるゆると山手へ退け」

と、言い付けた。

「我らも御供させて下さいませ」

旗本の兵たちは共に戦うことを請う。

それを、

「内府に石田の者共は退いたと思わせるためだ。聞き分けよ。其方らも策に加わっている」

と、諭した。

石田勢の後方に備えていた秀頼麾下《きか》の軍勢も早々に逃げている。その中で一人、鈴木孫三郎は石田勢の陣に現れ、

「儂も加えて欲しい」

と、志願した。

「物好きな」

左近は苦笑し、許す。鉄砲の名手の参入は心強かった。

「然れば、参る。皆の者、名を惜しめ」

左近は兵を鼓舞して馬を駆る。

笹尾山と家康の陣は五町三十間（約六百米）しか離れていない。左近は兵を率いて伊吹山を東へ伝った。

戦いの大勢は決し、東軍諸隊が西軍諸隊を追い討っている。

関ヶ原は美濃路より東に西軍で立っている将兵は一人もいなくなった。そのため東軍の

将兵のほとんどが西軍掃討《そうとう》に出払い、家康の身辺は手薄になっている。

「上様、おめでとうございます」

と、本多正純は気が早くも祝う。

刹那、北側の山手より二十四人が駆け下って来た。

「家康の首を取れば、風向きは変わる」

甲賀衆を率いるのは猿飛仁助である。

変幻極まりない不意の奇襲に東軍勢は対応が遅れ、翻弄《ほんろう》された。

そこへ左近の手勢が討ち込む。

先頭は孫三郎だった。

射程まで一気に騎走して撃つ。故に、命中精度が高い。銃撃で家康の軍勢を威嚇し、左近の手勢の突撃を援けた。

孫三郎は馬を乗り回し、その間に弾薬を込めて撃ち続ける。

左近の手勢が突き入る。

徳川勢は切り崩されていった。

「良い働きだ」

島左近が躍り出た。

「我が身の動きが止まった後、努々《ゆめゆめ》この首、敵に渡すな」

近付けば近付くほど、銃弾を当てやすいはずだが、鉄砲衆が受ける左近の気迫も増大し、威圧され、手が震えて真面《まとも》な銃撃ができない。ほとんどの銃弾は島勢に及ばなかった。

家康の旗本衆は身構えて左近の襲来に備える。が、これにも左近の鬼気迫る威圧が届いていた。脚が竦《すく》んでいる旗本も少なくない。

鉄砲衆も旗本衆も相討ち覚悟で斬り込む島勢に撥ね退けられるばかりだった。

左近のために家康への道が開かれていく。

蛍は武具を運ぶ兵に長鉄砲を渡した。鋼輪銃と八連発銃を帯で腰に巻きつけている。前に出る。一人、気圧《けお》されず、左近に立ち向かった。

左近との間合は五十間（九十米強）でしかない。銃撃に十分な間合だが、具足を外して身軽になった左近は十二拍か十三拍で駆け詰めて来るに違いなかった。

鋼輪銃に弾薬を込めている猶予はない。もう一挺携えていた回転連発銃を手にしていた。

五連射、一発撃つごとに左手で弾倉を回転させて撃った。

左近は全て太刀で打ち払う。刃毀《はこぼ》れしても銃弾を撥ね返すことはできた。

だが、六発目を受けた時、ついに左近の太刀が折れる。

この時、左近との間合は二十間、蛍が外すことはあり得なかった。

七発目、左近に銃弾が及ぶ。

「くわっ」

気を吐いた。

「えっ」

蛍は目を見張る。

左近は高速で飛来する銃弾に対し左腕を犠牲にして受け止めていた。鋼のような筋肉が銃弾の貫通を許さない。

左近は左腕が使えなくなったが、右腕一本でも斬撃は鋭く、強い。討ち死にした武者の太刀を右手で拾い、再び家康に向かって駆け出す。

回転連発銃の残りは一発、これを外せば、左近に斬撃の間を与える。

蛍は八発目を撃たなかった。構えて動かない。

果たして、射撃体勢に入った時、左近はもう眼前まで迫っていた。

（撃てても斬られる）

蛍は覚り、敢えて進み出る。

その左肩口に左近の太刀が振り下ろされた。斬られる。

「ぬんっ」

蛍は一段、加速した。

「うぐっ」

左肩に激痛が走る。鎖骨に罅《ひび》も入っていた。

が、断ち切られてはいない。

左近は目を剝く。

蛍の左肩に打ち込まれたのは左近の右肘だった。

蛍は斬り断たれぬため敢えて進んで左近の懐に入ったのである。刃は蛍の背後に振り下されていた。理屈ではわかっていても斬撃に向かっていくなどできるものではない。

「娘御、見事」

左近は敵ながら天晴れと心から称える。

ずぶ

蛍の撃った銃弾は左近の胸を穿ち、右肺に穴を開けていた。呼吸ができない。

「何故、貴方のような立派な士が治部少輔のような者に忠誠を尽くす」

蛍は虫の息の左近に問うた。

左近は肺をやられ、声が出ない。

「士は己れを知る将のために死ぬ」

口の動きを蛍は読み取った。

そこへ仁助が斬り込む。

蛍は跳び下がった。

(間に合わぬ)

鉄砲に弾薬を仕込む猶予《ゆうよ》はない。

然して、

「これは」

蛍は火薬の匂いを嗅《か》いだ。

「離れて」

徳川勢に向かって叫び、左近と仁助から離れる。

「女鉄砲撃ち、島左近との一騎討ちに勝つとは見事なり」

仁助は言い残し、左近と共に爆死した。

鈴木孫三郎は突撃の軌道から外れて孤立し、家康の旗本に取り押えられた。

木陰で撃ち砕かれた左肩の手当てを受けている。

蛍が近寄って来た。

「痛むか」

と、訊く。

「肩が砕けているのだ。激しく痛む」

孫三郎は苦痛に顔を歪《ゆが》ませながらも微笑んだ。

「会いたかった」

と、蛍は素直に言う。

「儂もだ」

孫三郎も本音で応えた。

「傷が治ったら、また撃ち合うか？」

「御免だ。八十間先から撃たれて思い知った。お前には敵わぬ」

「そうか。安堵した。もう同族で撃ち合いたくない」

「儂もだ」

「では、傷が治ったら、飯でも食おう」

「そうだな。命があったらな」

孫三郎は刑死を覚悟している。家康の股肱の臣、鳥居彦右衛門を討ち取った罪は重い。

「…………」

蛍はもう何も言わず、立ち去った。

七

西軍諸隊が敗走していく。

島津隊は敵中突破を図ろうとしていた。

石川頼明が道案内役として駆け付ける。

「長束大蔵少輔は島津家の方々は濃尾の道に不慣れと存じ、某に案内するよう申し付けられた」

と、尤《もっと》もらしいことを言うが、本当は、

(天下に名高い屈強の島津の中にいれば、生き残れる見込みがある)

正家を見捨てて逃げて来たのであった。

だが、確かに島津勢は濃尾の道に暗い。戦中より目付として三成が遣していた入江権左衛門もいるが、千五百の軍勢を導くには案内は一人でも多い方が良かった。

「よろしく頼み申す」

主将義弘の甥、豊久が頼み置く。

斯くして、頼明と権左衛門が島津勢を先導する。

島津勢千五百は大将の義弘の下、固い結束で南へ向かって鋒矢の陣形を取って駆け出した。

美濃路から伊勢路へ抜ける。

島津勢は家康の本陣を掠めるようにして突き進んでいた。

大胆に福島正則の眼前を通り過ぎる。福島勢は猛威に圧倒され、害を被らぬよう見送るしかなかった。

島津勢は続いて筒井定次の軍勢を蹴散《けち》らし、突き抜ける。

殿軍《しんがり》は豊久が務めていた。

大将を逃がすため殿軍が次々と留まって発砲し、追っ手を食い止める。捨奸《すてがまり》と言う。兵は正に置き捨てにされ、生還する見込みがほとんどない凄絶な戦法であった。優れた射術があり、大勇比類ない島津兵でなければ、成し得ない。

これに、

「殿の御前を踏み躙《にじ》るとは不埒《ふらち》極まりなし」

松平忠吉と井伊直政が反応してしまう。手勢を率いて突っ掛かって行った。

「ん」

家康は松平勢と井伊勢の追撃に気付く。

「いかん」

我が子と寵臣の危機を察した。

「ここは良い。野州（松平下野守忠吉）と修理（井伊修理亮直政）を頼む」

蛍と鉄砲衆に救援を託す。

「はい」

「白石を使え」

家康の愛馬である。

「有り難し」

蛍の右腕は無傷だった。鎖冑に罅《ひび》の入った左肩の痛みを堪え、鉄砲衆十人を促して忠吉と直政の救援に向う。


島津勢は退路に点々と兵を据わらせ、置き残して行く。

松平勢と井伊勢は留置兵に遮られて島津勢の先陣が見難くなった。

島津勢の留置兵は腰を据えて鉄砲を撃つから命中精度が高い。

松平勢と井伊勢は狙い撃たれた。怯んだところへ槍兵が突き入る。

「何だ。この陣法は」

駆け付けた蛍は目を見張った。このような必死必殺の戦術は見たことがない。

圧倒されている場合ではなかった。

（援《たす》けなければ）

蛍は気を引き締め、駆けながら帯で腰に巻き付けていた鋼輪銃を抜く。

島津勢の川上忠兄《ただえ》配下の柏木源藤の撃った銃弾が直政の右肘関節を砕いた。直政は落馬し、気を失っている。島津兵が討ち取ろうと斬り込んだ。

井伊の家来衆は間に合わない。

蛍は斬り込む島津兵の右脚を撃って食い止めた。

源藤が二発目の射撃態勢に入っている。

蛍も肩の痛みを堪え、左手で既に鋼輪を巻き終えていた。源藤の銃爪を引く右手の甲を狙い撃つ。

「うぐっ」

源藤は射撃不能となり、退いた。負傷したが、戦力にならなくなり捨奸から外されたことで、薩摩に生還することが適うのである。

井伊勢は直政を抱えて後方へ引き取った。

家康の四男、忠吉は殿軍の島津豊久を討ち取り、気勢が上がる。

千五百あった島津勢は最早、八十人までに減っていた。

「一兵たりとも生かして還すな」

忠吉は叫び、猛追する。血気盛んな二十一歳は初陣《ういじん》で気張っていた。

烏頭坂を抜け、牧田村に出ると土地が開けている。

「それ行け」

忠吉は駿馬を駆って島津勢の右から回り込み、先陣へ仕掛けた。


石川頼明は島津勢を先導しているが、伊勢路に入ったら離脱し、

(敵は島津が引き付けてくれる)

強かに逃亡しようと考えている。

そのような時、一隊が横合いから仕掛けて来た。

(あれは)

若武者が最前線で戦っていたので、見覚えている。

(徳川の御曹司か)

食指が動く。

忠吉の駿馬は島津勢に追い着き、追い越す勢いだった。

(速いな)

頼明の馬は疲れて脚が鈍りつつある。

家康を討てなかった腹癒《はらい》せに子息を討って馬を奪う。

頼明は自ら進んで忠吉に馬を寄せた。疾走する忠吉の馬に跳び移る。

「何奴っ」

忠吉は目を剝き、驚愕した。

「御命と馬、頂戴致す」

頼明の右の手刀が忠吉の首を突けば、命は消える。

左手で手綱を奪い取り、捌いて島津勢から大きく外れて行った。

東軍諸勢は島津勢を追い掛ける。頼明と忠吉に付いて来るのは松平勢だけだが、駿馬を飛ばせば、二人乗りでも差は開くばかりだった。

「捕らわれの身となるは武門の恥。殺せ」

忠吉は喚く。

「まあ、そろそろ良ろしいか。望みを適えて進ぜよう」

頼明は忠吉を屠り、突き落として身軽になろうとした。

刹那、銃声が上がった。

「あぐっ」

頼明の右肩が穿たれている。

（不覚）

忠吉を狙うのに心を入れ過ぎて、蛍の騎走に気付かなかった。

蛍は左肩の激しい痛みに堪えて左腕で手綱を捌き、右腕で鉄砲を撃つ。

頼明の体勢が崩れ、落馬する。ただでは落ちない。忠吉の腹を左腕で抱《かか》えて道連れにした。

頼明と忠吉は縺《もつ》れて転げ落ちる。

「殿っ」

忠吉の家来衆が駆け寄る。

忠吉は仰向《あおむ》けに倒れ、頼明が馬乗りになった。

「死ね」

頼明は忠吉の喉を左の手刀で突こうとしている。右腕は使えなくなったが、左腕はまだ生きていた。

「うぐぐ」

忠吉は両手で頼明の左手首を摑んで堪える。

頼明の膂力凄まじく徐々に手刀を忠吉の首へと押し込んでいく。頼明の右腕が使えたら忠吉の命はもうなかったであろう。

だが、頼明は手を抜いていた。

「いつでも手刀を突き下ろせるのだ。お主らが手を出せば、今直ぐ突く」

と、小笠原吉光ら松平家の家来衆を脅し、寄せ付けない。

然して、

「そこまでだ」

蛍が頼明の背後に立ち、後頭部に鉄砲を突き付けていた。

「その手刀を突き下ろした時、お前の命もない」

と、通告する。

「ふん」

頼明は鼻を鳴らして手刀を引っ込め、忠吉から離れた。

吉光ら松平の家来衆が追い着き、忠吉を保護する。

蛍は頼明に銃口を突き付けたままでいた。

「お前が伏見で内藤元忠様を討ったと聞いた。真か」

それを訊く。

「ふん」

頼明はまた鼻で笑った。

「何がおかしい」

「お前、あの田舎侍の女だったか」

「な、何を」

蛍は慌て、一瞬、隙を作る。

頼明は素早く動き、蛍の鋼輪銃を握った。

蛍が咄嗟に銃爪を引こうとした時、

「ぬんっ」

鋼輪銃は頼明の手に移っている。

頼明は奪い取った鋼輪銃で松平勢を牽制《けんせい》した。

蛍は鋼輪を巻いている。いつでも撃てた。

ところが、

「ん?」

頼明は首を捻る。

「火縄を抜いたか」

と、勘違いした。新式の鋼輪銃の仕組を知らない。

「咄嗟に撃てぬようにするとは何という奴だ」

舌打ちして鋼輪銃を投げ捨てる。

松平勢に対し一人では分が悪過ぎた。

(おお)

忠吉の駿馬が家来衆に抑えられている。

頼明は走った。左手だけで忠吉の家来衆を打ち払い、駿馬に跳び乗り、駆け出す。

東軍は島津勢を追って西へ駆け去っていた。

頼明は伊勢路を東へ駆ける。

「危ういところだった」

胸を撫で下ろした。

ところが、

「何っ」

気付けば、左手に蛍が家康の愛馬、白石を駆って並走している。

蛍は騎走しながら鋼輪銃を構え、

「この鉄砲はこのまま撃てるのよ」

銃爪を引いた。

「うぐっ」

頼明の左の二の腕を銃弾が穿っている。これで頼明は両腕共使えなくなり、手綱を放し、馬に振り落とされた。

蛍は白石の脚を止め、返して下馬する。

頼明は開き直って胡坐を掻いていた。

蛍は早合で弾薬を仕込み、鋼輪を巻き、頼明の頭に突き付ける。

「そういう鉄砲だったか。抜かったわ」

頼明は閉口した。

「そういう鉄砲で、お前は死ぬ」

蛍は銃爪に人差指を掛ける。

その時、

「待ってくれ」

水が入った。忠吉である。

「その者、父の命を何度も狙ったと聞く。その裏に糸を引く者がいたに相違なし。それが何者か、死なせば、わからなくなる。頼む。鉄砲を引いてくれ」

と、蛍に願った。

蛍は頼明を睨んだまま動かない。

すると、

「撃てよ」

頼明は嘲笑って促した。

「儂はお前の男を殺した憎き仇だぞ」

言い及び、嘆ける。

蛍は憎しみに満ちた目で頼明を見据え、銃爪の人差指に力が入った。

仇を討ちたい。しかし、無用に人を殺《あや》めぬと弟子たちに教えてきた鉄砲道が蛍を抑えている。

これまで蛍は二人、殺した。雑賀の鈴木孫一と、此度の島左近である。それは一殺多生の値打ちがあり、殺らねば、殺られる限々《ぎりぎり》の仕合だったからであった。

（此奴は）

孫一、左近と比べて遥かに見劣りがする。

「真の悪人を野放しにせぬためだ。頼む」

忠吉は懇願し続けた。

蛍は鋼輪銃を下ろす。

「お前はこの鉄砲で仕留める値打ちもない」

と、言って、頼明から離れて行った。

「おい、撃てよ。お前の男の仇だぞ」

頼明は喚き散らす。

自らを決する覚悟はない。虚勢を張り、蛍を甚振《いたぶ》って、不首尾の憂さを晴らしているだけだった。蛍に無視されて頭に血が上っている。

松平勢が頼明を取り押え、引っ立てた。


この後、石川頼明は拷問に堪えられず、全てを白状する。

そして、十月七日、切腹、三条河原に晒されることとなった。


蛍は家康の本陣に戻った。

また雨が降り出している。

家康が戦中は蒸れるため外していた大黒頭巾形《だいこくずきんなり》の兜を被っていた。

「勝って兜の緒を締める。相模の獅子と謳われた北条左京大夫（氏康）公が戦勝の折にされた慶事でございますな」

本多正純が追従する。

それを蛍は聞いて、

（ただ雨避けのためさ）

白けていた。

蛍は家康に近付き、

「終わりました」

と、告げる。

家康は頷き、

「終わったのお」

沁々と返事した。

八

九月十八日、佐和山城は東軍諸勢に落とされ、石田家の一族郎党は滅びた。

家康は田中吉政に三成の探索を命じた。

吉政は今でこそ三河岡崎城主だが、近江の出で三成とも交流がある。

蛍は家康に、

「私は治部少輔に会ったことがありませぬ。家康様と一戦に及ぶという大事を企てた将に会ってみとう存じます」

と、願い出た。

「よかろう」

家康は許し、吉政に蛍を加えるよう指図する。

蛍は感慨深かった。

吉政は太田城水攻めの際、叔母の摩仙名を捕らえた将である。

蛍は吉政の許へ出向き、

「此度、御陣の端に加えて頂き、有り難うございます」

礼を言った。

吉政は笑みを浮かべ、

「内府公より天下一の鉄砲撃ちと聞いている」

と、気さくに応じる。

「兵部大輔様には叔母を助けて頂きました御恩がございます」

「叔母?」

「天正十三年、紀州太田の城が水攻めされた折、寄せ手の船に乗り込んだ尼僧の摩仙名でございます」

「おお、あの天晴れな女丈夫《おんなじょうふ》か。すると、其方は太田左近殿所縁《ゆかり》の者か」

「はい。四女の蛍にございます」

秀吉亡く、この戦いで豊臣家の権力が下落した今、蛍はもう名乗りを憚らなかった。

「そうか。生きていたか」

吉政も感じ入っていた。

「叔母摩仙名は姉の小雀と共に紀州太田で一族の菩提を弔っています」

「哀れなことをした。済まぬ」

頭を下げる吉政に、

「いえ。あれは暴君の圧政にて何人にも非はございません。その暴君の残像を奉る一派は今日滅びました」

と、蛍は言い遣る。

「そうさな。彼奴は出過ぎた。然れど、前主の遺制を護持しようとする者が出ずば、無情の世となり廃れる。その役割を彼奴は引き受けてくれたとも言える」

吉政は理《ことわり》を説き、擁護した。

「はい。乱を好む悪人と思っていましたが、あの島左近が離れずにいた将です。会って為人《ひととなり》を確かめとうございます」

「ああ、権を望み、癖はあるが、それほど悪い奴ではない」

「そうかも知れません」

蛍は真の三成と会うため探しに行く。


吉政は家臣の田中伝左衛門と沢田少右衛門に捜索の指揮を取らせた。

九月二十一日、北近江の古橋村は三頭山の岩窟に三成が隠れているとの情報を得る。

蛍は伝左衛門、少右衛門に従って岩窟へ赴く。

岩窟には蓑《みの》を纏い農夫に化けた三成がいた。

髪は婆娑羅《ばさら》、無精髭は伸び放題、頬は扱《こ》け、痛々しい。

「石田治部少輔殿であらせられますか」

伝左衛門が声を掛けた。

この期に及んでは三成も、

「如何にも」

潔《いさぎよ》く応える。

三成は岩窟を出た。陽が眩しい。

「駕籠を寄越せ」

伝左衛門は三成の具合を慮《おもんぱか》り、配下に駕籠を手配させた。

駕籠が来るまで、三成は岩に腰を下ろして待つ。

その間に、

「初めて、お目に掛かります。私は太田蛍と申します」

蛍が話し掛けた。

三成は蛍を繁々と見定め、

「左近から内府の旗本に凄腕の女鉄砲撃ちがいると聞いていた。其方か」

と、返す。

「はい。まだ未熟なれば、凄腕とは申せませぬが……」

「左近は死んだか」

「はい。鉄砲も恐れぬ見事なご最期でした」

「そうか。死んだか」

「左近殿は最期に、士は己れを知る将のために死ぬ、と言い残された。その将はどのような御方か、お会いしとうございました」

「太閤殿下の威を借りて世を恣《ほしいまま》に動かす奸人と思うていたか」

「はい。石川掃部を裏で糸を引いたのは長束大蔵少輔でしょう。大蔵少輔を唆したのは治部少輔様ですね」

「ははは。正直だのお。言い難いことを包み隠さず言う」

「それだけが取り得です」

「それだけで良い」

「えっ」

「正直者は信じられる」

「えっ」

　蛍はまた信長と同じようなことを言われた。

　信長も家康も天下を纏め上げるため謀略を厭わない。

「儂は天下を動かしたい。それは認める。が、豊家の名の下に治まった世を覆そうとする徳川内府は許せない。そのために戦う」

「戦う？」

「そうだ」

「戦った、ではありませぬか」

「儂はまだ生きている。この心の臓が止まるまで、儂は負けてはおらぬ」

「ははは」

蛍はこれまで嫌悪していた三成に初めて好感を覚える。

駕籠が来た。

「ご武運を」

蛍は揶揄《やゆ》でなく言い残し、三成に背を向ける。

三成の死は免れない。今さら武運でもないが、

「忝い」

嬉しそうに応えた。

蛍は立ち去る。


そして、蛍は姿を消した。

終章　泰平の世

徳川家康は関ヶ原の戦いに勝ち、政敵の石田三成を滅ぼした三年後、征夷大将軍《せいいたいしょうぐん》となり、江戸に幕府を開く。

それから十年余り、世に争乱はなく、天下は泰平かと思われた。人々は平和を喜び、家康の治世を慕っている。

その家康が戦を仕立てた。

大坂の陣において、やはり淀ノ方が秀頼の出馬を認めず、その側近の愚かな判断から総濠を失くし豊臣家は勝機を自ら捨てて滅びる。

家康は豊臣家を討ち果たし、唯一無二の天下人となった。

すべきことをし尽くしたか。

元和二（一六一六）年一月二十一日、家康は鷹狩の場で倒れた。

三月十七日、駿府城の蜜柑の樹に白い花が咲き始めている。

家康が手ずから植えた樹木であった。

（これが見納めかの）

家康は気弱になっている。それほど衰えていた。

歩くことは体に良いので、動ける限り庭に出るようにしている。

二十歳の側室、於六ノ方《おろくのかた》が甲斐甲斐しく介添えしていた。大坂の陣にも連れて行った近頃の気に入りである。

「大御所様」

鈴木孫三郎が家康を見舞いに来た。

関ヶ原の戦後、孫三郎は死罪を免れ、奥州の伊達政宗に預けられる。

家康にとって股肱の鳥居彦右衛門を討った憎い仇《かたき》だが、

「彦を討ち取ったほどの侍が無禄で良いはずはない」

十年前に赦《ゆる》され、家康の直臣として三千石を食《は》み、水戸徳川家の頼房の旗本となっていた。

孫三郎に連れがいる。

「おお」

家康は顔を綻《ほころ》ばせた。

「探し出し、連れて参りました」

孫三郎が連れて来たのは蛍である。家康は先が長くないと覚り、もう一度、蛍に会って置きたく、頼房から孫三郎を借りて探させていた。

「雑賀の里の址《あと》にいると踏んで参りましたところ、やはり叔母、姉と共に一族の菩提を弔っていました」

孫三郎は成り行きを語る。

「変わらぬのお」

家康は感じたままを口にした。

蛍は五十路を過ぎているが、関ヶ原の時と同じに思える。身形は清楚な浅黄の小袖と落ち着いていた。髪は束ねず、短く切り揃えている。

（お変わりになった）

と、蛍は痛感した。

家康は膨《ふく》よかだった頰が削げ落ち、目も窪《くぼ》んでいる。

「お久しうございます」

蛍は少し皺の付いた目許に笑みを湛え、辞儀した。

もう一人、連れがいる。その娘も蛍に倣った。

若い頃の蛍に似て、愛らしい顔をしている。蛍と揃いの小袖を着ていたが、長い髪は後ろに束ねていた。

「娘の類里《るり》にございます」

蛍が紹介すると、類里はもう一度、頭をぺこりと下げた。

「大坂の陣で朝比奈の兵右衛門《へいえもん》は関ヶ原の戦の後、行方知れずと言うていたが、子育てしていたか。其方に似て可愛い娘じゃ」

家康は世辞なく手放しで褒める。

実のところ兵右衛門は居所を知っていたが、蛍に口止めされていた。もう戦いに関わりたくなくて、ひっそりと暮らすことを願ったのである。

しかし、蛍は孫三郎から家康の先が短いと知らされ、取るものも取り敢えず里を出た。

「歳はいくつじゃ」

家康は類里に訊く。

「十六歳にございます」

と、類里は朗らかに応えた。

「十六歳?」

家康は思案し、

「もしや」

勘付く。

「そうか。そうか」

嬉しそうに何度も頷いた。

「類里か。丁度良い。これを」

家康は懐から人形を取り出す。

「約束した雛人形じゃ。関ヶ原の後、蛍は行方知れずとなり、渡せなんだ。これを渡したくてな。それだけではないが、来てもろうた。蛍の娘なら、この上もない。貰うてくれ」

手渡したのは変わり雛だった。

鉄砲を抱えている。

くすり
と、類里は笑った。人形はまるで蛍のようである。

「良い笑顔じゃ。蛍の若い頃を思い出す」

家康は顔を弛《ゆる》ませ放しだった。

「家康様、私を弄られますか」

蛍は面白くない。

「そのようなことはありません」

於六ノ方が口を挿んだ。

「天下に名高い駿河雛の人形師が丹精込めて拵えました。天下一の鉄砲撃ちの雛は正しく守り神と上様は仰せです」

家康は決して酔狂でなく、真心からこのような雛人形を拵えさせたことを告げる。

蛍は直立し、

「ご無礼仕《つかまつ》りました」

深々と頭を下げた。

実直さは昔と少しも変わらない。

家康は目を細め、

「類里に授けても良いか」

と、訊いた。

「勿体ない。類里、有り難く賜りなさい」

蛍は恐縮頻《しき》りに言い付ける。

「大事にします」

類里は恭しく受け取った。

家康は満足そうに頷き、すると、

「暫し蛍と二人きりにしてくれぬか」

於六ノ方と孫三郎に願う。

「はい」

於六ノ方は承知して、

「あちらへ。濠に鷺《さぎ》が舞い降りているかも知れませぬ」

　孫三郎と類里を誘った。

　二人きりとなり、家康は庭石に腰を下ろし、

「これへ」

　左隣を指差す。

「恐れ入ります」

　蛍も腰掛けた。

「元忠の子か」

と、家康は訊く。

「はい」

　蛍は確《しか》と応えた。

「そうか。それは良かった。元忠もあの世で喜んでいることだろう」

「そう願います」

「兵右衛門は京都所司代の板倉伊賀《いたくらいが》（勝重《かつしげ》）の下、忙しくしている。公卿が悪さをせぬよう目を光らせ、西国諸大名の動きを見張らなければならぬ。其方の弟子たちが人に向けて鉄砲を使うようなことにならぬよう、あちこち飛び回っているようじゃ」

「身内として嬉しい限りです」

「類里にも鉄砲を教えているのか」

「それだけが取り得なので……」

「其方の望み通り鳥獣を撃つのみに使える時代になった」

「そのために此度も随分と悪智恵を働かせましたな」

大坂の陣のことである。

豊臣家に対し策を弄し、破滅に追い込んだ。

さらに、

「朝鮮の陣も家康様が仕組んだのでしょう」

蛍は核心を衝く。

家康は笑って応えなかった。

「大名が疲弊すると、溢《こぼ》したのは治部少輔を誘うためでしょう。治部少輔はうまうまと乗せられました。果たして、大名は疲弊し、豊家に対し不満を抱くことになりました。その間、家康様は力を蓄えられた。文禄の役こそ名護屋まで足を運ばれましたが、海を渡らず、慶長の役では上方から離れなかった」

蛍は言い募る。

家康は嘆息し、暫し口を閉ざしたままでいた。

やがて、遠い目をして、

「大樹《たいじゅ》（秀忠）は仁孝恭謙の徳がある。儂のような悪謀を重ねず、政を行うであろう。が、仁孝恭謙に付け入る輩もいよう。豊家を担ぎ上げて大樹を陥れ、再び乱の起こらぬよう儂が泥を被って根を絶った」

弱々しく弁明する。

「何を申しても言い訳でしかないがな」

と、自責の念はあった。

「とにかく戦は終わりました」

蛍は言い置き、立ち上がった。

軽く頭を下げて家康に背を向ける。

家康は寂しそうに目を伏せた。

蛍は於六ノ方に礼を言って類里を引き取り、城門の外へ出て行く。

一ヶ月後、四月十七日巳ノ刻、徳川家康、逝く。享年七十五。

この作品は徳間文庫のために書下されました。

徳間文庫

雑賀の女鉄砲撃ち

鋼《こう》輪《りん》の銃《じゅう》

2019年7月15日 初刷

著者 佐《さ》藤《とう》恵《けい》秋《しゅう》

発行者 平野健一

発行所 株式会社徳間書店
東京都品川区上大崎三―一―一
目黒セントラルスクエア
〒141―8202

電話 編集〇三(五四〇三)四三四九
販売〇四九(二九三)五五二一

振替 〇〇一四〇―〇―四四三九二

印刷
製本 大日本印刷株式会社

ISBN978-4-19-894482-7 (乱丁、落丁本はお取りかえいたします)

徳間文庫の好評既刊

谷津矢車
洛中洛外画狂伝
狩野永徳

「予の天下を描け」。将軍足利義輝《あしかがよしてる》からの依頼に狩野源四郎《かのうげんしろう》は苦悩していた。織田信長《おだのぶなが》が勢力を伸ばし虎視眈々《こしたんたん》と京を狙う中、将軍はどのような天下を思い描いているのか――。手本を写すだけの修業に疑問を抱き、狩野派の枠を超えるべく研鑽《けんさん》を積んできた源四郎は、己のすべてをかけて、この難題に挑む！　国宝「洛中洛外図屏風《らくちゅうらくがいずびょうぶ》」はいかにして描かれたのか。狩野永徳《えいとく》の闘いに迫る傑作絵師小説。

徳間文庫の好評既刊

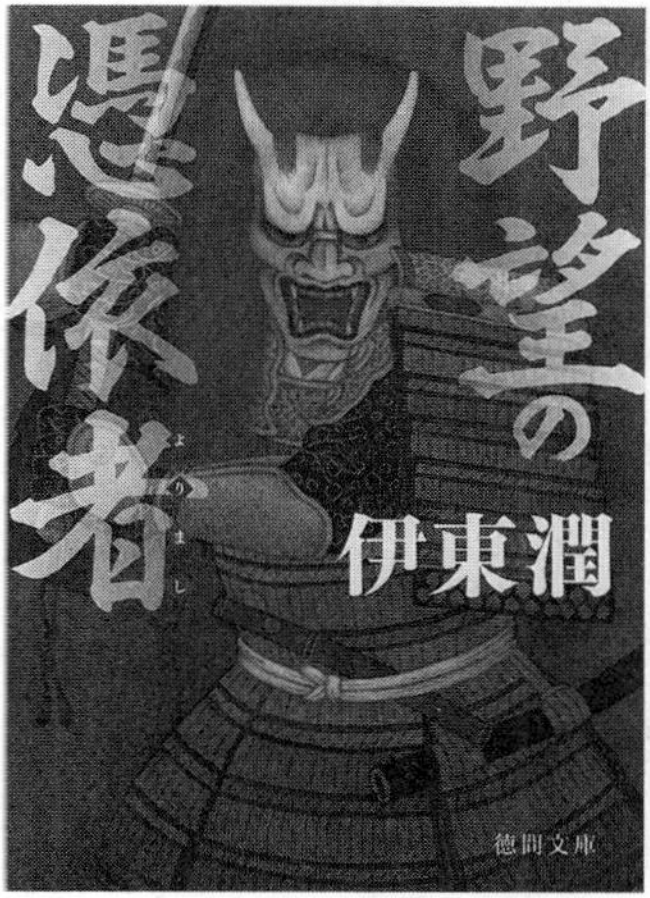

伊東 潤
野望の憑依者《よりまし》

時は鎌倉時代末期。幕府より後醍醐《ごだいご》帝追討《ついとう》の命を受け上洛《じょうらく》の途に就《つ》いた高師直《こうのもろなお》は、思う。「これは主人である尊氏《たかうじ》に天下を取らせる好機だ」。帝方《みかどがた》に寝返った足利《あしかが》軍の活躍により、鎌倉幕府は崩壊。建武《けんむ》の新政を開始した後醍醐帝だったが、次第に尊氏の存在に危機感を覚え、追討の命を下す。そのとき師直は……。野望の炎を燃やす婆娑羅者《ばさらもの》・高師直の苛烈《かれつ》な一生を描いた南北朝ピカレスク、開演。

徳間文庫の好評既刊

早見 俊

うつけ世に立つ

岐阜信長譜

永禄《えいろく》十年、難攻不落と謳《うた》われた美濃《みの》の稲葉《いなば》山城《やまじょう》は織田信長《おだのぶなが》によって陥落《かんらく》。地名は岐阜《ぎふ》に改められ、信長による新たな国造りが始まった。ある日、長良川《ながらがわ》の鵜飼《うかい》見物に出かけた信長は、戦《いくさ》で漁師の父を失くした少年弥吉《やきち》に命を狙われる。しかし信長は弥吉を斬ることなく、漁師たちを「鵜匠」と名付け、弥吉に岐阜を二度と戦火に巻き込まないと約束するのだが——。魔王信長の真の狙いとは？

徳間文庫の好評既刊

佐藤恵秋

雑《さい》賀《か》の女鉄砲撃ち

紀州雑賀《きしゅうさいか》は宮郷《みやごう》の太田左近《おおたさこん》の末娘・蛍《ほたる》は、鉄砲に魅せられ射撃術の研鑽《けんさん》に生涯をかける。雑賀衆は、すぐれた射手を輩出する鉄砲集団だ。武田の侵攻に対し織田信長が鉄砲三千挺《ちょう》を揃えたと聞いた蛍は、左近に無断で実見に赴《おもむ》き、三州長篠《さんしゅうながしの》で武田騎馬隊が粉砕される様子を目《ま》の当たりにした！　信長、家康を助け、秀吉、雑賀孫一《まごいち》と対立。戦国を駆け抜けた蛍はじめ四姉妹の活躍を描く歴史時代冒険活劇。